まいまいつぶろ

村木嵐

Ran Muraki

幻冬舎

まいまいつぶろ

目次

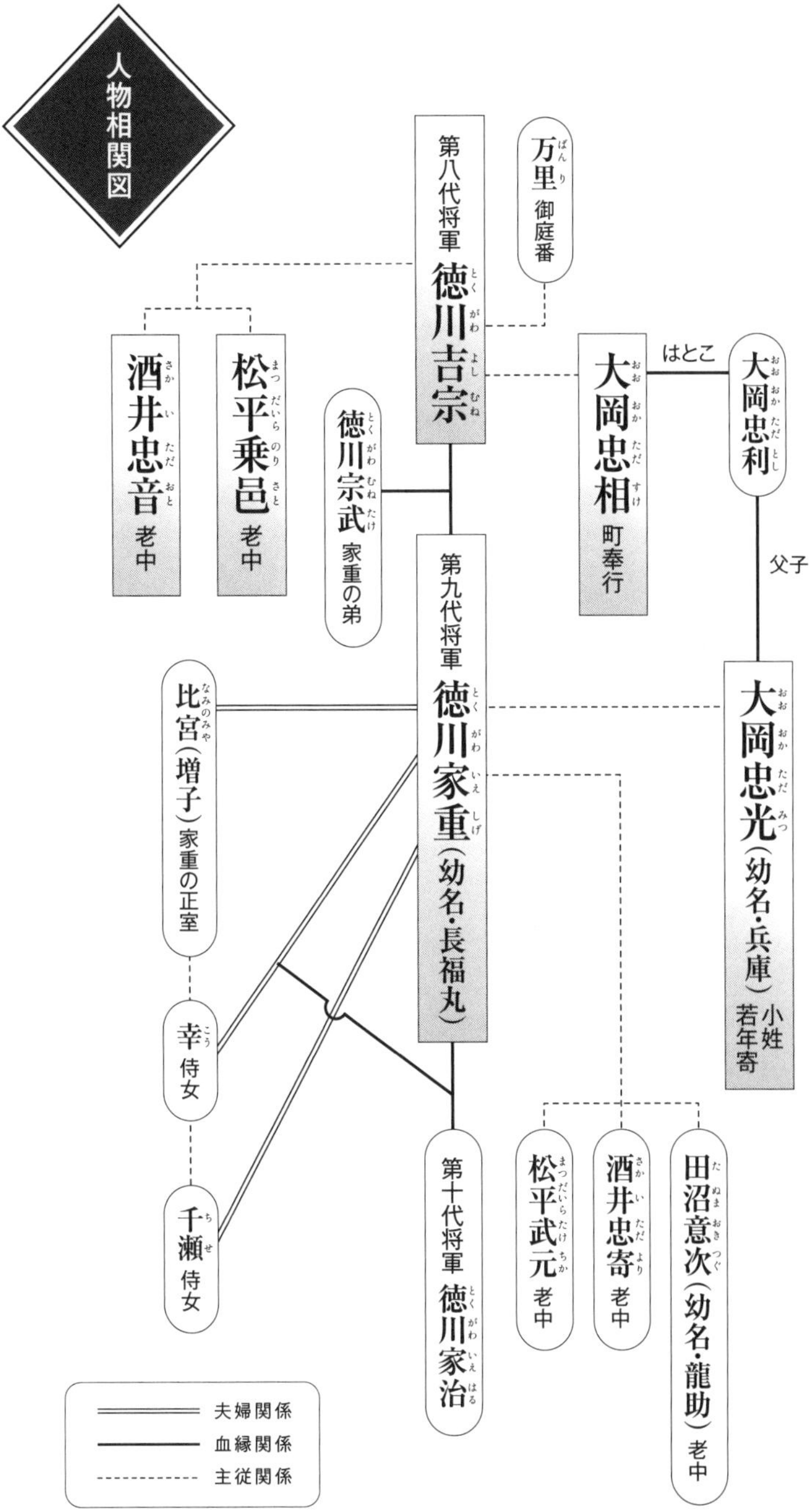
人物相関図
第八代将軍 徳川吉宗《とくがわよしむね》
万里《ばんり》 御庭番
酒井忠音《さかいただおと》 老中
松平乗邑《まつだいらのりさと》 老中
徳川宗武《とくがわむねたけ》 家重の弟
大岡忠相《おおおかただすけ》 町奉行
はとこ
大岡忠利《おおおかただとし》
父子
第九代将軍 徳川家重《とくがわいえしげ》（幼名・長福丸）
大岡忠光《おおおかただみつ》（幼名・兵庫） 小姓 若年寄
比宮《なみのみや》（増子） 家重の正室
幸《こう》 侍女
千瀬《ちせ》 侍女
第十代将軍 徳川家治《とくがわいえはる》
松平武元《まつだいらたけちか》 老中
酒井忠寄《さかいただより》 老中
田沼意次《たぬまおきつぐ》（幼名・龍助） 老中
夫婦関係
血縁関係
主従関係

第一章　登城

一

江戸町奉行、大岡《おおおか》越前守《えちぜんのかみ》忠相《ただすけ》は江戸城中奥で四半刻ほど、上臈《じょうろう》御年寄《おとしより》の滝乃井《たきのい》を待っていた。

滝乃井はかつて八代吉宗《よしむね》の嫡男の乳母を務めていた。そのため御台所に次ぐ権勢を持ってしかるべきところ、吉宗がまだ世継ぎを定めていなかったので、それほど重んじられてはいなかった。

「ああ、越前殿。お待たせしてしもうた、お許しくださいませ」

歳は忠相と同じく、四十半ばといったところだろうか。それ以外に忠相は滝乃井とのあいだに何の接点も見出せなかった。もちろんこれまで会ったこともなく、日常大奥から出もしない奥女中が自らの詰所に侍を招いて対面するとは、異例中の異例だった。

「それがしは構いませぬが、どのようなご用件でございましょう」

「ええ。越前殿のご高名は妾《わらわ》とて、よう存じております。上様の御信任の篤いこと、お人柄の清廉であられること……」

忠相は苦笑して滝乃井の口を止めさせた。さすがに滝乃井も気づいたようで、一つ息を吸った。

「今日は他でもない、長福丸《ながとみまる》様の御事でございます」

「これは、これは。それがしなどがお聞きして良いことでございますか」

長福丸とは滝乃井が乳母をしていた、十四になる吉宗の嫡男である。明年には元服するといわれており、その後は次の将軍として江戸城西之丸の主となる。

だが長福丸はそれに相応《ふさわ》しい扱いを全く受けていなかった。つまり、誰も長福丸が将軍継嗣になるとは信じていない。なぜなら長福丸の身体には重い病があり、片手片足はほとんど動かすことができず、口をきくこともできなかったからだ。

「越前殿は長福丸様の御姿を拝したことがおありであろう。歩くには足を引き摺っておられ、乳母を務めた妾でさえ、お言葉がよう聞き取れませせぬ」

忠相は合いの手を入れることも憚られ、押し黙っていた。

七年前、忠相は四十一歳という若さで江戸町奉行に任じられた。それからは小石川に養生所を作り、町火消を編成し、諸色《しょしき》の値を安定させるため、江戸で流通する金の価値を上げることに心血を注いできた。だがどれも一朝一夕とはいかず、世に言われる享保の改革も八年になろうとしている。

その改革を手伝う忠相は、たしかに吉宗から身に余る信頼を得ているが、将軍継嗣については聞かされたことがない。禄高二千石にすぎない忠相は、将軍家の家政に関わるような身分ではないのである。

「越前殿」

「はあ」

「長福丸様の御言葉を聞き取る少年が現れたのです」

「え……」

忠相は我にもなく絶句してしまった。長福丸には幾度か拝謁したことがあるが、声はあとえの混ざった音にしか聞こえず、首を動かすのでようやく是か非かが分かるだけである。麻痺で引き攣《つ》れた顔は表情にも乏しく、暗い印象しか残らなかった。

「それはまた。まことでございましょうか」

「ええ。でなければ越前殿にわざわざおいでいただきませぬ」

と言われても、忠相にはその訳こそ分からない。

滝乃井は勿体ぶって咳払いをした。

「長福丸様のお言葉を聞き取ったその少年、名を大岡兵庫《ひょうご》と申して、越前殿の遠縁にあたりますのじゃ。ご存知あられぬか」

「大岡、兵庫。はて」

忠相は首をかしげた。大岡家は忠相の高祖父が家康《いえやす》に仕えたが、曽祖父も祖父も、父もそれぞれの代で分家している。当代、叔父や甥あたりまでなら顔も分かるが、それより広がると名も覚束ない。

「ふむ、左様であられましょうな。大岡兵庫は、越前殿の御祖父様の弟の血筋とか。禄高わずか三百石ゆえ、ご存知ないのも無理からぬこと」

「祖父の弟……。はとこの筋にあたりますか」

はとこの子か、孫だろうか。帰って誰に尋ねようかと、つい妻の顔を思い浮かべた。

しかし大奥の上臈御年寄がそこまで調べをつけているとは、根も葉もない噂の先走りではなさそうだ。

「そこでじゃ、越前殿。そなた様にはとくと、その者に言い聞かせてもらいたい。決して出過ぎた真似をいたさず、身の程を弁《わきま》えるようにと」

「は？　それはまた、何ゆえでございます」

「多少のことは目を瞑る。兵庫は長福丸様の小姓に取り立てます」

「め、滅相もない。三百石の小倅でございましょう」

忠相はつい声が大きくなった。三百石といえば御目見得も許されぬ少禄で、小姓になれる家柄ではない。そもそもあの長福丸の言葉を聞き取ることができるなど、とても真実とは思えない。

だが滝乃井は細い眉を吊り上げて忠相を睨みつけた。

「あの者の耳は真実じゃ。兵庫に会うた後の長福丸様の嬉しそうなお顔を、そなたは見ておらぬではないか。偽りだとてかまわぬ。一度でも長福丸様にあのようなお顔をさせてくれた者じゃ、生まれなどはどうでもよい。あれほどの忠義者はおりませぬぞ」

　忠相は唖然とした。滝乃井の頰を涙が伝い落ちていた。

「殿方はすぐに立身だの、取り入るだのと仰せになるが、親身に長福丸様のお苦しみを慮《おもんぱか》ったことなどないであろう。やんごとない将軍継嗣のお生まれにも拘らず、未だにお立場もはっきりせず、日々どれほど侮られておられることか。長福丸様は白湯一杯、好きにお飲みになることができぬ。何一つ、御自らお命じになることがおできにならぬ。それもこれも、我らが長福丸様のお言葉を解して差し上げられぬゆえではないか」

「滝乃井殿……」

「頼みの母君様にも幼いうちに先立たれました。ですがお須磨《すま》の方様は、母ゆえに長福丸様のお言葉が分かると仰せであった」

　長福丸は誕生のとき、臍の緒が首に巻きついたせいで麻痺が残ったといわれている。だから生母お須磨の方は、長く己を責め続けたという。

「乳母の妾が聞き取って差し上げられぬばかりにお苦しめしたのです。それを聞き取る者が現れたのじゃ、兵庫になにか不始末があれば、妾はともに自害する覚悟です」

　滝乃井はまだ眉を吊り上げている。

　だが将軍の嫡男の小姓は、順当にいけば次の将軍の御世に、老中のような重臣になるのである。

　とはいえ長福丸はすでに廃嫡とも囁かれている。四つ下の弟、小次郎丸《こじろうまる》が格別に利発でもあり、周囲の多くは小次郎丸が次の将軍だと考えている。諸侯が列座する大書院間や老中を差配せねばならない評定で、口をきくことができなければ将軍はとても務まらないからだ。

「それで、その者は真実、長福丸様のお言葉を解しておるのでしょうか」

「ああ、それは間違いない」

滝乃井はいとも易々と断言した。

「もしや越前殿まで、次の将軍たる長福丸様のおそばには、なまじな者は置かせられぬとお考えであろうか。だが、それはなりませぬ。日々のお煩いを軽くして差し上げる、それこそが我ら臣下の真っ先に考えねばならぬことじゃ」

忠相は内心、ため息を隠していた。

そんなことは乳母だから言えるのだ。ほんの数十年前、五代綱吉《つなよし》が側用人制を創ってから、江戸城では老中ですら将軍となかなか話すことができなくなった。そのまま六代、七代と続いたその歪みを正すために、吉宗は幕政を改革してきたのだ。

口のきけぬ将軍に、一人だけ言葉の分かる小姓が侍《はべ》る。これはまさしく老中さえも遠ざけた側用人制の復活だ。

「兵庫と申しましたか。歳はいくつでございます」

「長福丸様より二つ年嵩。当年十六だそうな」

忠相は黙って考えた。三百石取りの旗本の子なら、長福丸に拝謁できただけでもよほどの幸運だったはずだ。大概はもう二度と登城することもなく、縁続きの忠相でさえ、平素はつきあいもしない。

「十六にもなっておるならば、性質を矯《た》めることもなかなか難しゅうございましょう。なにより地の頭が悪ければ、今さら何を教え諭したところで無駄でございます」

「ご聡明の上に情け深いと謳われる越前殿の、他ならぬ血縁の者ではないか。なんとかしてくださいませ。長福丸様のお言葉を解すとなると、余人には代わりがきかぬ」

「御世継ぎ様の小姓など、なまなかな者には務まりませぬ。およそ小者にかぎって大それた念を抱くのは、古来より数多《あまた》、例のあることでございます。しかも十六といえば生意気の盛り。言い聞かせて悟るものとも思えませぬ」

「いざとなれば、妾が刺し違える」

「滝乃井殿。下手をすればこちらが騙されると申しておるのです」

何かしでかしたときは、滝乃井ばかりでなく忠相が切腹しても収まらぬかもしれない。

「どうか兵庫に、御城へ上がる心得をとくと説いてやってくださいませ」

滝乃井は手を合わせて拝んでいる。

だが滝乃井が長福丸のことのみ考えているように、忠相にもどうしてもやり遂げたいことがある。

忠相をここまで引き立ててくれた吉宗はまだ四十一という若さで、上米《あげまい》、足高《たしだか》、参勤の緩和と、矢継ぎ早に旧来の政《まつりごと》を改めてきた。振り出しは少禄の旗本に生まれた忠相にとって、吉宗はかけがえのない主君なのだ。まだこれから手足となって働きたい矢先に、顔も見たことのない遠縁の少年に連座して失脚するなど、冗談ではない。

正直、一切関わりたくない。忠相のような町奉行ごときに、江戸城の奥のことなど想像のつくはずがない。滝乃井にどんな顔をされようと、御免なものは御免だ。

「せっかくながら、滝乃井殿のお言葉に従うわけにはまいりませぬ。それがしはその者に会えば、きつく登城を止めるかもしれませぬ」

いや、きっとそうする。十六やそこらで小賢しい。浅はかな立身など夢想して、家名断絶が関の山だ。

「いいえ、それはなりませぬ。二つ三つの不足には、妾は目を瞑ります」

だから滝乃井が堪えて済むという話ではない。大奥の女中が刺し違えるのは勝手だが、忠相にはこの先やりたいことが山とある。

だがふと閃いた。逆にこれほど滝乃井が熱望しているなら、止められるのは忠相だけかもしれない。ならば、会ってみるのも悪くはない。

「やれやれ、承知いたしました。大岡兵庫とやら、それがしも何やら会うてみとうなってまいりましたぞ」

「さすがは越前殿。引き受けてくださるか」

忠相は弱々しく笑みを浮かべた。引き受けるもなにも、兵庫が小姓に抜擢されてしまえば、不手際の際は忠相まで責めを負わされかねぬのだ。

滝乃井には悪いが、兵庫のことは諦めてもらう。

ただ確かに忠相は、どんな少年か見てみたいとも思った。

「ああ、安堵いたしましたぞ、越前殿。だいたいが皆、長福丸様を侮りおって。越前殿はご存知あるまいが、口がおききになれぬゆえ廃嫡だ、などと申す声もあるのですよ。愚かな。上様の御世継ぎ様は長福丸様に決まっておろうが」

忠相は滝乃井が少し不憫になってきた。本気で長福丸が将軍になれると考えているのは、この滝乃井だけではないのだろうか。

だが生憎《あいにく》と忠相は、滝乃井よりずっと人が悪い。奉行など、善人面の奥の邪曲が見えてこそ務まる御役だ。

己が火の粉を被りたくなければ離れるしかない。それができぬなら、燃え上がらぬうちにさっさと土をかけて埋めてしまう。

とにかく厄介には巻き込まれぬことだ。

城を出るとき、改めてそう思いながら忠相は御城を見上げた。


その日の夕、忠相の役宅に思いもかけぬ賓客が現れた。松平能登守乗賢《まつだいらのとのかみのりかた》という三十過ぎの若者だが、家柄にも才智にも恵まれて、すでに若年寄という要職にあった。それがまるで狐にでもつままれたような、困惑しきった顔をして座敷へ入って来た。

いずれは老中にもなろうという能登守は、しばらく陰鬱そうに瞼を閉じていた。出した茶菓には手を伸ばそうともせず、接待は無用と取り付く島もなく言い放った。

だが眼光鋭い目を開いたとき、どことなく怯えがあるようにも見えた。

「御城に突如、長福丸様のお言葉を解する者が現れたのだ。越前の遠縁にあたるというが、聞いているか」

忠相がうなずくと、能登守はまずはためらいつつ湯呑みに手を伸ばした。

「上様のお覚え目出度《めでた》い越前ゆえ、思い切って出向いて参った。長福丸様の御身の不如意はむろん上様が最も案じておいでだが、我ら幕閣とて心痛は同じ」

中奥の座敷でむせび泣いた滝乃井の声がよみがえってきた。

長福丸は吉宗がまだ将軍になる前、赤坂の紀州藩邸で生まれた。あわや死産というところをどうにか命は取り留めたが、成長しても口がきけるようにならなかった。そのうえ尿《ゆばり》を始終漏らすので、座った跡がまいまいのように濡れて臭うとまでいわれていた。

なにより病のせいか生来の性質ゆえか、長福丸はひどい癇癪持ちで、怒り出すと手が付けられなかった。四半刻でも大声で喚き続けるのだが、誰も言葉が分からぬので、当人が疲れて黙るまで放っておくしかない。するといつの間にか、素《す》に戻る。

ただ忠相も初めて会ったときはつい見返したのだが、長福丸はなんとも美しい形の良い目をしている。麻痺で片頬が引き攣れているのに、そんなこともつい忘れてしまうほどである。

だがだからこそ滝乃井のように肩入れする者も現れ、身分のゆえにこれまで厳しく叱る者もなかった。弓も槍術の類も一切しておらず、手にも麻痺があるので仮名ですら書くことができない。

能登守は長いため息を吐いた。

「誰ぞ長福丸様のお言葉をお聞き取りできるとなれば、我らにとってもこれほど嬉しいことはない。乗邑《のりさと》様など、真偽のほどはさておき、ともかくは小姓に召し出してしまえと仰せであった」

乗邑とは先年大坂城代から老中に昇った松平乗邑である。歳はまだ四十にもならないが、その分、忠相も目を瞠るばかりの切れ者である。

大坂では札差たちを相手に辣腕をふるい、年々減るばかりだった幕府の御蔵米をわずかだが増やさせた。それで老中にまで昇り詰めたのだが、今では吉宗自身が誰よりもその手腕に一目置いているといわれていた。

「乗邑様までそのようにお考えならば、もはや小姓お取り立ては決まったも同然でございましょうか」

忠相こそ、ため息が吐きたくなった。考えてみれば、大奥の女中が云々するより先に、幕閣で取り沙汰されていて当然だ。

「だが長福丸様は筆談さえおできにならぬであろう。その者が長福丸様のお言葉じゃと申して勝手な振る舞いをすれば如何いたす」

「ですが長福丸様も、いざとなれば己の言葉ではないと遮ることはなさるのではございませぬか」

もしそれさえもできないなら、将軍になれるはずはない。

忠相も、もう兵庫が御城へ登ることは覚悟するしかなさそうだ。他の老中ならまだしも、乗邑は幕閣の実力者だった。

「それがしは滝乃井様から伺いましたが、たいそうなお喜びでございました。そういえば滝乃井様は、兵庫のことは能登守様にも確かめたと仰せでございましたが」

「いやいや、もとはあちら様よ。御目見得の後から、どうも長福丸様のご様子が妙じゃとお騒ぎでな」

いつも虚空を睨んで鬱陶しそうに過ごしていた長福丸が、何やら浮き浮きとして、座敷に人が来るたびにぱっと振り返って見るのだという。

思い余った滝乃井が、御目見得で愉快なことでもございましたかと尋ねると、長福丸は力強くうなずいた。だがそれ以上はやはり、何があったかと尋ねる術がない。

それで御目見得の場に居合わせた能登守を呼び出して、兵庫のことが明らかになった。

「先達《せんだつ》ての長福丸様御目見得の折、たまたま私が奏者番を務めていたのだが」

能登守はわずかに忠相のほうへ身を乗り出してきた。

「長福丸様はあの通り、広間に長く座っておられるのは大のつくお厭《いや》であろう。初めから焦れておられるのは分かっていたが」

長福丸の頻尿は生まれつきだから、癖といっては気の毒だが、周りにはどうしても堪え性のない愚者と映った。不動たるべき上段に座す者が厠に立ちたがって身体をもぞもぞ揺するとは、傍で見ているこちらのほうが身悶えしたくなってくる。

だがひるがえって長福丸の身になってみれば、きっと広間に座らされているほどの苦痛もないのだろう。病のせいで小便を垂れてしまうのに、蔑まれつつ皆にそのさまを凝視されているのである。

「あの御目見得でも、やはり長福丸様は中途で座を立ってしまわれてな。こちらは冷や汗が背を伝うた」

だしぬけに立ち上がった長福丸は何やらごにょごにょと言い捨てて、そのまま広間を出て行こうとした。

だがそのとき前列で手をついていた少年が急に頭を上げた。

——将棋がお好きでございますか。

少年はまっすぐに長福丸を見つめてそう言ったという。

その日の御目見得は特別に少禄の旗本の子弟ばかりが集められていた。長福丸に顔見知りがいるはずもなく、立ち去りかけてわざわざ足を止めたのに能登守は驚いた。

長福丸はその場に立ったまま、今度はその少年に向かって何やら口許を動かした。

——もちろんでございます、なにゆえそのようにお尋ねでございますか。

少年は小首をかしげて、長福丸にそう応えた。

長福丸はさらに何ごとかを話しかけた。すると少年は満面の笑みで、畏まりましたと深々と頭を下げた。

「いやはや、すぐそばで見ておった奏者番が申すのだ。あれは確かに言葉を交わしておられた。なにせ、当の長福丸様のほうが驚いて、ぽかんと口を開いておられたのだからな。つねは不機嫌を察せよとばかりに引き結んでおられる、さして動きもせぬ、あの御唇をな」

この通り、と能登守は自らもぱっくりと口を開き、しばし宙を見つめた。そしてそのまま思案に入ってしまった。

やがて忠相を思い出したか、能登守はあわてて口を閉じた。融通が利かず、けれん味もない能登守が今も戸惑っているのは確かなようだ。

そうして少年がじっと頭を下げていると、長福丸は廊下の手前で戻って来た。そして少年の前に立ち、何やら話しかけて能登守に指をさした。

すると少年は目をぱちくりさせて能登守を顧みた。それから畏まりましたと小声で応えた。

「そうとなれば、私も尋ねたくなるではないか。その少年、大岡兵庫とやらにの」

忠相はうなずいた。今のやりとりは何だったのか、忠相でも気にかかる。

御目見得が終わるのを待ちかねて、能登守はその少年だけを残らせて問うてみた。

少年はおずおずと、詫びるように口を開いた。

――私の言葉が本当に分かるならば、この奏者番に、長福丸自らが、そなたを小姓に任じたと申せ。そうすれば私はもう一度、そなたに会うことができる。

長福丸は広間を出る前に、そう言いに戻ったのだという。

それから兵庫は問われるままに、それまでのやりとりを明かした。

最初、ふいに立ち上がった長福丸は、どうせ将棋を指せる者などおるまいとつぶやいた。だから兵庫は、将棋がお好きでございますかと尋ねた。己が最前列にいたので、応えなければならないと思ったのだという。

すると長福丸が、言葉が分かるのかと驚いて話しかけて来たので、もちろんでございます、なにゆえそのようにお尋ねですかと答えた。

喜んだ長福丸は、それなら次は、そなたが将棋の相手をせよと言った。それで兵庫は、畏まりましたと頭を下げた。

「それは……、まことにございましょうか」

忠相は思わず息を呑んでいた。十五やそこらの少年が、咄嗟にそんな筋の通った嘘をつけるものだろうか。

いやはや、と能登守は自らの首筋に手を当てた。

「御城の広間におったのじゃ。私だとて小童の一人や二人、竦《すく》ませるほどの威容は持ち合わせておるであろう。それを兵庫は、口ごもりもせずに滔々と申しおった」

能登守にも、とてもでまかせとは思えなかった。

「そればかりではない。長福丸様は私の名を、起請文がわりに教えてゆかれたのじゃ」

「起請文がわり、とは」

能登守は困じ果てた顔をして、己の鼻に人差し指をさした。

「此奴《こやつ》は松平能登守乗賢と申し、去年の三月から若年寄を務めておる。美濃国岩村藩二万石の主じゃ」

長福丸がこの通り、少年に告げていったのだという。

「越前。そなた、私の在所はともかく、石高など知っておるか。いや、そのほうならば存じておっても不思議はない。だが御目見得がどうにか叶ったという旗本の小倅ごときが、つらつらと私が若年寄に任じられた月まで申しおったのだぞ」

たかだか数百石の旗本の子が、その日の奏者番の名を言い当てたというだけでもあり得ない。だがこのやりとりが真実ならば、その場でこれだけの策を与えた長福丸は、とても十四とは思えない。いっぽうの兵庫にしても、あの江戸城の広間で命じられた通りに即座に繰り返すとは並のことではない。

「どうだ、謀りごとの類とは思えまい。だが、となれば、どうなる」

忠相は応えるどころか、うなずくこともできなかった。たぶん忠相の持った恐れは能登守と同じだろう。

長福丸の言葉には幕閣の誰一人、老中でさえ逆らうことはできないのだ。それがある日を境に、兵庫の言葉に取って代わらぬと言い切れるだろうか。兵庫が長福丸の言葉だと偽って、己を利する言葉を吐くようにならないだろうか。

それなら兵庫がわずかばかり利口だということは、むしろ悪を企む危うさのほうが大きい。

忠相も声を潜めた。

「はじめのうちは当人も一心に務めましょう。ですがいつ悪いほうへ化けるとも限りませぬな」

「左様。初手から悪事をなすつもりの童などおらぬであろう。して、その懸命に務めておる間に、長福丸様に格別に御目をかけていただくことになれば、何が起こる」

能登守の不安は察するに余りあった。

元来、将軍の子には大勢の小姓がつき、その中から性質も能力も抽《ぬき》んでた者たちが側近に選ばれ、競い合って幕閣に残っていく。だが廃嫡だといわれている長福丸にはまだ誰も近しい小姓がおらず、その中へ突然、自在に話のできる者が一人だけ現れるのだ。

兵庫ははじめから唯一無二の寵臣になると決まっているようなものだ。しかもそれは兵庫自身の能力にも心映えにもよらぬ、ただ耳が良いという取柄《とりえ》だけのためだ。

「あの気短な長福丸様のことだ。面倒がって、その者に好きに話をさせなさるかもしれぬ」

長福丸はさぞ嬉しいだろう。なにせ生まれてこのかた不便をしてきた、なかった口を手に入れるのだ。兵庫を気に入らぬわけがない。

「それにしても、長福丸様がご聡明にあそばしたことは確からしゅうございますが」

これまで長福丸は、きちんと人の話を理解できているのかも分からなかった。だが実は他人と会話することができ、奏者番の来歴まで頭に入っていた。その場でふたたび兵庫と会える手まで打っていったのは見事なものだ。

「応よ。これで上様も一安心であろう」

実際は、そう明らかになればなったで厄介は増すのかもしれない。長福丸には将来の側近になるべき臣下がいない一方で、弟の小次郎丸には、すでに次の将軍と期待をかけて奉公に励んでいる小姓たちが大勢いる。

そんななか兵庫が長福丸の小姓になれば、事はどう動くのだろう。ただの藩主の子などと違って、長福丸の場合は暮らし易くなるというだけでは済まないのではないか。

「その者、奥でのみ御口代わりを果たせばよいというものでもない。今でも長福丸様は表へ出られることもある」

長福丸は元服すれば諸侯の前に出なければならなくなる。黙って座っていられるのも今だけである。

「越前には兵庫の人となり、とくと見定めてきてもらいたい」

「ですが、歳は十六とか。ただでも見極めが難しい年頃でございます」

「そうとも。その時分の己を思い出せばよう分かる。私など、大人を平気で謀《たばか》って、裏でほくそ笑んでおったわ」

互いに肩をすくめて笑った。若年寄にまで昇るような能登守は、さぞ頭でっかちのこましゃくれた少年だったことだろう。

結局はその時分の己を尺に測るしかない。忠相も町奉行などといって大上段で人を裁いているが、どこまで真実を見抜くことができているか知れたものではない。

「いかに同族といえど、越前ならば目が眩むこともあるまい。小姓に相応しゅうないと思えば、御城へ上げるような真似はしてくれるな。我らもそれは信じている」

老中の乗邑は、兵庫が忠相の遠縁にあたるのも東照神君《とうしょうしんくん》の計らいだろうと言ったという。将軍家の長子相続を堅く定めていったのは家康だ。だがそれでも三代家光《いえみつ》は自ら同母弟を自刃させ、そのぶん家康の血統は数を減らしている。

「長福丸様がただの大名の子であれば、どのような者だろうと取り立ててやるのだがな」

この世に身体の悪い者はごまんといる。だが長福丸ばかりはあの不如意な身で、幾百と並ぶ諸侯に、佇まいから勢威を示さなければならない。

その重圧が、三十という若さで幕閣に連なる能登守には分かるのかもしれない。だが長福丸は元服すれば、そんな重臣たちにも指図をしなければならなくなる。

もしも長福丸が聡明な生まれつきで、己の立場が分かっているとするならば。もしもそうなら、長福丸はこれまでたった一人でどれほどの不安と闘ってきたのだろう。

夕闇の辻に能登守の駕籠が消えると、忠相は空にそびえ建つ江戸城を見上げた。

あの巨大な城の中で、物も言えぬ少年は一人でもがいているのだろうか。

日の長い町には、まだ振り売りの声が小さく聞こえていた。


八年前、紀州藩主だった吉宗は、格上の尾張を差し置いて八代将軍を襲職した。そのとき普請奉行を務めていた忠相は、代替わりに伴って屋敷地の引き渡しが増え、忙しく江戸の町を歩き回っていた。引き渡しには各々の境界を杭の一本に至るまで検めて書状に記さねばならなかったが、およそ一年のあいだに百件余りをこなした。

ほかにも常の御役として掘割の直しや上水の補修があったので、明くる年に町奉行に任じられたときには、忠相は天秤棒を担ぐ振り売りたちのように江戸の町に詳しくなっていた。それですぐ町火消を作ることに取りかかった。

これまで火消といえば、建物を壊す武具を携えて大勢で城下を歩くことから武士にしか許されていなかった。大名屋敷はどれも瓦葺きで少々の火の粉には持ちこたえるが、町方の長屋は熱風を浴びただけで燃え上がる。だというのに町には火が出ても助け手はおらず、たまに大名屋敷が火に近ければ大名抱えの火消が来てくれるだけだった。

六年前、どうにか形ができた町火消は一年を経ていろは四十七組になり、忠相は吉宗から褒美を賜った。町火消は今や武家屋敷の消火にも出られることになったが、風向きによっては町人が武家屋敷を叩き壊すというのだから、江戸はもう武士だけが偉ぶる町ではなくなったのだ。だから享保というのは、武士よりも町人商人が力を持ち始めた世なのかもしれない。

吉宗は将軍になって以来、目安箱を置き、養生所を開き、質素倹約を唱えつつ財政を立て直そうと改革を続けてきた。旗本たちに給米が払えず、人を減らす手前に追い込まれていた幕府も、上米令で急場をしのぎ、新田を拓いて徐々に年貢米を蓄えられるまでになった。

まだ四十を過ぎたばかりの吉宗がどこまで幕府を家康の時分に戻せるか、この国の行く末は今この改革にかかっていると忠相は思っている。そして吉宗の次の将軍には、それを盤石のものにしてもらわねばならない。ちょうど、二代秀忠《ひでただ》が幕府の基を完成させていったのと同じように。

忠相がつい思い巡らせていると、障子に人の影が現れた。

「大岡兵庫にございます。本日は急なお呼びと伺い、まかり越しましてございます」

「ああ、待っていた。入るがよい」

静かに障子が開き、少年が細い髷を廊下にうつむけていた。式日と立合のほかは役宅に詰めている忠相は、寄合のないこの日、兵庫を初めて呼び出していた。

御目見得からまだ三日で、この少年はとつぜん異様な渦に巻き込まれて困惑しているのかもしれない。まさか自らこれほど大それたことを謀ったとも思えない。だとすればこの少年はむしろ憐れでもある。

案の定、入って来た兵庫はひどく青ざめていた。あれから系図を調べてみたが、少年の父が忠相とはいとこにあたり、忠相はこれまで兵庫に会ったことはなかった。

「御奉行様には初めて御目にかかります。それがしの曽祖父が、御奉行様の御祖父様の弟にあたるのだと父に聞いてまいりました」

「ともかくは面を上げよ。今日はなにゆえ呼ばれたか分かるか」

小さくうなずいて兵庫が顔を上げた。歳よりは幼げな、痩せて頬もこけた少年だった。

と、少年はまたすぐ手をついた。

「まことに申し訳次第もございませぬ」

「何がだ」

「今日はお叱りと存じ奉ります。それがしは御城で、こともあろうに長福丸様と口をきいてしまいました」

詫びようもないと、兵庫はひたすら繰り返して額を畳に付ける。

「よいから、そう顔を伏せておらずに、まずは何があったか話してみよ」

兵庫はもう一度ゆっくりと顔を上げると、激しくまばたきをした。

訥々《とつとつ》と少年が語ったことは能登守の話と寸分も違わなかった。

「それがしは気を張るあまり、つい己が直々に問われたと思い込んで口を開いてしまいました」

兵庫が言い終わるより先に、忠相は手のひらを振って頭を下げるのを止めさせた。

「ああもう、しばらくは私が申すまで顔を上げておけ。左様、その折の話だ。兵庫は真実、長福丸様のお言葉が分かったのか」

「分かった、と仰せになりますと」

「ふむ。長福丸様は手足に麻痺がおありだ。それは御目にかかって分かったであろう」

兵庫はうなずいた。

「お生まれあそばしたとき生死の境をさまよわれたのだ。それゆえ口もおききになれぬ」

「たしかに右の御足は引き摺っておいででした。ですが特段のこともなく話しておられましたが」

兵庫は不審そうに首をかしげている。

そういえば長福丸に種々の病があることは、まだ下々には知られていなかった。

「ではそなたは格別のこともなく、長福丸様のお言葉が聞き取れたというのか」

「格別……」

兵庫は意味を測りかねて、きょとんと忠相を見返した。

「小姓に取り立てるなどと言われて、さぞかし得意になったことであろう」

「め、滅相もございませぬ。たまさか最前列におりましたそれがしを、軽くおからかいになったことと存じます」

少年は大あわてで手をつく。

だが長福丸は戯れ言を口にしたりできぬ身体だ。

「家に帰り、真っ先に父母に話したであろう」

「どうぞお許しくださいませ。事もあろうに長福丸様に話しかけ、あまつさえ小姓の約束をいただいたなどと、それがしは軽々に申しました」

兵庫は飛び退って畳に手をついた。

「ならば奉行所への今日の呼び出し、父母は何と仰せになった」

「はい。もはや切腹は免れぬのであろうと」

「切腹……」

忠相は思わず天井を見上げた。

「して、父上はどのようにそなたを送り出された」

たしか名は忠利《ただとし》と、系図に記してあった。

そのときふいに正月に会ったことがあると思い出した。まるで浪人のような、頬のこけたひょろりとした侍だった。控え目でいかにも実直そうな、たしかいつも挨拶だけですぐ辞去したのではなかっただろうか。

「それがしの父は……、ともに腹を切ってやるゆえ、恐れるなと申しました」

忠相はさすがに茫然とした。よく二人揃って昨夜のうちに腹を切ってしまわなかったことだ。早く呼び出しておいて良かった。明日が内寄合に当たるので、はじめは明後日にしようかと迷ったのだ。

「まさか、そなたの帰りが遅れて、忠利殿が先に腹をお召しになることはあるまいな」

「それはございませぬ。それがしの介錯をしてくださると仰せでございましたので」

「介錯、なあ……」

安堵か呆れか、忠相はため息が隠せなかった。

「そなたは腹を切らねばならぬようなことは何もしておらぬではないか。それどころか、皆がお喜びじゃ。そなたを長福丸様の小姓にお取り立てなさる」

「は……」

兵庫はぽかんと忠相を見返した。

だがこの顔だ。声にも言葉にも、謀りごとなど微塵《みじん》もまとわりついていない。これが作られた偽物だというなら、忠相は二度と白洲で人を裁くなど御免だ。

「長福丸様はご誕生の折、病のお身の上になられた。あの通り、手足には麻痺が残り、舌はほとんど動かすことがおできにならぬ。それゆえこれまで長福丸様のお言葉を聞き取れる者はいなかった」

兵庫が驚いて目を見開いた。

「ところがそなたは長福丸様のお言葉を聞き取ることができたのであろう。それゆえ小姓にしてくださるとな」

「そ、それがしをでございますか」

少年は青ざめるのを通り越して、凍りついたような強張った顔になった。

「だがこのようなお取り立ては先例がない。万が一、そなたが不始末を起こせば、事は将軍家に及ぶ」

とはいえ不始末とは何かと問われれば、忠相にも答えることはできない。

「長福丸様は、目も耳もお悪くはない。だが手指が震えるゆえ、文字もお書きになれぬ」

だから筆談もできず、日頃は侍女たちが長福丸に問いかけ、それに首をどう振るかで御側が推測している。だがどうしても細かな望みまでは伝えられないので、長福丸は自分でやってしまうことも多いという。

「たとえばな……。兵庫、障子を開けてくれぬか。息が詰まる、しばし休んでから先を話そう」

「は、畏まりました」

兵庫は立って障子を開けようとした。そして寸前で、ふと手を止めた。

忠相は立ってそばへ行った。

「そうだ。その程度のことでさえ、長福丸様は誰にお命じになることもできぬ」

兵庫とそのまま縁側に出て腰を下ろした。

飛び石の先に櫟《くぬぎ》や楓があるだけの簡素な庭である。今は蟬がうるさいほど鳴き散らしているが、朝夕には奥の小さな石庭に鳥が来ることもある。

長福丸の母は深徳院《しんとくいん》といって、吉宗が将軍になる前に亡くなっている。当時まだ三つだった長福丸は少しずつ他の子らと差がつき始めていたが、先のことは案じてもきりがないと笑って受け流せる、明るい聡明な女性だったという。

――それは長福丸は、わが殿のように自ら道を切り拓くことはできぬかもしれぬ。ですが良い家臣を選び、殿の後ろを歩くことならば誤りませぬ。この子の笑みを見ていれば分かります。私は母ですから。

忠相はこの言葉を滝乃井に聞いたが、今その声がじかに響いてくるようだ。

初めて会ったばかりで妙なものだった。心が静まって笑みが浮かびかけたとき、庭先でひゅいっと鳥が囀《さえず》った。

櫟の陰に褐色の鳥が舞い降りて、羽づくろいを始めた。

兵庫は眩しげに目を細めていたが、すぐ我に返って忠相を振り向いた。

「とらつぐみでございます」

「……鳥の名か。そなたは鳥が好きか」

「はい。大きな蚯蚓《みみず》でもおるのでしょうか。仲間に知らせております」

忠相が小首をかしげると、兵庫は優しげに微笑んだ。

「用心しながら来いと、皆を呼んでおります」

するとすぐ褐色の鳥がもう一羽やって来た。

「どういうからくりだ」

「鳥は、人が思いもよらぬことを鳴き交わしております。もうすぐ風が強まる、雨雲が近づいている、危ないゆえ離れよと、互いに知らせ合うております」

「もしや、鳴き声が違うか」

そういえば鷹匠たちの中には、鳴き声を真似て鳥を呼び寄せる者がいる。

「雪山と晴天と、声の響きが違うとも聞いたことがある。その類か」

兵庫は遠慮がちに目を細めた。

「板間と布団の上では、響きが異なって聞こえます」

「なんとなあ」

忠相は感心した。よほど生まれつき耳が良いのだろう。

だから長福丸の言葉も聞き取ることができるのかもしれない。

「話を戻す。そなたもどうせお仕えするならば、長福丸様が将軍におなりあそばせば嬉しいであろう」

兵庫はみるみる頬を赤らめた。

「長福丸様が将軍職に就かれました暁には、先達てのそれがしの誉れは、より一層大きゅうなると存じます」

忠相は首を振った。なにも三日前の御目見得の自慢をせよとは言っていない。

「いずれ分かるであろうゆえ、先に申しておく。長福丸様にかぎっては、まだ九代将軍とお定まりあそばしたわけではない」

長子相続は家康が定めた絶対の掟だが、こと長福丸については例外中の例外があるかもしれない。あるいは忠相が知らぬだけで、吉宗も幕閣も、内々ではすでに廃嫡を決めているのかもしれない。

ただの藩主とは違って、将軍は家臣に政を任せきればいいというわけにはいかない。城の奥深くに暮らして、それこそ身体の悪いことを悟られずに済ませることなどできないのだ。

月に三度の定例登城のほか、歳首《さいしゅ》、五節句などの祝いに行事ごとの諸侯総登城。参勤とお暇の謁見、襲封その他、どれほどの拝謁があるのかは忠相も知らない。

そのたびに四百畳もの大広間でただ一人、上段之間に座るのが将軍だ。入るのも退出するのも皆の目がついてまわり、その折の姿は幾代にもわたって諸国で語り継がれる。

「我らには長福丸様のお苦しみなど、察することもできぬ」

偉そうに言っているが、忠相もようやく思い始めたばかりである。

長福丸は周囲が用意した問いに、然《しか》り不然《しからず》と首を振ることでしか生きられない。だというのに誰からも侮られぬよう、この世に叶わぬことはないという顔をしていなければならない。

「しかも長福丸様は、もしも将軍におなりあそばさねば、廃嫡という疵がつく」

ほんの三日前まで、兵庫には何の関わりもなかったことだ。だが兵庫はこれからは、長福丸のただ一人の通詞《つうじ》として生きていかねばならない。

そうだ、通詞だ――

だがただの通詞ではない。周囲の妬みや恨みを買いながら、人並みに歩くことなどできるのだろうか。

「引き返すなら、今のうちだ」

つい、兵庫の幸いを一番に考えて言ってしまった。

だがその次は長福丸のことを考えた。長福丸のためには、兵庫にそばに行ってもらいたい。

「栄達を望んで小姓になろうと願うならば、やめておくのが身のためだ。わずかでもそのような山気を持てば、そなたの場合は十が十、百が百、いずれは命を落とすことになる」

忠相はもう己の保身は考えていなかった。

「ただでさえ政の中央は、隙あらば取って食おうという智恵者たちで充ち満ちている。ちょっとやそっと目から鼻に抜けるといった頭では、とても泳ぎ渡ることなどできぬ深い淵だ。私には到底務まらぬし、我が子ならば行かせたくはない。だがもしも長福丸様が我が子ならば、是が非でも兵庫には小姓になってもらいたい」

「それは、どういうことでございましょうか」

「長福丸様のお苦しみを、なんとか軽くして差し上げたい。あの御方の背負うておられる苦は、きっと尋常のものではない」

これまで忠相は長福丸自身の苦しみなど考えたこともなかった。だが気づいてしまえば、長福丸ほどの苦悩を背負わされた少年を、忠相は他に知らない。

「誰もが長福丸様を己の立身の道具としか思うておらぬではないか。あのような雁字搦《がんじがら》めの器に入れられて、長福丸様の御心は今にも張り裂けるばかりではないか」

長福丸は聡明な頭を、不如意な身体という器の中に閉じ込められている。しかもその器は、この世の誰よりも身動きのできない、将軍継嗣という上段中の上段にぽつんと置かれている。

「長福丸様はただ一人で、悲しみを堪える上に、怒りを抑えておられる」

そのとき兵庫がわずかに身じろぎをした。

「それがしが真心でお仕えすれば、長福丸様のお苦しみは少しは軽くなるでしょうか」

忠相はうなずいた。目頭が熱くなってきた。

「もとよりそれがしは、己の立身出世など願いませぬ。ただ一度、将棋のお相手ができれば、それで十分でございます。どうか……」

兵庫は手をついた。

「どうかそれがしを、長福丸様の小姓に御推挙くださいませ」

「やってくれるか」

「それがしから願い申し上げます」

「そなたにしか、できぬことなのだ」

懸命に兵庫は頭を振る。

もう思い切らねばならない。これはきっと兵庫が生まれる前から定まっていたことなのだ。だから忠相は、ただ一日でも長福丸の心が晴れる、それだけを思って兵庫を送り出すべきなのだ。

忠相はそっと己の拳を握りしめた。

「そなたは近々、御城へ登ることになるだろう。これから先、そなたがどれほど戸惑うことになるか、私にも分からぬ。せめて私にできることがあれば、何なりと助けよう」

だが忠相にこの少年を助けてやれることなど、ただの一度もないのかもしれない。

「兵庫には心しておかねばならぬことがある」

「はい」

「そなたは決して、長福丸様の目と耳になってはならぬ」

「目と耳に……」

長福丸が見るはずのないもの、聞くはずのないこと、それらを告げ知らせることは兵庫の役分を超える。

その意味が十六の少年に分かるだろうか。だがもしも兵庫がこれを取り違えれば、幕府もこの世も、昔のように歪んでしまうのだ。

幕府では五代から七代に至る将軍が側用人を置き、幕閣がないがしろにされる政が続いた。

それがようやく吉宗の襲職で家康の昔に改められたのだ。だというのにそれがまた元に戻れば、ここまで積み上げてきた改革がすべて水の泡になってしまう。

「長福丸様は、目も耳もお持ちである。そなたはただ、長福丸様の御口代わりだけを務めねばならぬ」

兵庫はまっすぐに忠相を見つめた。

「目や耳に、なってはならぬ。御奉行様のお教えは生涯決して忘れませぬ」

か細いとらつぐみの鳴き声が響いてきた。

忠相はこれほど清らかな鳴き声をかつて聞いたことがなかった。二人でそのまましばらくその声に耳を澄ませていた。

二

秋、兵庫が長福丸の小姓に任じられて一月余が過ぎ、忠相は久々に御城へ登った。老中の松平乗邑に呼び出されていたのだが、先に滝乃井が現れたので驚いた。せいぜいが中奥までしか出ない御年寄が、表までいそいそとやって来たのである。

「なに、妾のような婆が御廊下を歩くぐらい、上様も大目に見てくだされよう。ま、すぐに退散いたします」

忠相が滝乃井に会ったのはこれで二度目だが、前とは人が違ったように明るい顔をしていた。

「越前殿。あの御子じゃ。よもやあれほど上出来とは思いも致しませなんだ」

人目を気にしてか、わざと人に聞かせたいからか、滝乃井は障子を開けさせたままで話し始めた。

「もしや兵庫のことでございますか。如何でございましょう」

「それがのう。長居は許されぬゆえ、一つだけで帰りますが」

滝乃井は笑って口許に人差し指を立ててみせ、どういうわけか目尻の涙を拭った。

「長福丸様のご短気が嘘のように止みましてなあ」

「ほう。ご短気であられましたか」

聞いてはいるが、ここはとぼけておいた。

滝乃井は真実急いでいるようで、せっかちにうなずいた。

「これまで長福丸様には風呂を遣うていただくのが一苦労で、いつもなかなか入ってくだされずに難儀しておりました。入れば入ったで鴉の行水、侍女たちは皆、頭を抱えておったものじゃ」

兵庫が来てすぐのとき、夕刻にやはりその悶着が起こった。

長福丸が滝乃井の手を乱暴に払いのけて何ごとかを言ったので、兵庫がすかさずその言葉を伝えた。

――今日は尿を堪えておれぬ気がする。それゆえ湯には浸かりとうない。

滝乃井は驚いて、長福丸を不躾に見返してしまった。

――もしや、そのような理由でいつも湯殿を避けておられたのでございますか。

長福丸は煩わしげにうなずいた。こんな問いかけは、これまで誰も長福丸に与えてやることができなかったのだ。

だから滝乃井は勢い込んで言ったという。

「畏れ多くも長福丸様の遣われた湯を、他の誰ぞが後から使うことなどございましょうか。長福丸様が浸かってくださらねば、掃除の者は空しゅう汲み捨てねばなりませぬ、と」

その折のことを思い出したのか、滝乃井は今度はころころと笑った。

「長福丸様はそれこそ、鳩が豆鉄炮をくろうたようなお顔をなさいましてな。以来、風呂は欠かされませぬ」

滝乃井は立ち上がった。だが次々に湧いてくる話を、どうにも抑えられないらしい。

「万事、この調子でな。我らは、そうであったか、そのような理由がおありだったかと、一つひとつ腑に落ちる日々でございます。まこと、兵庫が来てくれて、なんとなだらかな暮らしに変わったことか」

滝乃井は思わず忠相の手を取りかけて、あわててその手を引っ込めた。忠相もつい釣り込まれて微笑んだ。

「どうぞ、増長の兆しが見えますときは、きつくお叱りくださいませ。滝乃井殿だけが頼みの綱でございます」

「あの者のことでは、越前殿は何も案じられることはないと思いますぞ。分かっておりますとも、なにせ妾は、あの者とともに自害いたす身じゃ」

「ああ、そのお言葉ほど有難いものもございませぬ」

これでも滝乃井は複雑奇怪な大奥を巧みに泳ぎ渡っている老女である。大奥にも首座というものはあり、今のそれは六代家宣《いえのぶ》の正室、天英院《てんえいいん》で、次席は七代家継《いえつぐ》の生母、月光院《げっこういん》だ。滝乃井も長福丸を守るために、身の細る思いをしているはずだ。

足を掬おうとする者ばかりの表と奥で、真に長福丸の幸いを考えていたのは滝乃井だけだったのかもしれない。それなら兵庫を庇ってやれるのも、奥では滝乃井ただ一人だ。どう足掻いても、表の忠相にはその力はない。

「滝乃井殿、どうか呉々も兵庫のことをお頼み申し上げます」

忠相は手を合わせたいほどだった。わずか一月前、滝乃井が忠相にそうしていたのを思い出す。

「妾と越前殿は、ともに兵庫に喉元を押さえられておるようなもの。せいぜい奥では妾が目を光らせまする」

そう言うと滝乃井は衣の裾を蹴立てて奥へ帰って行った。

それから間もなく乗邑が相役の水野《みずの》監物《けんもつ》と連れ立ってやって来た。

監物は歳は五十半ばで、一昨年、幕府財政を統べる勝手掛老中に就いていた。吉宗が自ら抜擢して享保の改革を主導させている幕閣の実力者で、世間からは聡明比類なしと言われていた。諸藩に献米を命じる上米令や、役務の間だけ禄高を上げる足高の制は監物が主導したもので、各地での新田開発もその献策で始まっていた。

ただそのぶん庶民には厳しく臨み、城下ではたびたび落書などであげつらわれていた。だが人柄は廉直で、相手によって遣り口を変えるといった姑息さは一切なかった。

二人は忠相の向かいに腰を下ろすと、監物がさっそく柔和な顔つきになった。

「近ごろの長福丸様は癇癪も起こされず、押し出しも増されたようじゃ。大岡兵庫とやら、たいそう慎み深うて智恵も回るようではないか」

己が褒められたようで、忠相はどんな顔をすればいいのか分からなかった。

「口のきけぬ苦しみをあれほど分け持ってやれる者もおるまい、と」

「左様。上様もお褒めであったのう」

気を利かせて言った乗邑に、監物も諾《うべな》った。

そこへ外廊下から声がして、忠相たちは皆、ぎょっとした。

自ら障子を開いて、吉宗が顔を覗かせた。

「乗邑はなかなか、余の声音が上手いではないか」

気さくに軽口を叩くと、笑って腰を下ろした。

吉宗は元来が紀州藩の部屋住みという育ちのせいか開け広げで、気軽に御城の中を歩き回っていた。拳を握りこむと力こぶもできるほど逞しいが、中身は温和で周りも接しやすかった。

忠相は一度、町火消が出来たときにわっと喜んで肩を組んでこられたことがあるが、あのときの感激は忘れられない。忠相は吉宗には、将軍というより親方船頭のような頼もしさを感じていた。

そしてなにより頭の冴えが常人の比ではなかった。忠相は幕閣生え抜きの老中たちと同座すると、あまりの聡明さに冷や汗をかくことが多いが、その老中たちが、吉宗の前では揃って頭を垂れていた。

「此度はまこと、得難い小姓が見つかったものでございますな、上様。これならば長福丸様は、ご元服あそばしても恙《つつが》なくお過ごしになられますぞ」

吉宗は上機嫌で監物にうなずき、しわぶきを一つ挟んだ。

「どうじゃ、乗邑も、兵庫とやらの子柄は気に入っておるか」

「はい。随分と聡いようでございますので。先達て、それがしは能登守と相計らい、日本橋に掲げた高札について話し聞かせたのでございますが」

たちまち吉宗が冗談めかした顰め面をした。

「さすが乗邑は、子供相手に容赦がないのう」

「なに、十六でございましょう。ただの小手調べにございます」

乗邑が小気味よく笑うと、切れ長の目が優しげに垂れた。監物は二人の話に入ることができずに、ぼんやりと口を結んでいた。

「して、何をしたのじゃ」

「話が一段落したところで、はじめから繰り返してみよと命じたのでございますが」

「ほう。どうなった」

「なんとも見事なもので、感心いたしました」

兵庫は、聞いたまま繰り返すのかと念を押してから、ほぼ疎漏なく乗邑たちの話を諳《そら》んじてみせたという。

「いやはや、驚きました。上様仰せの如く、それがしは意地が悪うございますゆえ、元から試す目論見でした。わざと話を散らして、日本橋の高札を皮切りに、拓かれつつある新田の名を、ざっと並べましてな」

思わず忠相は吉宗と目が合ってしまった。老中のなかでも切れ者の乗邑相手に、御城に登って日も浅い少年が、痛ましいことだ。

「飯沼に武蔵野に、紫雲寺《しうんじ》潟《がた》。立て板に水とばかりに早口でまくし立てたのでございますが、全く言い飛ばしませんでしたな」

しかも話の途中で乗邑たちは優しげな作り笑いを浮かべ、我らは祖父が兄弟のはとこにあたるなどと話し、各々の父と祖父の名まで挙げたという。

「そうか。乗邑と能登守ははとこか」

「左様にございます」

「なんとのう。余でも覚えておられぬわ」

「お戯れを。まあしかし、幕閣に呼び出されたとなれば、他の小姓でも似たようなことは致すと存じますが」

「そのわりに、わざわざ余に聞かせるのではないか」

「はい。まるで天が長福丸様のために誂えたかに思いましたゆえ」

監物がそわそわと尻を動かした。

「こうとなれば、もはや長福丸様を若君様とお呼びさせられては如何でございますか」

真っ先にうなずいたのは乗邑だった。若君とは将軍継嗣の称で、本来とうに長福丸はそう呼ばれてしかるべきだが、ずっと幼名のままだった。

「しかしなあ。今は性質が良いかもしれんが、先々どう変わるか分からんぞ。そのときはどうする」

軽口めかしていたが、吉宗は一面、我が子に対してさえも冷徹だ。というより、吉宗にとっては二男の小次郎丸も、同じように可愛い我が子というだけのことかもしれない。

小次郎丸が先に生まれていれば、きっと吉宗は世継ぎには何の悩みもなかっただろう。小次郎丸の小姓のなかには、歳からして長福丸に付くはずのところを、あえて小次郎丸にと願い出た者もある。

監物の目配せを受けて乗邑が口を開いた。

「その者が増長すれば、追い払えばよいだけのことでございます。少なくともあと二、三十年は上様の御代が続きましょうゆえ」

乗邑はいつも軽妙に相手を喜ばせる。

いっぽうの監物は重苦しく正論を唱えた。

「小次郎丸様を継嗣となされば、その次の将軍は、どちら様の御子か」

だからつい吉宗もむっとする。

小次郎丸が九代将軍になれば、十代は小次郎丸の子になるのか、長福丸の子か。

長子相続の定めからいえば長福丸の子に戻すことになるが、成長した小次郎丸が、そうはさせぬのが世の常だ。兄の代わりに将軍に就いた五代綱吉が、その兄の子を差し置いて自らの子を世継ぎに据えていたのが近い例だ。

それより前にも、幕府は二代秀忠の兄、結城《ゆうき》秀康《ひでやす》の処遇に後々まで苦慮していた。だからもしも長福丸を廃嫡にすれば、そんな難題まで起こることになる。

「綱吉様の御時には当の兄君様がすでにおかくれでございましたが、生きておわしながらも将軍となられなかった方の御子となれば、やはり軽んじられるのではござりませぬかな」

現将軍の子と、将軍になるはずだった嫡男の子だ。

「そこまで余に慮れと申すか」

「申すまでもございませぬ」

吉宗はふざけ半分、愕然として見せた。

「だがなあ。そもそも、あの長福丸に子ができるかな」

半身に麻痺があり、尿を堪えることもできないのだ。

老中二人は子供でも慈しむような目で吉宗を見た。

「我ら老中がこのように上様と直々に話が叶いますのも、先代様の時分には到底望めぬことでした。老中などというものは、じかに上様に言上できましてこそ務まる御役にございます」

五代綱吉が側用人制を置いたために、当時の老中はそれを介してしか将軍と話すことができなくなった。続く六代家宣は元は甲府藩主だったから甲府時代の側用人を重用し、七代家継は幼君で、幕政は何も改められなかった。側用人が廃されたのは、八代に吉宗が就いてようやくだったのだ。

「側用人など、二度と置かれてはなりませぬ。大権現様が老中の制を定められたのは、権臣が幕政を私せぬためでございます。諸事、権現様お定めの通り」

乗邑が家康の名を出したので、皆がそれぞれに頭を下げた。

もしも長福丸が将軍になり、奥に籠もったきりで兵庫がその言葉を伝えるようになれば、それはそのまま側用人制の復活だった。老中は将軍を補佐するどころか、将軍に考えを伝えることもできない。監物や乗邑が最も恐れているのは、つい八年前まで目の前で行われていた、幕閣をないがしろにする政だ。

吉宗はそれを外から五代、六代、七代と眺めて、将軍に就くやいなや側用人制を廃止した。そして紀州から宗家へ入るときも、紀州の家臣はほとんど連れて来なかった。だから紀州はそのまま御三家として残り、自らは家康の時分の将軍家を再興することに一から力を注いだ。だというのに次代で側用人が復活することは、他でもない吉宗自身が絶対に阻止するだろう。いやいっそ、その恐れのある兵庫など、長福丸ごと引き抜いてしまうかもしれない。

とはいえ忠相のような町奉行ごときには、本来耳にすることも許されない雲の上の話だ。だから忠相はさっきからこの座敷の居心地が悪くてたまらない。

兵庫というのは幼いときから口数が少なかったという。侍の子らしからぬ、草花や鳥や虫といれば一日でもじっとしている大人しい少年だったと、忠相はその二親から聞いている。

そんな兵庫が、いつか側用人として傍若無人に振る舞う日など来るのだろうか。一人の身体の悪い少年の通詞になり、穏やかに庭先の鳥を愛でるような暮らしは、あの二人には許されていないのだろうか。

だが兵庫の眼前にぶら下げられた力や富は、どんなにか強い芳香を放っているものなのだろう。それを嗅げば、ひょっとしたら忠相でも変わってしまうのかもしれない。

「とりあえずは若君にしてみるか」

吉宗の声で、忠相は我に返った。

「さて。長福丸の話はここまでじゃ。前月に定めた足高と役料の増補、不備はなかったかの」

吉宗が身を乗り出すと、乗邑は即と禄高の一覧を取り出した。その瞬間、監物よりも乗邑が座敷の中心になったように思えた。

その日、忠相は朝から落ち着かなかった。兵庫が昨夕から城を下がり、ふたたび城へ戻る前に忠相の役宅へ立ち寄ることになっていた。妻にはまるで花嫁でも待つようだとからかわれたが、門まで出ては辻のほうへ首を伸ばしていた。

幾度目かで座敷に入っていたとき、表で訪いの声が上がり、かすかな足音が廊下を近づいて来た。

　忠相は自ら障子を開けて出迎えた。

「これは、御奉行様」

　兵庫はすぐその場に平伏した。前に会ったときより板についた身ごなしで、さらに控え目になっていた。それだけでも兵庫の心労が偲ばれるようで、忠相はいっきに目の前が滲み、あわてて瞼をぱちぱちとさせた。

「堅苦しい挨拶はよい。私のことはおじ上とでも呼ばぬか。私はとうにそのつもりだぞ」

　兵庫は素直に顔を上げると、目を輝かせて微笑んだ。鼻筋が通っているだけで他はありきたりな顔なのだが、こちらの欲目か、謙虚で温順な性質がまっすぐに伝わってくるような気がした。

　忠相は兵庫の背を庇うようにしながら座敷へ招じ入れた。

　御城では先達て長福丸を若君と呼ぶように正式な達が出され、明年四月には元服の儀が執り行われることになっていた。さらに内々では長福丸の縁組も進んでおり、これも年明けには決まるといわれていた。

　それらのうち、どれ一つ、兵庫が関わっておらぬものはない。

「御城ではさぞ辛いこともあるだろう」

「とんでもない。身に余る有難い日々でございます」

　兵庫は清々しく笑って応えた。

「どうだ、長福丸様はそなたにお優しゅうしてくださるか」

「はい。若君様は、舌が少しご不自由なだけでございます。書を読めばたちどころに諳んじなさいますし、ひとたびお耳に入ったことは決してお忘れにならぬ類いまれな頭をしておいでです。上様のお定めになった新制も、諸侯の領国がどのような土地で、何が特産かも、全てご存知でございます」

「なんと。長福丸様とはそのような御方か」

「はい。ずっと書を読むのだけが楽しみだったと仰せでございました。将棋は、どうにも駒が持ち難うございますので」

長福丸は左半身には目立った麻痺もないが、指はずっと震えている。だから左手で筆を握ることもできなかったのだ。

「それがしが参るまでは、その指で書をめくっておられましたとか。それがしが長福丸様の黒目を追い、折良く頁を繰りますゆえ、たいそう喜んでくださいました」

と、兵庫は途端に顔を赤らめた。だが忠相にぐらいは、長福丸に褒められたことを聞かせてほしい。

「実はそれがしは御老中様から、上様の拓かれた新田の在地を申せと尋ねられたことがございます」

「ああ、聞いたぞ。見事な返答だったそうではないか」

そもそも、尋ねるなどという生易しいものではなかったはずだ。

だが兵庫はにこやかに首を振った。

「あれはそれがしの手柄ではございませぬ。いつお呼び出しがあるやもしれぬと、前々から長福丸様が覚えておくように仰っていました」

忠相が首をかしげると、兵庫は子供がするように身を乗り出してきた。

「老中、若年寄様方の来歴に領国。国許では何が盛んか、あらかじめ長福丸様が教えてくださっておりました」

「まことか。では、上様の新田のことも」

「左様にございます。上様のご改革については、いつか必ず質されるに違いないと仰せでございました。それゆえお呼び出しの折、お二方の仰せになったことをそのまま繰り返すことができたのでございます」

「いや、そのまま繰り返しただけでも大したものだが」

なにせあの乗邑が裏をかかれたのだ。しかも長福丸は老中たちの手の内を見抜き、吉宗の改革については先から理解しているということだ。

「正真、長福丸様はそこまでご聡明か」

「はい。将棋の棋譜など、ごまんと頭に入っておいでです」

書けぬゆえ、憶えるしかなかったのだ。だが憶えていても、これまでの長福丸には話して聞かせる相手もなかった。

「そうか。兵庫は仕合わせなのだな」

「はい。御城下におりましたときより、ずっと毎日が愉しゅうございます」

「だが私は辛いぞ。そなたが長福丸様の小姓になったために、私まで上様や御老中がたに目をかけていただく。身の程を思えば、尻がむず痒くなる」

忠相はもぞもぞと身体を動かして兵庫を笑わせた。

「私とそなたは、もはや死なば諸共ではないか。親にも吐けぬ悪口、これからは私に吐いてゆけ」

寸の間、兵庫が目を見開いた。

「そなたの御役は生涯続く。ならば初めはそなたさえ気づかぬ小さな疵でも、いつかは身体中の血の気が失せるほどになるかもしれぬ。そなたのために申しておるのではない。長福丸様の御為だ」

いつか兵庫が御役を投げ出すようなことになれば、誰より困るのは長福丸だ。

「そなたはまだほんの少年ではないか。歳がゆけば、そのうち自ずと堪えられるようにもなろう。だが、今はならぬ。今は私に、全て話してゆくがいい」

兵庫の二親よりは、まだ忠相のほうが多少のことは分かるはずだ。

「おじ上……。本当にそうお呼びしても宜しゅうございますか」

「ああ、かまわぬ。ここではそなたは若君様の通詞ではない。私にとって兵庫は、もはや甥どころではない。もう一人の己と申してもよい」

それでも兵庫はしばらく躊躇《ためら》っていた。

だがやがてゆっくりと顔を上げた。

「おじ上にしかお尋ねできませぬ。それがしが正しかったかどうか、お教えくださいませ」

「承知した。私をもう一人の己と思うて、尋ねてみよ」

兵庫は唇を噛みしめてうなずいた。

「おじ上はそれがしに、長福丸様の目と耳になってはならぬと仰せでございました。ならばもし、万が一……」

早口になったかと思えば押し黙る。忠相はいくらでも待つという証に、悠然と胡座《あぐら》を組んだ。

「もしも、たとえば幕閣というご身分のある御方が……」

忠相は黙ってうなずいた。できるだけ頼りがいのある様子をしてみせたかった。

「長福丸様のことを、汚らしいまいまいじゃと仰せになられたようなときは」

「まいまい？　かたつむりのことだな」

兵庫は思い詰めた顔で唇を噛んでいる。

「長福丸様はお身体のために、どうしても尿を堪えることがおできになりませぬ」

「ああ、存じておる。だというのに長々と座敷に座っておられねばならぬことも多かろう」

「はい。あのように広いお座敷にじっとしておられれば……」

兵庫は苦しそうに顔を歪めた。そして思い切って口に出した。

「お座りになった跡が濡れているときがございます。濡れた袴でお歩きになるのは、さぞ心地悪かろうと存じますが」

そんなことまで推し量っているのは、表ではきっと兵庫だけだろう。

濡れて色の変わった袴で、長福丸は皆の前を歩いて戻らねばならない。

そんな長福丸の歩いた跡は、まいまいが這った葉のように、ときに滴が残っている。

「それを、汚いまいまいつぶろもおったものよと聞こえよがしに仰せになりました」

忠相は激高して立ち上がった。

「誰じゃ、そのようなことを申しおったのは」

兵庫が微笑んで忠相の袴を引っ張った。

運良く、一足先に退出していた長福丸には聞こえていなかった。むろん、だからこそ言ったのだ。

「それがしは、それを長福丸様にお伝えしてはなりませんね」

なにより長福丸を悲しませることになる。だが兵庫が言わなかったのは、そのためだけではない。

「それがしが間者のような真似をすれば、その御方はそれがしを長福丸様のおそばから遠ざけてしまわれるでしょう。あるいはそれを確かめるために、企まれたのかもしれませぬ」

そうなれば長福丸には再び不自由な暮らしが始まる。兵庫は長福丸に、それだけはさせたくない。

誰なのだ、そんなことを言ったのは。兵庫を試みるのは、正面からだけではないのか。しかもたとえ兵庫を試みるためだとしても、あまりにも無礼ではないか。

「おじ上が目と耳になるなと仰せになったのは、そういうことでございますね」

「誰だ。幕閣にそのような物言いをする御方がおられるのか」

「ものの喩えでございます」

兵庫はけろりとして笑みを浮かべた。

「それがしは御口であるときは、鏡にでもなったつもりで言葉を映し、長福丸様の御事すら思わぬように心がけております。ですが小姓として長福丸様のおそばにおりますときには、しっかりと血の通った心でお仕えしとうございます」

兵庫は己の胸に手のひらを当てた。

「となると、長福丸様に悪意を向ける者のことはお知らせしたい。ですが、それはしてはならぬのでございますね」

「そなたの聞き違え、見間違えということもある。第一、そなたも全てを見聞きすることはできぬな」

兵庫はまっすぐに忠相を見つめている。

「そなたの申した通り、そなたを試されたのかもしれぬし、単にそなたを侮られたのかもしれぬ。だがこれから先、そのようなことを考えればきりがない」

あれは伝え、これは伝えぬと兵庫が己で決めることは許されない。兵庫は長福丸の口ゆえに傍らにいる。口は、目と耳から離れて勝手に歩いたりはしない――

忠相にはその者の企みが透けて見えるような気がする。

その者は兵庫が口の軽い追従者かどうか、さっさと知りたかっただけだろう。まだまだ兵庫を遠ざけることくらい雑作もない。吉宗の前で己と兵庫、どちらを信じると開き直ればよいだけだ。

だが長福丸が将軍になれば、そのときはそうはいかない。だからその者は、長福丸の廃嫡を確信しているということになる。

忠相は正直、兵庫を揺すぶってでもその者の名を聞き出したかった。だが聞けば己は、兵庫のようにじっと口を閉じていることができるだろうか。賢しらに、それこそ吉宗の信任を笠にきて、大手柄とばかりに注進するのではないか。

つくづくと忠相は兵庫を見つめた。よくもたったの十六で、これほど恬淡《てんたん》としていられるものだ。

「今の己を貫き通せ、兵庫。私は真に、そなたならばできると思う」

「もう一つ、よろしゅうございますか」

「百でも二百でも、いくらでも話せ」

忠相は涙がこぼれそうになった。兵庫の行く手にどれほどの困難が待ち受けているのか、不憫で堪らなかった。幕閣ともあろう者が、こんな少年になんと狡猾なことをするのだろう。

「長福丸様の明年四月の御元服が告げられたときのことでございます」

兵庫は膝の上で静かに手のひらを組み合わせた。

長福丸が元服することは、幕閣と長福丸たち吉宗の男子三人がそれぞれ乳母を伴って、中奥に集められて告げられた。

吉宗には他にも男子と姫があったが早世し、長福丸の次は十歳になる小次郎丸、もう一人は四歳の小五郎丸《こごろうまる》だった。それぞれに母は異なるが、その皆がすでに母とは死に別れている。

まだ幼い小五郎丸も小次郎丸も、どちらも聡そうな整った顔立ちをしている。長福丸にしても片頬が引き攣れてはいるが、それほど見劣りするものではない。ただ体つきにはやはり差があって、三人が一列に並ぶと長福丸の背丈はほとんど小次郎丸と変わらなかった。

これからは長福丸を若君と称すると吉宗が告げたとき、澄んだ水面にとつぜん一粒のしずくが落ちたように広間の気が震えた。皆が手をついて頭を下げ、吉宗はその前を眉一つ動かさずに出て行った。

次に座を立つのは長福丸だ。だが右足を投げ出して座っているので、すぐには立つことができない。

まず左手をつき、用心深くそこに重みをかけていた。

左の足首を立ててようやく立ち上がったとき、隣で小次郎丸が鼻息を吐いた。

——若君になられようと、先に元服あそばされようと、いずれ私も元服します。武門の棟梁が、そのようなお身体で。

まだ幼い小五郎丸まで、あからさまに唇を尖らせて目を逸らしたという。

そのとき長福丸はそっと口許を動かした。

「三言ばかり、仰せでございました」

「長福丸様が」

「はい。ですが小次郎丸様は首を振られました」

――何を言うておられるか、さっぱり分かりませぬ。

長福丸は一つうなずき、あとは黙って踵を返した。

「長福丸様は、何と仰せだったのだ」

兵庫の頬を涙が伝って落ちた。

「そなたが先であれば良かったな、と」

そうして長福丸は優しく弟の名を呼んだという。

「小次郎丸。我らは兄弟ではないか、と」

だが小次郎丸は耳を両手でふさぎ、顔を背けていた。

「おじ上。それがしは、長福丸様のこのようなお言葉も、誰にも伝えてはなりませんか。それがしが真に迷ったのは、あのときだけでございます」

幕閣の心ない言葉など、兵庫はいくらでも一人で胸に呑み込んでおく。だが長福丸のこんな言葉は、誰より長福丸のために、小次郎丸や吉宗に聞かせたいではないか。

だが兵庫などが小次郎丸たちのもとに駆け寄って自ら口を開くことはできない。長福丸の口は、目や耳になってはならないが、勝手に動いてもならぬのか。

「ああ、ならぬ。長福丸様はご立派な目も耳も、頭もお持ちではないか。それをそなたが奪ってはならぬ」

あのとき涙を溜めていた兵庫を見て、長福丸は言った。

——今の私には兵庫がいるではないか。言いたいときは言えると思えば、何も辛抱しているわけではない。

「それがしの口だけを取って、長福丸様のおそばに置きとうございます。あのようなお身体で若君様と呼ばれなさるお苦しみを思えば、それがしは口のみになってお仕えしとうございます」

忠相はついに座を立って兵庫を抱きしめた。

「誰にも申してはならぬ。私にだけ、もう一人の己だと思うて、私にだけ話せ」

忠相は二度と己の保身などは願わない。この兵庫の前では、吉宗の改革を手伝いたいという己の願いさえも我執にすぎない。なによりも、真に改革の完成を願うなら、忠相がともに駆けねばならぬ相手こそ兵庫だった。

第二章　西之丸

一

酒井《さかい》讃岐守《さぬきのかみ》忠音《ただおと》は屋敷の庭へ下りて、梅林の枝を切るのに精を出していた。この秋から老中に就くことになり、ほぼ五年ぶりで江戸へ戻って来たのだが、蜘蛛の巣のように枝を絡ませた梅の木には呆れてものも言えなかった。かといって人に任せては春の楽しみも半分になるから、自ら梯子を登って鋏を使っていた。その一方で愚痴るのは、これはもう性分のようなものだ。

忠音は今年、三十八歳になる。代々が讃岐守を名乗る讃岐守酒井家は、家康に仕えて徳川四天王と呼ばれた酒井忠次《ただつぐ》から栄達が始まった。三代家光、四代家綱《いえつな》を大老として補佐した酒井忠勝《ただかつ》が曽祖父にあたり、五代綱吉の将軍襲職を阻もうとした大老の酒井忠清《ただきよ》も、忠音にとっては本家筋である。

領国は若狭小浜で十万余石にすぎないが、つねに大老を務める名門譜代として、忠音自身も吉宗に信頼されていた。奏者番、寺社奉行と幕府の要職を経て、ここ六年は大坂城代として米相場の安定に力を尽くしてきた。昨年置くことになった堂島の米会所は今も大坂の商人たちから猛反発を受けているが、忠音はそのときの働きからついに老中として江戸へ戻ることになったのだ。

「早う来んかなあ」

忠音のぼやきに応えるように、未刻を告げる鐘が涼しげに響いた。すると家士が縁側で膝をついて来客を告げた。

「ああ、おいでになったか。こちらへお通しせよ」

そうしてすぐ忠相がやって来た。歳はあちらが十五ほど上だが、背もあって見場の良い侍だ。忠音は江戸に戻って、これほど会うのを楽しみにしていた者もなかった。

「讃岐守様」

「ああ、待っておりましたぞ。それがし、此度ようやく帰府が叶い、さっそく庭師の真似事をな。さあ、こちらへ」

忠音が縁台に腰を下ろすと、忠相も遠慮がちに隣に座った。

「このたびは老中にご着座なされる由、祝着至極にございます」

「いやいや、堅い挨拶は無用にござる。なにせ五年ぶりだ。山のような愚痴も聞いてもらわねばならぬ」

忠音は悪戯《いたずら》っぽく微笑んで、ため息を吐いてみせた。

「さても大坂の商人どもよ。まあ一筋縄でゆかぬといえば、濃尾平野の木曽三川のほうがよほど言うことを聞くのではないかのう」

「相も変わらず、米価安の諸色高。それがしも役儀柄、煩わされ通しでございます」

労うような笑みを浮かべて、忠相はしみじみとうなずいた。

武士の禄である米の値は下がる一方だが、江戸が大きくなり商人が力をつけたために、諸色はなべて値を上げていた。新田が開かれて米が増産されたのは良かったが、そのぶん給米の価値は下がり、かえって飢える者もいる。

忠音はその吉宗の改革を、大坂で推し進めてきたという自負があった。だが大坂は江戸よりも商人の力が強い町で、政はなかなか巧く進まなかった。先達て吉宗は大坂で蔵米の延売買を許したのだが、忠音はその滑り出しを見届けただけで江戸へ戻ることになってしまった。

「あともう少し、大坂で働くつもりでおったのだが」

「上様には讃岐守様におそばで手伝っていただかねばならぬことがおありなのでございましょう」

「私の代わりなど、いくらでもいるがなあ」

忠音がぼやくのを、忠相は懐かしそうに眺めていた。

「それにしても、米会所の囂《かしま》しさよ。堂島の仲買人どもは皆、幕府の置いた米会所などいらぬとほざいておった」

大坂には古くから米の卸売市場があり、堂島米仲買の商人たちが年行司を立て、各藩の米の値をつけている。そのため米は高騰しようが買い叩かれようが商人の言いなりだったが、吉宗はなんとかそれを幕府のほうへ移そうと工夫をした。

吉宗は江戸の本両替商を御蔵米御用に任じたのだが、当然、仲買商人たちは許さない。忠音は大坂を発つ間際まで、連日、米会所をなくせという嘆願状ばかり受け取っていた。

「それがしなど、江戸の両替商ならば抑えがきくと思い込んでおりましたが」

忠相が首をかしげているので、なんのなんのと顔の前で手のひらを振った。

「手玉に取られるとまでは言わぬが、幕府御用と申した途端、彼奴《あやつ》らは鼻で嗤いおる。江戸の両替商どももだぞ。幕府の後ろ盾で居丈高になるならともかく、かえって幕府御用の己が身を恥じておるとは、いったい商人どもの料簡はどうなっておる」

江戸の両替商は生き馬の目を抜くと言われているが、それでさえ手に負えなかったのだ。

「江戸の両替商も商人ゆえなあ。いざとなれば幕府よりも商人同士、大坂へ肩入れをするということだな」

商いは名より実を取る。結局は幕府の政が実状に即していないということだと諦めつつ、忠音は江戸へ帰って来た。

米を売って何をするかといえば、まず金を買うのだ。町中で諸色を購うための貨幣を米と引き換えに手に入れているのだから、商人ばかりが力を蓄えることになる。

「金の値打ちが下がり、銀が上がるというのは、そのまま商人と武士の力の差なのであろうなあ」

上方は銀で売り買いをし、江戸ではそれが金だ。両者が会うところで両替が起こるが、金はもはや銀に対して、家康の時分のような力を持っていない。

「こと商いに関しては、商人にとって武士など赤子の手をひねるようなものでございます。大坂の商人が銀で商いをするならば、粘り強く金の値打ちを上げてゆくしかございませぬ」

とはいえこれは一朝一夕にいくわけもない。だから忠相は貨幣の改鋳を願い続けているのだが、いまだに取り上げられていない。

忠音は両頰を手のひらで叩いた。

「まあ、鬱陶しい商いの話もここまでだ。明日は私も久々の登城ゆえ、目新しいことをお聞かせ願おうかな。家重《いえしげ》様が無二の小姓を得られた由、大坂でも聞き及んでおる。越前殿の縁者と申すではないか」

「なんと、兵庫の噂は大坂にまで届いておりましたか」

忠相は空を仰いだ。

先ごろ、長福丸は十五で元服し、名を家重と改めて江戸城西之丸へ移っていた。西之丸は隠居した将軍か将軍継嗣が住む場所なので、これで次の将軍はほぼ家重と定まったのだ。

だがそれとは別に、忠音は昔から家重の力になりたいと願ってきた。だから兵庫のことをよく知りたかったし、それには旧知の忠相に尋ねるのが一番だと思っていた。

「小姓に任じられて一年が経つというが、ちょうど私が江戸を離れた翌年のことでな。ようやく家重様にも心細やかな小姓ができたかと喜んでおるが」

だがどうしても忠音には信じることができなかった。あの家重の言葉を聞き取れる者など、この世にいるのだろうか。

忠音は家重の身体のことはよく知っており、まだ江戸にいたときはなんとかしてその言葉を聞き取れぬものかとひたすら耳をそばだてていた。

今回、忠音は江戸へ戻ってすぐ松平能登守乗賢のもとを訪ねてみた。能登守とは歳も近いので、己が江戸を離れているあいだのことを少しは聞きたかったのだ。

そのとき能登守が詳しく聞かせたのが兵庫のことだった。能登守は西之丸若年寄として吉宗が西之丸を訪れるときは必ず傍らにいるが、吉宗が兵庫の伝えた家重の言葉に感極まって、涙まで流したというのである。

「能登守殿や乗邑殿の仰せによると、しかと家重様のお言葉を聞き取っておるそうな。だが、どうしても信じられぬ」

「ごもっともでございます。それがしなど、兵庫が家重様の御口を務めております姿を見たことがございませず」

「人から聞くばかりか」

「はい」

「だがそなたは、信じておるのであろう」

小姓が城でのことを話さぬのは当たり前だ。だがそれでどうして忠相ほどの者が信じるようになったのか。

「まさか縁続きゆえ、ということではあるまい」

「よくやっておると、内心褒め通しでございます。御城に上がるとなるまでは顔も知りませんでしたが、今では、もう一人の己とさえ思うております」

「そこまで買っているか」

「兵庫が不始末を致しましたときは、それがしはともに死ぬ覚悟でございます」

忠相は見惚れるような凜々しい顔立ちをしている。その顔でにこりともせずに言い切るから、気迫が違う。

「ふうむ。あの万事に手厳しい乗邑殿が三度飛脚の書状にまで書いてこられたゆえ、よほどだろうと思ってはいたがな。それが越前殿の血筋というであろう。さもありなんと、それが唯一、真実らしいと思うようすがではあったのだが」

だが大坂にいてはよく分からない。ともかくはこの目で見たくて、実は一日も早く江戸へ戻りたかった。

大坂の米会所など、忠音でなくとも代わりは務まる。だが天下に兵庫ばかりは代わりがいない。そして幕閣のうちで、忠音ほど家重に親身の者は多分おらぬだろう。

「私が奏者番を務めていた頃、家重様はまだ六つ七つでおわしたかな。なかなかに聡い御子だと思うたものだが」

幼い時分の家重は、ついぞ一所に座ってなどいられなかった。尿は垂れ流しで正座もできず、たまに怒っては喚き散らしていた。

ただ、喚き散らすのは奥に限られており、忠音は無理もないことだと思っていた。

「表で袴を濡らされたとき、家重様は絶対に居並ぶ誰の顔もごらんにならなかった。恥じて目を逸らしておられたのではなく、周囲の誰がどんな顔をするか、何を口走るかを見ぬようにしておられた」

どうせどの顔もなだらかではない。それなら万が一、目でも合ってしまえば、相手は怯《ひる》む。吉宗に告げ口されると事だ、だが果たして告げられるのか。そして嫡男が臣下の蔑みも伝えられぬとなれば、結局は吉宗までが侮られてしまう。

「幼いながらに、上様が侮られぬように気遣っておられたのではなかろうか」

よく苛立って将棋盤をひっくり返したというのも、将棋指しの忠音には分からぬでもない。

「対局ではおそばの者に代わりに駒を進めさせておられたが、いちいち家重様の指す手を取り違えるのだからなあ。将棋であれほど辛抱できんこともなかろう」

そういえば能登守は、兵庫とは愉しげに指しておられると言っていた。兵庫が家重の分も駒を動かし、その続きで待ったをかけて、二人して笑い転げているのだという。

「ああ、その様が目に浮かぶようでございます。兵庫は家重様の目の動きで書をめくるほどでございます」

「そうか。そういえば家重様は、書をお読みになるのも一苦労だな」

兵庫が現れて、ようやく家重は人並みにさまざまなことができるようになったのだ。

「縁続きゆえ、かえって越前殿は厳しゅう申すのであろうが、大岡兵庫とは人柄は確かであろうな」

忠相は目を宙に漂わせたまま、うなずきも首を振りもしなかった。

「家重様はようやく気心の知れた家臣を手にされたのだ。真にお話しになることが叶うたならば、次の将軍家にお就きあそばすことも夢ではない……」

だがやはり、それは夢のまた夢だろう。若君と称されるようになったことなど、何の足しにもならない。しかも西之丸に入ってしまったからには、次の将軍にならなければ、家重には廃嫡されたという瑕がつく。

「どれほど家重様が励まれても、まずは難しいということでしょうか」

「我ら家臣が口にしてよいことではないのだが。そもそも兵庫の働き次第というのも恐ろしい話ではないか」

もしも兵庫が側用人になりかけたら、忠音でも家重の不便は一切考えずに兵庫を切り捨てる。

「なに、越前殿がともに死するとまで言われるのであろう」

忠音は再び己の頬を叩いた。御城へ登るのは明後日だ。このさき忠音はしっかりと目を開けて、家重と兵庫をとくと眺めなければならない。

忠相のことは、忠音は深く信頼している。だが同族ゆえに見る目が甘いという気もした。今しがた忠相が涙をあわてて隠したのが、どうにも腑に落ちなかった。

家重は西之丸の庭に出ていた。忠音は家重が畝のあいだにしゃがみ込んでいるのを見つけて、廊下で足を速めた。

沓脱石《くつぬぎいし》の手前から見下ろすと、すぐに家重がこちらに気づいた。

「忠音ではないか。帰ったのか」

そう言って立ち上がったので、忠音は仰天した。

目を凝らすと、家重の傍らで少し年嵩の若者が土に片膝をついて頭を下げている。

「家重様、お久しゅうございます。酒井讃岐守忠音、一昨々日、大坂より戻ってまいりました」

忠音も廊下で手をついた。

「ずいぶん太ったのではないか。米会所の話など、聞かせてもらいたい」

想像はしていたが、忠音はやはり息を呑んだ。あの家重が口をきけるようになったとしか思えなかった。

家重は、兵庫ともう一人の小姓の手を借りて廊下へ上がって来た。やはり手足は不自由なまで、病が軽くなったということもなさそうだった。

「なんとご成長あそばしましたことか。そういえば、京の姫とご婚約が調われた由、これまた祝着至極に存じ奉ります」

家重はふと眉を曇らせて、軽く手のひらを振った。

「まずはその者をご紹介くださいませ。実はそれがし、一昨日、大岡越前守に会うてまいりました」

家重はきょとんとした。兵庫は面を伏せたまま何も言わなかった。

「もしや若君様は、江戸で大評判のこの者の縁者をご存知ありませぬのか」

相変わらず兵庫は顔も上げない。家重が左右に首を振って応えた。

「なるほど、この者が慎み深いといわれるのも宜《むべ》なるかな。若君様、この者にそれは目をかけておる伯父がおりましてな、それが高名な江戸町奉行、大岡越前守忠相でございます」

伯父でないことは知っているが、兵庫が口を挟むかと思って待っていた。だが兵庫は居心地悪そうにさえしなかった。

家重はまさに目を丸くしている。

「如何でございましょう。積もる話かたがた、久しぶりにお手合わせを願い奉ります」

「ああ、それはよい。兵庫、私に将棋を教えてくれたのは、この忠音だ」

思わず忠音は、家重と兵庫をかわるがわる見比べた。兵庫は、家重が兵庫に言った言葉を、抑揚もそのままに口にした。

初めてこの目で見た忠音は驚いたが、家重は平然としていた。なるほど、見事に口に徹している。

侍女たちが盤の用意をしているあいだ、忠音は庭と二人とを眺めていた。

「あれは何か育てておられるのでございますか」

「――」

忠音が聞き取れずにいると、すぐにそばで兵庫が口を開いた。

「そのうちにな。何か植えようと思っている」

忠音が見返すと、家重は笑みを浮かべていた。麻痺がましになったか、以前より顔つきが柔らかい。

全く、家重が話しているとしか思えなかった。声の高さ、その質、抑揚も口ぶりもまさに家重ならばこうだと思わせるもので、忠音はいつか家重と話したいという願いが叶えられたような気がした。

盤を挟んで向かい合うと、兵庫は家重の脇に畏まった。

「ああ、家重様の駒はこの者が進めますか」

「――――」

「そうだ。今では駒の名を言うただけで済むようになった。即と動かすゆえ、焦れることもない」

兵庫は己が褒められても堂々と伝えた。

「この者が家重様の手に口出しをすることはござらぬのですか」

「私の手にな。忠音もそのようなことを言うておられるのは今のうちだぞ」

楽しそうに上半身を揺すり、家重は得意げに兵庫に指示をした。いくら耳を澄ませても忠音には聞き取れないのだが、兵庫は家重が口を動かすたび、的確に駒を進めた。

しばらく静かに指していたが、家重が何か話しかけてきた。

「大坂の、米会所のことを聞かせてくれ」

「はて。何をお話しすれば宜しゅうございますか」

忠音は上の空で将棋盤を睨む。

「父上は、貨幣の改鋳はどうなさる」

家重が何か囁いたと思うと、兵庫は即座に声に出す。

「ふむ。家重様、まことにお強うなられましたな」

家重がつと見返したらしいが、忠音には顔を上げている余裕はなかった。

いつからか能登守が来て隅に座っていたが、しばらく忠音は気づかなかった。

「忠音殿」

能登守に呼ばれてようやく、忠音は振り返った。

「今日はそのあたりにしてくださいませ。あと半刻で家重様には侍講が参りますゆえ、お支度を願わねばなりませぬ」

家重は儒学者の室鳩巣《むろきゅうそう》から進講を受けている。兵庫はそのときも御側の中でただ一人、文机を隣り合わせてともに学んでいるという。

「そうか。しかしこれは、半刻では終わらぬぞ」

言いながら、盤に目を戻して一手を指した。

「――――」

即と家重が駒を進めさせた。

忠音は顔を上げ、兵庫を見返した。家重はなんと言ったのか。

「王手」

「なに？」

思わず素になって盤へ目を落とした。

「さあ、行こうか。兵庫」

兵庫がそのように言い、家重は兵庫に寄りかかって立ち上がった。

「お待ちを、家重様」

「――――」

家重は小さく首をかしげて座敷を出て行く。

「家重様、ではしばし兵庫と語らいとうございます。お支度のあいだ、ここに留めておっても宜しゅうございますか」

「ああ」

これは家重が自ら言って、兵庫だけが座敷へ戻って来た。

「今はなんと仰せであった」

兵庫は前に座り直して手をついた。

「とうに詰んでおったではないか、と」

「なんだと」

忠音は憮然として、ともかくこの棋譜を写すように他の者に命じた。

まあそれはいい。忠音は気を取り直して別のことを尋ねた。

「それで、侍講からは何を教わっておる」

「それがしは、おそばで拝聴しているだけでございます」

「私はそのほうに尋ねておる。室殿のことじゃ、そのほうだけにお教えになったこともあろう。それを申せ」

室鳩巣は吉宗の侍講でもあり、当代、四書五経で右に出る者はない。かの赤穂浪士が吉良《きら》邸へ討ち入って世を賑わせたときは浪士たちを讃えて書まで認めたほど、義や信を重んじる年寄りである。

兵庫が肝に銘じている教えがあれば、忠音はそれを聞きたい。

「それならば……。それがしはこれから先、洟紙一枚たりとも人に貰うてはならぬと、厳しく戒められましてございます」

「洟紙となった。まさかそのほう、物忘れの癖か」

兵庫は応えず、ただまっすぐにこちらを見て次の問いを待っていた。

「ふうむ。なにゆえ洟紙などと仰せになった。まさか御進講の折にそのほうが粗相したわけではなかろう」

「それが積もり積もれば、それがしを若君様の許から遠ざける因になるゆえじゃとお教えくださいました」

「どういうことだ」

「それがしは畏れ多くも家重様の御口を務める身ゆえ、御口がそばになければ家重様にご不便をおかけいたします」

首をかしげかけて、ようやく忠音にも分かった。

「そうか。どのようなものも賄《まいない》と取られかねぬとの教えか」

兵庫はにこりとした。

「ああ、そうじゃの。そなたが賄を受けたと言われれば、家重様のおそばにはおられぬようになる。さすれば家重様は、また将棋一つ、おできにならぬ」

法度に一切禁絶とある賄ばかりは、家重でも庇うことはできない。はじめは紙一枚でも、やがては足を掬われてしまうかもしれない。なんといっても家重の御側となれば、口利きを願う者は大勢いる。

「そうか。室殿もそこまで、家重様の御為にそなたが欠かせぬと考えておられるか」

「先生は、謝絶する秘策も教えてくださいました」

「ほう。それは私もぜひ聞いておきたい」

「童女が編んでくれた花冠を、突き返す様を思い浮かべるがよいとのことでございました。それさえできれば、他のものは何なりと拒めると」

干からびた仙人のような鳩巣の顔を思い出した。あの朴念仁から、童女の花冠などという言葉が出てくるとは感服した。

そのとき奥から侍女がけたたましく駆けて来た。

「なにごとじゃ」

忠音はさすがに顰め面をした。

「兵庫殿。あの……、若君様が何をお怒りか、お召し物を着てくださらぬのでございます。滝乃井様が、すぐ兵庫殿においでいただくようにと」

「分かった、すぐ参る。だが、裃ではなく羽織を着ると仰せなのだ。滝乃井様に先にそのようにお伝えせよ」

「は、左様でございますか。承知いたしました」

侍女はあわてて戻って行く。

兵庫は焦るでもなく、もう一度こちらへ座り直した。

「失礼いたしました」

「いや。行く前に種明かしをせよ。なにゆえ家重様の仰せが分かった」

「それほどのことではございませぬ。今日は家重様のお嫌いな風が吹いております。御庭の鳥たちも声が違う。あとで雹《ひょう》が降りましょう」

忠音は外を振り返った。空はからりと晴れ渡り、暑いほどの陽気である。

「そなた、なぜそのようなことまで分かるのじゃ」

「それがしではございませぬ。家重様でございます」

「ああ……、確かにそうとも言えるが」

だが兵庫も、鳥たちがどうのと雲行きを読んでいた。

「先生は御進講のあいだは顔に手を触れることもお許しにならぬ御方でございます。まして急に冷えたと申して途中で衣を羽織るなどは、弛んでいるとお叱りを受けます」

きっとあの年寄りは家重にも手加減はしない。歳は七十を過ぎ、実学ばかりを好む吉宗のことを文盲と言い放ったことがある。

「それにつけても、そなたは様々に気が張ることだな」

「いいえ。家重様ほど、下にお優しい御方もおられませぬ。羽織も自ら取って着てはならぬご身分ゆえ、さぞご面倒であられると存じます」

「ああ確かに、それはそうであろうなあ」

家重はすぐ目の前に羽織があっても、自ら手を伸ばすことは侍女が許さぬのだ。そこまでの厄介な暮らしは、忠音でも想像がつかない。

「では、それがしはこれにて失礼いたします」

「ああ、すまなかった。励めよ、兵庫」

「勿体ない仰せにございます」

兵庫は丁寧に頭を下げて座敷を出て行った。

忠音がしみじみ兵庫のことを思いつつ屋敷へ帰り着いたとき、とつぜん瓦を突き破るような烈しい音がした。駕籠を降りて天を見上げると、辺りに大きな白い氷の粒があとからあとから降ってきた。

二

忠音が老中に就いた明くる年、小次郎丸は十五で元服して宗武《むねたけ》と名を変えた。非の打ち所がないとはこの少年のことで、烏帽子姿で馬に乗った姿は家臣一同が男も女も惚れ惚れとして、かえって幕閣だけは、さすが吉宗の子だと口を滑らせぬよう気をつけていた。どうしても四年前の家重のときを思い出してしまうからだった。

だがそれ以来、幕閣では誰が一番にそれを言うのか、互いに様子を見合うようになった。つまり、次の将軍には宗武のほうが相応しいのではないか、ということをである。

享保も十四年になり、吉宗の改革は少しずつ成果を上げ始めていた。となれば次の将軍にはそれを続けてもらわねばならない。幕府が開かれて百年が過ぎ、徐々に乏しくなっている幕府の蓄えは、ここで立て直さなければ次の百年はなかった。

宗武の暮らす二之丸では年々その声が喧しいと、評定の場で初めて口にしたのは若年寄の能登守だった。

「そもそも大岡兵庫と申す者、真実、若君様のお言葉を伝えておるのかどうか、未だ定かではございませぬ。若君様が話しておられる体で、実はあの者が勝手に申したことを若君様が肯《うけが》っておられるだけではないか。と、口々に申しておるようでございますが」

今、老中は忠音のほか、首座として勝手掛老中を務めている監物に、その右腕の乗邑、あとは至って穏やかな安藤信友《あんどうのぶとも》だった。もう一人、戸田忠真《とだただざね》は八十という老齢で、このところは月番でも顔を見せていなかった。

「御老中方が宗武様を九代様にしていただくよう、ご注進なさっては如何でございますか」

かねがね押しが強いわけでもない、しかも若年寄にすぎない能登守が口火を切ったのは、少し妙な気がした。ただ老中たちが次の将軍について考え始めているのは確かなことだった。

「左様じゃの。宗武様が抽んでて英邁であられるのは疑いもない」

監物がおざなりに応じた。

市中ではいっこうに諸色の値が下がらず、武家の貧しさは増す一方で、幕府への非難は高まっていた。監物自身も吉宗から改革の成果がそれほど上がらぬことを咎められており、次の将軍などという先の話には興味がなかったのかもしれない。

信友も顔つきからしてそうだった。

「上様には他に小五郎丸様もおいであそばす。七代様ご逝去のみぎりは幕府もあわやと案じられたが、いや、九代様の憂いがのうて幸いじゃ」

「とは申せ、我らはいまだに若君様のお言葉を聞いたことがない。由々しきことと思わぬでもないが」

乗邑が思案しつつ口を開くと、やはり能登守が機敏にうなずいていた。

「ですが兵庫がおらねば、我らは明日からでも若君様のお思いが分からぬことになりますぞ」

とにかく家重の思いは伝わっていると忠音は言いたかったのだが、どことなく空回りした。

「本来あのような軽輩者が若君様のおそばにおるなど、許されるものではない」

乗邑が断じると、座はいっきに静まった。

元来、老中たちは家柄が必須であるといっても、幕閣に昇り詰めるまでには様々な役職でふるいに掛けられている。監物は京都所司代を、乗邑や忠音は大坂城代を務め、能登守は若年寄の今、次の老中を睨んでいる。

だというのに兵庫にかぎっては何も問われずに家重の口となり、果ては目と耳を兼ねて老中を飛び越えるかもしれないのだ。

「ですが家重様は大層、上様を敬っておられますぞ。上様がなにごとも大権現様に倣うて側用人を廃されたこともよく分かっておいでじゃ。ならば兵庫を側用人などになされようか」

忠音にはどうしても兵庫が政を私するとは思えない。

ただそれはあくまで、今はということだ。

「まあ、いずれ廃嫡ということになれば、御側は軽輩者で構わぬが」

乗邑が言ったとき、忠音もふと思った。もしも家重が将軍などに就かず、ただ庭で植木でも育てるだけの暮らしを送ることができたなら。あの二人にはそのほうが仕合わせで、どちらもそれを望んでいるのではないだろうか。

「さて、どうするかな」

乗邑が周囲を睨《ね》め回すと、監物など、借りてきた猫のように見える。

忠音は乗邑と目が合って、思わず頰を搔いた。

「左様でござるな。家重様が権臣をお作りになるかどうか、まだしばらくは見ておる刻があるやに存じます。まあせいぜい、情にほだされぬようにと肝に銘じてはおりますが」

「忠音殿がそのようにお考えとは心強い。なにせ宗武様はあのようにご聡明の御方。十分ご成長あそばすまで、あわてて廃嫡を申すことはない」

廃嫡などと、乗邑は口が軽い。まるで宗武ありきではないかと、忠音は内心苦笑していた。

それからわずか数日の後、忠音は乗邑ともども吉宗の御弓場へ伺候し、四半刻ほど吉宗が矢を射終えるのを待っていた。御庭には五日ばかり前に降った最後の雪がまだ残っていたが、吉宗は全身に汗をかいていた。

呼ばれていたのは乗邑と忠音だけだった。道々、家重のことだろうかと考えてきたのは、家重の結納まで一年に迫ったからだった。

御弓場に立った吉宗は恰幅もよく、とても五十近いとは思えなかった。だからまだあわてて世継ぎを定める必要もない。忠音は一人ぼんやりとそんなことを考えていた。

やがて吉宗が衣服をあらためて座敷に現れ、どっかりと胡座を組んだ。

「待たせたの。弓とは良いものだ。矢を番《つが》えるたびに的を絞れる」

してみれば忠音は、蜘蛛の巣のようにもつれた梅林ばかり眺めているから、考えも滞るのかもしれない。

「なるほど。して、どのような的でございます」

乗邑はそつなく尋ねた。

「ふむ。余も米将軍などと嘲弄されて長いが、肝心の米の値はいっこうに落ち着かぬ」

「左様でございますな」

「水野監物には老中を免じる」

乗邑が目を見開いた。だがすぐいつもの堅苦しい顔に戻った。

「監物殿は六十二。病身の戸田殿は措くとして、幕閣最長老にございますな。御歳ということで波風は立たぬと存じます」

監物が勝手掛老中を務めて幾年になるだろう。信友も六十という高齢だが、目立たずに過ごしただけ、あちらには咎がないということだろうか。

「あと一年、二年と務めさせても、何も変わらぬであろう」

乗邑は声には出さず、ただ大きくうなずいた。

だがずっと監物の右腕としてやって来たのはこの乗邑だ。第一、武家の暮らしが年々厳しく、いっこうに幕府財政が立て直されぬのは監物だけの責ではない。

吉宗の改革の大筋は間違っていない。このまま走り続け、改革をやめるのは成果が出た後だ。

「次の老中首座、そのほうにいたす」

吉宗が上段から乗邑を見据えていた。

「か、忝《かたじけの》うございます」

乗邑は小さく飛び上がって勢いよく手をついた。

監物と親子ほども歳が開いている乗邑は、まだ四十半ばである。ついでに言えば吉宗よりも二つ若いが、当節これほど頭の切れる者もない。

適任で、どこからも文句は出ないだろう。財政を立て直すとなれば、大奥という幕府一の金食い虫が最大の関門だが、乗邑はそこにも伝手があると聞いている。

「まことにお目出度う存じ奉ります。私にもなんなりと、御役に立てることがあればお引き回しのほどを」

「なんと勿体ない仰せでござろうか。それがしには手に余ることばかり、どうぞ宜しゅうお願い致します」

乗邑は汗を噴き出させて忠音にも頭を下げた。

忠音は本心、手伝えることはしたかった。大坂城代のときも乗邑から引き継いだので、懇切に教えられたそのときのことを思い出した。

「市中のことは乗邑が思うままにやってみよ。忠音にはそれよりも、家重のことじゃ」

「は、若君様の」

忠音は呆けて聞き返していた。乗邑は懐紙を取り出して額の汗を拭っている。

「家重にまこと、将軍職が務まるか、忠音にはしかと見極めてもらいたい」

「まさか。そのことならば、上様をおいて判断のつく御方はおられませぬ。そもそも上様は昔から、乳母殿よりもずっと若君様のお言葉を解しておられたではございませぬか」

「おだてるな、忠音。余に家重の言葉など聞き取れるものか。幼いながらに家重が余を気遣うて、滅多に口を開かなかっただけのことじゃ」

そのとき吉宗はぼんやりと遠くに目をやった。

「彼奴は人の心をよう見抜いておったのう。天然自然、憐れみ深い質じゃ」

しみじみ忠音はうなずいた。忠音もそう感じていたから、つい家重に肩入れをしてきた。

「だが将軍が、いちいち人の心を解しておってどうなる。ざっくり切り捨てられる者でなければ務まらぬではないか」

「はあ、左様で」

忠音は間の抜けた返答をした。どうだろう、と考えてみたがよく分からない。乗邑は興味もなさそうに、まだ汗を拭っている。

「ただ、もしも家重のような者が将軍となれば、後世、世継ぎ争いは一切なくなるのではないか」

「はあ。畏れながら、それは仰せの通りと存じます」

忠音はふと、吉宗はできれば家重を次の将軍に据えたいのではないかと思った。

気の毒に、世継ぎの多さに悩んだ将軍がいただろうかと考えて、二代秀忠を思い出した。秀忠が家光よりも二男を可愛がったために、家光は最後はその同母弟を自刃させた。

考え始めると次々に忠音の頭には余計なことが浮かんできた。やはり忠音は梅林にばかり気を遣っているからこうなる。

御城からの帰り道、いつになく乗邑は饒舌だった。

「忠音殿は、よう気軽に仰せになる。家重様のような者などと、私ならばとても返答はできませぬな」

ぽろりと胸中を語ったようでいて、決して本音ではないのだろうなと忠音は思った。

考えてみれば、叩きつけるように雹が降ったあの日から、忠音は家重というよりは兵庫に肩入れをするようになったのかもしれなかった。

どちらになされるのかのう――

忠音は歩きながら腕組みをして、廊下の天井の隅にふうと息を吐いた。小さな蜘蛛が、見られているとは気づかずに真上に這って行った。

西之丸に着くと、断りを入れて外から御庭まで回って行った。家重たちが植物を育てているのは伏見櫓の手前なので、花壇が陰を作る夕刻は土へ下りてもそう暑くはなかった。

枝折り戸の手前からそっと首を出すと、すぐに縁側で見守る小姓たちに気づかれた。だが忠音が人差し指をたててしいっと合図をすると、皆がそれぞれうなずいてそのまま動かなかった。

忠音は背を屈めてゆっくりと二人のほうへ近づいていく。畠はうまい具合に緑の背丈が伸び、気づかれずにすぐ前の畝まで行った。

家重は小さな文机のようなものに腰掛けて、自由にならない右足を傍らに投げ出していた。兵庫はその隣にしゃがんで、何やら茎を一本、家重のほうへ引っ張ってその手に持たせようとしている。

しばらくすると家重が何かを言い、兵庫が手を添えて立ち上がらせた。そうして腰掛けを少し動かすと、家重はまたぽつりと言って腰を下ろした。

なぜか忠音は二人に見とれていた。身分の隔てもなく、二人の仲の良さは兄弟のようだった。

多分、家重が腰掛けを動かすように頼み、その通りにした兵庫に礼を言ったのだ。

忠音にはそう見えた。だが将軍の子が、ただ腰掛けを動かしただけで臣下に礼など言うものだろうか。

またぽつりと家重が言った。

しばらく兵庫は何も応えなかった。

もう一度、今度は少し長く話しかけた。

すると兵庫が控え目に口を開いた。

「お案じになることはございませぬ」

家重はぼんやりと、土のついた己の手のひらを広げて見ていた。

「それがしが何なりと、家重様の御心をお伝えいたします」

だが家重はまた何ごとかを言って首を振った。

「まだ一年もございます。だというのに今からこれほどお考えになっておられるのでございます。その家重様の真心が届かぬはずがございませぬ」

一年とは何だろう。もしや来年六月の、家重が結納を交わす京の姫のことではないだろうか。

忠音はひそかに耳を近づけた。

「真心とは言葉で伝わるものではございませぬ。心にある大切なものは、どれも左様でございます。それがしとて、どれほど家重様に感謝しているかは、言葉では万分の一も表せませぬ。ですが家重様は分かってくださっておられましょう」

「――――」

「滅相もない。それがしなど、何のお役にも立っておりませぬ」

兵庫は懸命に首を振っていた。

「思いは言葉にせぬほうが伝わることがございます。家重様のお優しさが、比宮《なみのみや》様に伝わらぬ道理がございませぬ」

思った通り、婚礼のことだ。家重の許婚《いいなずけ》は、比宮という名の伏見宮《ふしみのみや》の姫だ。

「たとえ人よりも日数がかかろうと、比宮様はいつか必ず、家重様のお心を分かってくださいます」

気がつけば忠音は己の拳を握り込んでいた。

兵庫が勝手に喋っているとは、とんでもない。口のきけぬ身で妻を娶るのに不安がないはずがない。その家重の苦しみに寄り添っているのは、兵庫だけではないか。

ただでさえ一挙手一投足をあげつらわれる将軍の嫡男に生まれて、家重は皆に蔑まれていると知りながら、じっと上段に座って耐えてきた。尿を堪えるのもきっと苦しく辛抱がいるだろうに、堂々と不動でいろと命じられる。つねに吉宗や宗武と比べられ、家臣といっても頼れる者が誰だか分からない。

「どんな駒も前に進めると教えてくださったのは家重様でございます」

忠音は勝手に大きくうなずいた。

他でもない、玉はどこへでも進めるのだぞと念を送りつつ、忠音はそっと畝の間を後ろに下がった。このまま顔を見せずに去るつもりでいたが、どすんと尻餅をついてしまった。

音に驚いた兵庫が、家重を庇って勢いよく立ち上がる。

「いや、待て、兵庫。私だ」

忠音が顔を出すと、兵庫はその場に片膝をついた。

「ご無礼をつかまつりました」

「いや、私が悪かった。若君様、讃岐守忠音にございます。とんだところから失礼をいたします」

わっと家重が笑って何かを言った。

「さては盗み聞きをしておったか」

「いいえ、決してそのようなことは。御庭に下りておられると伺いましたもので、たった今参りました」

家重が目を細めて、仕草で手を貸せと命じた。忠音が手を伸ばすと家重は寄りかかり、それから縁側のほうへ歩き出した。

忠音と、その後ろから兵庫がついて行く。

夕陽の差していない廊下に家重は腰を下ろした。

忠音もそばに座り、兵庫は片膝立ちで前にしゃがんだ。

「何をひそひそと話しておいでてでございましたか」

「ああ――」

「そうびをな」

兵庫はすぐ伝えたが、当の兵庫も初めて聞いた言葉らしかった。

「そうび、と仰せになりますと」

「――」

「忠音は知らぬか。万葉集にも歌われておる花で、棘があり、たいそう芳しいというぞ」

兵庫が言い慣れぬ様子で伝える。

「野茨《のいばら》ともいうが、はまなすに似ておるそうな」

ああ、と忠音もようやく手を打った。

「薔薇《そうび》でございますか。そういえば大坂におりましたとき、大陸渡りのようでいて、実は日本で生まれた花だと商人に聞いたことがございます。其奴《そやつ》の妻がたいそう愛でておるとやらで、薔薇屋敷などと呼ばれておりましたか」

「おお、そうか――」

忠音にも聞き取れた。嬉しさに思わず目を見開くと、家重が優しく笑いかけてきた。

「その者の屋敷、訪ねたか」

兵庫の口ぶりはまさに家重だった。会うたびごとに、忠音は家重とじかに話している気がするようになっていた。

「生憎と、訪ねる暇がございませんでした。ですが気味の悪いことも申しておりましたぞ。なんでも春に咲いた花が一年中、散らぬのだとか。桜の下でも、はたまた紅葉のときも、人の顔ほどもある大きな花をつけておるとやら」

兵庫が驚いて家重の顔を覗き込んでいた。だが家重は笑って首を振った。

しばらく聞き入っていた兵庫は目を丸くした。そしてすぐ忠音のことを思い出して詫びるように話し始めた。

「若君様が仰せになりますには、そうではなく、春先に咲き始めて、順繰りにいくつも花を付けるとのことでございます。一つの蕾が満開を過ぎて散る、ですがそのときには隣の蕾が開いていると」

「おお、そういうことでございましたか」

家重がうなずいて教えた。

「春から冬のはじめまで繰り返し蕾をつけるゆえ、美しい花が絶えることがない」

忠音はにやりとして、己の手のひらを拳で叩いた。

「なるほど。毎日その花を、比宮様にお贈りあそばされますか」

「――――」

兵庫もあっと驚いた顔をしたが、家重が笑ってやり返した。

「やはり聞いておったのではないか、と」

「ああ、いやいや。ひょっとして、と思うただけでございます」

忠音はあわてて首を振る。

「ですがそれがし、今閃きましたぞ。誰ぞに命じて用意させる花では、きっと宮家の姫様はとうに飽いておられましょう。それよりは毎朝、若君様御自らが御庭に下りて、その日一番の薔薇を摘まれては如何でございましょう。なにより家重様の真心が伝わると存じます」

「──────」

「そうか、真心がの」

真心、と兵庫が強めて言い、忠音はしまったと肩をすくめた。

「お許しくださいませ、実は後ろで聞き耳をたてておりました。ですが家重様のお言葉は分からず、かえって兵庫の真心の声だけを聞きました」

忠音も、真心と強く言った。

「家重様が案じておられる比宮様との御事を、兵庫が力づけておるやにお見受けいたしました。兵庫は、家重様のお心は言葉がなくとも伝わると申しておったのではございませんか」

「ああ、───」

その通りだ、と家重がうなずいた。

「それがしとて同じ考えでございます。兵庫はまだ妻がおらぬゆえ分かるまいが、夫婦などというものは、言葉に出さぬほうがよほど上手く行くものでございます」

忠音は照れがあり、こめかみの辺りを掻いた。

「それがしの妻なぞ、軒先に座っておるこの背を見ただけで、御城で何があったか分かるなぞと申します。一方のそれがしとて、妻が胸中、どれほどそれがしを鬱陶しがっておるかが分かりますゆえな。そのような折ほど猫撫で声で、心にもない言葉をつらつらと並べるのが夫婦というものでございます」

するとと家重が笑って言い、すぐに兵庫が伝えた。

「なるほどな。言葉とは逆に、忠音が妻を大切に思うておることがよく分かった。ならば夫婦というものは、言葉はなくてもよいのかもしれぬ」

「おお、さすがは家重様。お見事にございます」

忠音はこのとき、家重は上手く夫婦になるだろうと思った。もしかすると家重にとっては、数多の家臣たちと関わっていくほうがよほど難しいかもしれない。

それに家重には、友とも兄とも呼べる無二の家臣がいる。

「どうだ、兵庫。そなたもそろそろ妻を迎えては」

兵庫はぎょっとして助けを求めるように家重を振り向いた。

「夫婦というは、妻がおらぬ者にはなかなか推し量れるものではないぞ。家重様もそなたに妻がなければ話しにくいこともあろう。家重様、どうでございますか」

家重は笑顔で大きくうなずいた。そして動く左のほうの手で兵庫の肩を優しく叩いた。

「決まりじゃな」

兵庫が言いながら赤くなったので、忠音は家重と大笑いをした。

三

宝物の仔犬を膝に載せ、幸《こう》は樋の裂け目から滴り落ちる残りの雨を眺めていた。京ではようやく雪も消え、広いばかりの古い屋敷も隙間風が止むようになった。

幸は朝からじっと父を待っていた。

幸の父は権中納言、梅渓通条《うめたにみちえだ》である。天皇の末裔、村上源氏の堂上公家という家柄だが、家禄は体面を保つにも厳しい、わずか百五十石だ。

ここ数年、幸は自らの縁談がいっこうにまとまらぬのを不審に思っていた。気のせいか幸が十七になった頃から父は眉を曇らせるようになり、まさか貧しさゆえかと考えなどしているうちに二十歳を過ぎてしまった。

こうなればもう人並みの縁は望めない。明日こそ恥をしのんで父に直談しようと悩み悩みしていたところへ、父から折り入って話があると言われたのだ。

庭では白いはまなすが淡雪のように花をつけ、今日はどれを摘もうかとぼんやり考えていた。比宮の屋敷へ行くのは午《ひる》からなので、それまでに美しく開きそうなものを選ぶつもりでいた。

膝の上で仔犬がぴくりと耳を立てた。すぐに廊下から足音がして父が顔を覗かせた。

「お幸。今日は大切な話なのだよ」

仔犬の狆はまるでその言葉を聞き分けたように幸の膝を下り、寝床にしている小さな敷物の上に寝そべった。

　かつての父は和歌集ばかり読んでいる大人しい人だったが、幾年か前、比宮が江戸の将軍継嗣と婚約が調った時分から、折衝を任されてずいぶんと口数が増えていた。江戸から侍が来るたびにいそいそと御所へ出掛ける姿を、幸もよく見るようになった。

　しかしそれで娘の縁組を後回しにするとはどういうことか。

「お早くお願いいたします。もうじき比宮さんのところへ参らねばなりませんので」

「なに、話というのはそのことだ」

　父は屈託なく微笑んで腰を下ろした。高直《こうじき》な伽羅の香がつんと衣裳から匂ってきた。

「幸は比宮さんとお気も合うのな」

「それは同じ乳母で育ちましたもの。お綺麗なお顔をしておられますから、女房たちは皆、比宮さんに夢中です。江戸へ嫁がれてもうあのお姿を見られなくなると思うと、今から残念でなりません」

　と、父は上機嫌で顔をほころばせた。

「そのこと、そのこと。幸は江戸へお供せよ」

「は？　江戸までお送りするのですか」

　たしかに比宮の婚礼姿は見たくてならぬ。だが百里もあるというのに、幸に歩き通せるだろうか。でなければ我が家の輿は塗が剝げているから、金子はどうするのだろう。

「そうではない。幸は比宮さんの女房として生涯江戸城で暮らす」

「は？」

耳を疑った。それは比宮付きの女官として大奥に入れということだろうか。

「紅《べに》……」

仔犬の名を呼ぶと、狆はすぐ敷物から幸の膝へ飛び乗って来た。

「お父様、それは幸には、とてものこと」

「江戸へは他にも大勢がお供をなさる。だが幸ほど、比宮さんとお気の合う者はおらぬでのう」

「もしやお父様は、はじめから私を江戸へやるおつもりだったのですか」

幸は袖に隠して指を折ってみた。

比宮が同い年の将軍継嗣に嫁ぐことになったのは六年前の十五のときだ。とすれば幸は十七で、ちょうど父が幸の婚礼が決まりかけていると言った時分ではないか。

あのときこの古屋敷はにわかに人の出入りが増えて、幸はてっきり己の縁談だと思っていた。

「お父様が始終やりとりしておられた侍は、将軍家の関わりの者だったのですか」

公家の娘は武家や社寺、ときには商人と娶《めあわ》せられるので、幸は自分は武家なのだと考えていた。

「いやあ、なあ」

父は苦笑しつつ虚空に目を漂わせた。と、その横顔にすっと険しさが浮かんだ。

「もはや決まったことだ。怠りなく支度せよ」

父は立ち上がった。

「お幸も、もう二十三ではないか。今さら嫁ぐ道は諦めるしかあるまい」

「諦める……」

比宮は将軍御台所となるために江戸へ下る。江戸の将軍の奥は大奥と呼ばれて、そこで仕える女は一生、外に出ることも嫁ぐこともできない。

大奥に入る比宮の女房たちも同じことだ。

「慣れぬ江戸で比宮さんがどれほどご苦労なさるかを思えば、幸でもお役に立つことはあるのじゃぞ」

江戸の将軍は京の宮家の姫を御台所に迎えるのが慣例だ。そのほかにもさまざまな大名家へ高位の公家の姫は嫁いでいるが、伏見宮家はこれまで武家とのつながりが幾重にもあったから、比宮が江戸へ降嫁するのは当然の成り行きだった。

比宮の伯母は八代吉宗の妻であり、大伯母の一人は吉宗の父の、もう一人は四代家綱の御台所になっている。だから吉宗が将軍に就いたときから、家重の相手として比宮は取り沙汰されていた。

そのとき京で縁組の内約を任されていたのが幸の父で、江戸側の差配役は松平乗邑という老中だった。乗邑のもとからはしょっちゅう音物《いんもつ》が届いていたので、父は言いなりのようなところもあった。

「父は比宮さんの降嫁をすすめてきた身であろう。形は整うたが、若い比宮さんのご不安を思えば、お幸は欠かせぬのよ」

幸が伏見宮家に女官として仕えることになったのは六年前か。してみれば父はそのために幸を送り込んだのかもしれない。

「お父様はいつからそのような気の長い企みがおできになるようになりました」

「いや。御老中とは長々、五年越しの行き来があったでな」

どうせいいように手のひらで転がされていたに決まっている。幸はつい、紅の耳を八つ当たりで引っ張ってしまった。

「お父様」

精一杯の声を張り上げると、父はびくんと肩をすくめた。

幸は傲然とその顔を睨みつけた。

「そのように背を丸めておられては、まるで詫びられているようで釈然といたしませぬ」

幸は頭にきた。改めて思い返せばこの六年、幸は比宮の屋敷へ行くのに熱心で、己の縁談は脇へ除けて考えてこなかった。比宮といると毎日が楽しくて、比宮と離れて嫁ぐのは真っ平御免と先送りにしていた。だから父が言い出すのをのんびりと待っていた。

だというのに。

目の前の父に、ため息が出た。仕組んだ当人が後ろめたそうにしていれば、こちらまで何か良くない道を選ばされたような気がするではないか。

「お父様、どうぞしゃんとなさってくださいませ。幸は江戸へ参ります」

「ほ？」

間の抜けた声とともに、通条はぽかんと幸を見上げた。

「私のような者でも比宮さんの女官が務まると、お父様はお考えになったのですね」

「これでも、そなたが最も相応しいと思うたゆえ、願い出たのじゃ」

「はあ、そうですか。願い出られましたか」

やはり先から決めていたのだ。

「比宮さんほど純な御方はおられぬで。江戸へ下られるのを心の底から楽しみにしておられるわ。そのような、のう。どのような土地かも分からぬに」

幸は呆れて斜めを向いた。そんな土地へ、比宮と幸を送り込もうというのだ。なにより、比宮が本心、喜んでいるはずがないではないか。

「まあ困ったことがあれば、何ごとも御老中にお頼みせよ」

「松平、乗邑様と仰せでございましたか」

ここ数年、幸の住まいには手文庫だの絹だのと、きらびやかな品が増えていた。その出所がようやく分かった。

「この子は連れて行って宜しゅうございますね」

幸は仔犬の背を撫でつつ言った。紅がいて、比宮とともに暮らせるならば、それはそれで仕合わせかもしれない。なにも大年増などと呼ばれて無理に嫁ぐことはない。

「お父様？」

「はあ、ふむ。比宮さんはご自分の狆は置いて行かれるそうな。家重様というは蒲柳の質であらしゃるとか。獣というのはお体に障ることも多いゆえ」

膝の上で、潤んだ目が不安げに幸を見上げていた。

第三章　隅田川

一

享保十六年（一七三一）五月七日、比宮の輿は江戸城西之丸に入った。外濠の傍に輿が着いてから一刻もかけて周囲を巡り、息を呑むばかりの大門を潜って二重橋を渡った。

これほど大きな門は比宮も幸も見たことがなかった。だが将軍の暮らす本丸は、優にこの倍はあるという。いずれ比宮がその女主になるのだと思うと、幸まで我がことのように廊下を進む足が震えた。

真新しい畳を敷きつめた長い廊下を、幸はずっと比宮の手を取って歩いた。京から従ってきた女官は幸よりも年上ばかりで、十五日ほどかかった東下のあいだに、幸は比宮と二人きりで随分話をした。京から離れるにつれて、幸と比宮の心はより一層通い合うようになっていた。

やがて廊下が果てると、案内の者が障子を開いたままに立ち去った。たちまち甘い芳しい香りが押してきて、比宮は中を振り向いた。

畳も柱も黄金色に照り返っていた。飾り台の中央で黄金色の花々がこちらを向き、違い棚にもその下の床にも花が置かれていた。

京でもこれほどの花が部屋にあるのは見たことがなかった。近づいて見れば一輪ごとに無数の花びらがあり、まだ露をたたえている。花器は透き通るびいどろで、比宮の衣裳にも光が眩しく跳ね返った。

「薔薇」

「まあ、この花が」

幸はため息が漏れた。歌にあるのは知っていたが、この目で見たのは初めてだった。

比宮はそっとびいどろに手を触れて、花に顔を近づけた。

「比宮さん、ならば棘がございますよ。お気をつけて」

比宮は小首をかしげると、幸を手招きした。

「棘が落としてあります」

幸も花器を透かし見た。

「ま、本当でございますね」

比宮が目を細めた。

続きの間では出迎えの侍女たちが頭を下げていた。

「こちらが比宮様にございます」

京からともに来た老女の栄佐《えいさ》が短く挨拶を済ませた。比宮が上段に座すと、侍女たちは揃って部屋へ入って来た。

「この薔薇は」

比宮が栄佐に尋ねると、城側の白髪の侍女が応えた。

「若君様が今朝、お手ずからお摘みになられましてございます。比宮様のご無聊をお慰めしたいとの仰せでございました」

「ま、お手ずからとは」

栄佐が比宮に笑いかけると、比宮も嬉しそうにうなずいた。

「そなたは」

「西之丸年寄、滝乃井と申します」

「宜しく頼みます。これは栄佐、そしてお幸」

滝乃井が即座に面を伏せ、あわてて幸もそれに倣った。

「畏れながら」

おずおずと滝乃井が口を開いた。

「若君様は一年も前から、比宮様のためにこの花々をお育てになってまいられました」

「なんと、若君様が」

比宮の代わりに栄佐が応える。

「若君様はなかなか、お気持ちをお表しになる術もございませぬゆえ、せめて花の中の花をお贈りあそばしたいとの思し召しにて」

「まこと、花の中の花にございます。そうそう行き来も叶わぬお立場ゆえ、忝うございます」

栄佐は比宮にも侍女にも、忙しくうなずいてみせる。滝乃井という侍女は感極まって涙を浮かべていた。

「薔薇は美しく咲かせるのが難しいそうでございまして。花弁の一枚まで疵のない、黄金色に染まった花がなかなか揃いませず、ようやく最前、この花々をお切りあそばしました」

「なんとお心細やかな。でございますねえ、比宮さん」

比宮は微笑んで目顔でうなずく。

それを見届けて滝乃井は頭を下げた。

「今日はお疲れでございましょう。これにて失礼いたします」

そう言って立ち上がったとき、比宮が呼び止めた。

「どうぞ家重様に、妾がたいそう喜んでいたとお伝えくださいませ。よく歌に詠まれる薔薇がこれほど美しいとは、妾は知りませんでした」

「まあ、比宮様。勿体のうございます」

滝乃井は涙を隠すようにして立ち去った。

それからは連日、大奥や幕閣たちの訪問が続き、そのあいだ家重からは朝ごとに露を被った薔薇が届けられた。わずか三輪のときもあれば、七本、八本と色の異なる薔薇が活けられている朝もあり、比宮は何よりもその花を心待ちにするようになった。

そうして十一日の後、比宮は江戸城本丸へ登った。諸侯総出仕の御披露目のためで、ついに比宮は家重と対面が叶うことになった。

幸は後之間の隅から、比宮と家重が並んで座るのを眺めていた。だが家重の姿は比宮に隠れ、退出で立ったときようやく狩衣の袖だけが覗いた。

ぎこちなく片足を引き摺って、どうやら捻挫しているらしかった。幸は比宮が退出するときその手を取って歩いたが、目の端で捉えた比宮はすっかり青ざめて、指が凍えたように冷たかった。

居室に戻ると比宮は疲れ切って人払いを命じた。皆が大広間の広さに圧倒されて、栄佐も幸に廊下で待つように告げて立ち去った。

しばらく控えていると、中から泣き声が聞こえてきた。

「比宮さん」

呼ぶと、ぴたりと声は止む。

だがしばらくするとまた泣き声がした。

幸は思い切って中へ入った。

「どうなさったのでしょう。何かございましたか」

ようやく家重に会えたのだ。幸はおそばに寄って比宮の背をさすった。

「幸は比宮さんと何もかも分かつ者でございますよ」

いつまでも、比宮が口をきいてくれるまで待つしかない。

少しずつ比宮は泣き止んできた。長い睫毛はまだ濡れていたが、ゆっくりと顔を上げた。

「お幸」

「はい」

「家重様は尿を漏らしておられた」

「ゆばり？　あの尿でございますか。比宮さんはまた、何をお言い出されますやら」

「お身体にまともなところはなかった。右足は曲げることもできず、横へ放り出されたまま。右手はだらりと横に垂らしておいでで、口からは涎が零れていた。お顔も、醜く歪んでおいでじゃ」

　幸は顔色を変えぬよう耳を傾けていた。

「途中で……」

「はい」

「臭いがして、まさかと思ったのです。でもお立ちになったとき、たしかに袴が濡れていたのよ」

　また比宮の目にじわりと涙が浮かんできた。

　それは一体どういう様なのだろう。幼子のように粗相をしたということか。だがあの御披露目は、ものの一刻ほどだった。

「比宮さんのお見間違いでございましょう」

「いいえ。お座りになっていたところに滲みがついていました。妾は隣にいたのですよ、臭いで分からぬものですか」

比宮は己の身を両腕で抱き、虫の死骸でも見たようにぶるりと身を震わせた。

「きっと何かご事情がおありだったのですよ」

「もう言ってくれるな。明日になれば、妾も忘れます」

「え」

幸はぽかんと口を開いた。

「どんな御方でも仕方がない。妾が家重様と娶せられたのは、家重様が将軍継嗣のゆえじゃ。妾があの方の御台所になるのが運命なら、あの方があのような形でお生まれになったのも運命。持って生まれた運命ばかりは、泣いて厭がってもどうにもならぬ」

比宮は拳で乱暴に目を拭った。睫毛が乾くと、比宮が見たこともない残忍な目で睨んできた。

「お幸もそうではないか。運命だと己を慰めて、妾の供をしてまいったのであろう」

「比宮さん……」

年四百俵で、父母に兄妹まで生きて行く暮らし。食べるのがやっとというのに侍女と下男を使い、生まれてこのかた、幸が新調の衣に袖を通したのは比宮の東下が決まって初めてのことだった。

薔薇を詠んで楽しんだ昔は知らず、今の公家などそういうものだ。だから幸の父も、娘を売るような真似をして自らの暮らしを守ったのだ。

それが分かっているから、幸は黙って江戸へ来た。どうせあのまま京にいても、何一つ代わり映えしない日々が延々と続くだけだ。

それなら比宮と江戸へ下ったほうがいい。そのほうがきっと、少しは新しい世界がひらけるかもしれぬと思っていた」

――――


「あの花はいつも棘が丹念に折り取ってあった。妾は、家重様が取ってくださっているのかもしれぬと思っていた」

比宮はびいどろの花活けを見て笑い捨てた。

「中風の年寄りのような手をしておられて、小さな棘が折り取れるものか。妾は愚にもつかぬ夢を見ていた」

十五で婚約が成り、六年越しで会ってみれば何のことはない。皆から寄ってたかって騙されて、殻の割れた穢いまいまいつぶろを持たされたのだ。

「お幸。花活けをあちらへ」

比宮が手のひらで払う仕草をし、幸も唇を噛んで目に入らぬところへ片付けた。


半年が過ぎた師走の十五日、比宮は江戸城西之丸で婚儀を挙げた。それから連日、比宮の部屋では祝いの品の披露が続けられたが、比宮も幸も、侍女たちが目録を読み上げるのをただ聞くふりで聞き流していた。

夏の総出仕で家重と対面してから、比宮は気鬱が続いていた。涙を見せたのはあのとき幸にだけで、明くる日からはもう顔を歪めることもなかったが、毎朝の花が届いても見ようともしなかった。部屋付きの者たちは皆それに気づいていたが、その時分には家重の身体のことも知れ、かえって誰も比宮に言葉をかけることができなくなっていた。

そのうちに家重からの朝の花も届かなくなり、懐かしい京から御道具が着いても、かえって比宮の心は沈んでいった。

「もう疲れた。続きは明日にして」

比宮は披露の途中で早々と手のひらを振り、女官たちはあわてて片付けを始めた。いつものように人払いをして、幸だけがおそばに残った。

「お幸。武家では男子が生まれねば御家断絶であろう」

「はあ、武家に限ったことでもございませぬが」

「家重様はどうなさるのであろう。誰ぞ、世継ぎを挙げて差し上げれば、妾も肩の荷が下りるが」

幸は何と応えればよいのか分からなかった。江戸へ来た初めの頃、互いに残してきた狆のことを懐かしんだのが十年も前のことのようだ。比宮はこの半年で口ぶりもきつく変わり、声音もどことなく陰鬱で、少女のような明るさがなくなった。

「比宮さんはまだ、そこまでのお仲にはなられませんか」

武家では閨の話はしないというが、幸たちはそれほど避けるわけでもない。

「妾のせいであろうか」

「まさか」

比宮に何の落ち度があろう。

「実は御老中の松平乗邑様と、このあいだ幸はお話しをすることができました」

「ああ、通条との口ききをした」

比宮は幸の父までも恨みに思っているようだった。

「比宮さんには、先々のことまでお案じなさらぬようにとの仰せでございました」

乗邑は満面の笑い皺が証しする通り、女に気遣いもできて物柔らかだ。大奥でなにかと頼りにされているといえば乗邑だそうで、なかでも家重の乳母だった滝乃井は親しいという。

「で、何を申していた」

「もしも御子ができぬでも、お気に病まれぬようにと」

「それは妙なことを申すもの。将軍家に継嗣ができぬでは済まぬだろう。老中ともあろう者が、本心か」

比宮はふんと鼻で笑った。

「家重様があのようなお身体ゆえ、実は上様も先から諦めていらっしゃるのだとか。それゆえ比宮さんが己の咎とお責めあそばすとすれば、政を主上からお預かりしている将軍家は、主上に申し訳が立たぬのだから、と」

「ほんに老中など、狐じゃな。つらつらとよう廻る口じゃ」

比宮はいつからこうも口が悪くなったのか。

そのとき天英院からの使者が来たと取り次ぎがあり、比宮は鬱陶しげにため息をついた。天英院は亡き六代家宣の正室であり、五摂家の一つ、近衛《このえ》家の出だ。この名を出されれば、比宮も追い返すことはできなかった。

と、咳払いがした。男の声だった。

「ご無礼をつかまつります」

侍女を引き連れて現れたのは乗邑だった。

「比宮様にはお疲れの由。ご無聊をお慰めせよと天英院様から命じられましてございます。ですが西之丸とは申せ、大奥に男が入るのはなかなかに事でございます」

乗邑は薄くなった髷を殊更に撫でてみせ、汗に気づいてあわてて懐紙を取り出して拭った。

「妾の無聊をな。懐かしい言葉を聞いたものじゃ」

比宮は冷たくあしらって、遠慮なく顔を背けた。

「如何でございます。やはりなかなか若君様とお話などは進みませぬか」

「どうやって話せばよいのです。筆談もできぬ、お顔も読めぬ。どこぞに通詞でもおらぬものか」

ふむ、と乗邑は腕組みをしてみせた。

「大岡忠光《ただみつ》はどうでございます。何か家重様のお言伝などは携えてまいりませぬか」

「ああ、あの者」

比宮が顎をしゃくったので、幸が代わりに話した。

忠光という幸と同い年の小姓は、まだ兵庫と名乗っていた元服前から家重の口代わりを務めてきたという。たしかに通詞と呼ぶのが似合いだが、どうしても真に家重の言葉を伝えているとは思えなかった。適当に家重の呻く長さに合わせて唇を動かしているだけで、そもそも家重も、比宮と話したがっているのかどうか。

「比宮さんの御名を呼び捨てで、まるで己が家重様かのような物言いでございます。比宮さんが無礼にお思いになるのも当然でございましょう」

忠光の言葉の後から家重が大きくうなずきでもするならば、まだ信じることもできるだろう。だが首を振ることはできる家重も、ただじっとしているだけなのだ。

「実は我ら幕閣も、つねづね考え恐れておるのでございます」

「恐れるとは」

「もしも小姓ごときが我らに指図いたすとすれば、由々しきことにて」

「ならば、妾とて同じであろう」

ぽんと比宮が投げ捨てるように言った。

「比宮様は、あの小姓がしかと家重様のお言葉を伝えておるとお考えでございますか」

「そのようなこと、妾に分かるわけがない。婚礼から幾日だと思うている」

江戸に着いた当初のほうが、比宮と家重は心が通い合っていた。

比宮が西之丸に着いた明くる日には、心細やかな家重の言葉を使者が伝えたものだ。それからしばらく往来したあの使者が忠光だったと知って、あとから比宮もどれほど驚いていたことか。

だがそれも、いつからか花とともに絶えてしまった。

「あの家重様には比宮様もさぞかし落胆しておいでだろうと、天英院様が案じておられます」

「それはまた、無礼なことを」

比宮の言葉が意外だったのか、乗邑はぴくりと肩を震わして目を逸らした。

「帝とお考え合わせれば、さして不可思議なものでもない。お幸などは、主上のお声を聞いたこともなかろう」

幸はうなずいたが、いくら帝でも妻や御側とはお話しになるはずだ。

だが乗邑は、ああなるほどと己の膝を叩いた。

「左様でございましたか。京から参った女官どもがさして戸惑うておらぬのは、そのような経緯《いきさつ》でございましたか。たしかに帝というものは御簾の向こうでお姿も見えず、お声も発せられませぬなあ」

比宮を励ますつもりか、乗邑は取って付けたような弾んだ声で話した。だがいっこうに比宮の顔は晴れない。

「しかし忠光は比宮様のもとへ伺わぬどころか、何も伝えて参らぬのでございますか」

「家重様のお言葉がないのであろう」

比宮はあっさりと横を向く。

「たとえ家重様からのお言葉がなくとも、忠光があらかじめお身体のことを伝えておれば、比宮様とて先に御覚悟ができておられましたでしょうに」

「忠光は頼りになりませぬ。そもそも彼奴は、何を考えておるのか、よう分かりませぬ」

「気遣いは無用じゃ。大奥に足繁く通うような小姓は、謗りの的にもなろう。さて、今日は妾も疲れました」

「ああ、失礼をつかまつりました。ではそれがしは、これにて」

乗邑は素早く立ち上がった。

足音が消えるのを待って比宮はため息を吐いた。

「いったい何をしに来たのやら。覚悟など、妾は京を出たときにつけておるわ」

そういえば乗邑の用件は何だったのだろう。

「忠光は頼りにならぬ、か。もしもそうなら、家重様ほど孤独な方はおられぬな」

「はあ、そのようなものでございますか」

幸にはよく分からなかった。

比宮はぼんやりと脇息に肘をついている。

「お幸。家重様は赤児のように襁褓《むつき》がいるからといって、おつむりも赤児であろうか」

幸は首をかしげた。江戸へ下ってからこちら、比宮は幸より大人びて見えるときがある。

覚悟というのは何だ。

「もしも家重様のおつむりが御歳と同じであられたら、それが赤児のような入れ物に閉じ込められて、どれほどのお苦しみであろうな」

「覚悟、か」

「比宮さんはまた、いつからそのようなことをお考えに」

「五日前、婚儀のときから」

あのとき家重の袴は腰の辺りが膨らんでいた。襁褓をあてているのだと気がついて比宮も驚いたが、下段の諸侯の中にも目を剝いている者がいた。

「あの皆の、蔑みの色……」

比宮がそっと家重の顔を窺うと、こめかみから汗が流れ落ちていた。動くほうの左の拳は堅く握り込まれ、口許はわななきながら一文字に食いしばられていた。

ふいに比宮は、家重がこれまでに浴びてきた周囲の目を思った。

「もしも中身まで赤児ならばお悩みになるはずがない。きっとあのような、ひたすら堪えるお顔など、なさるまい」

本丸の大広間で比宮も感じた、諸侯を見下ろして威に服させねばならない心細さ。それを知るのはこの世には吉宗と家重しかいない。

すぐ隣に座っていながら、最初の披露目のときは比宮にもそこまで顧みる余裕はなかった。だが婚儀のときは二度目のぶん、少しは家重の身になって考えることができた。

「あまりにも無礼ではないか。家重様がどれほどの怒りを抑えておられるか、誰も思うてはみぬのか」

怒っているのは比宮のほうだ。

「家重様のお味方になれるのは、妾だけではないか」

「比宮さんだけ？　では比宮さんは、家重様と真の夫婦になるご決心をなさったのですか」

だが比宮はぼんやりと障子の桟のあたりを眺めている。

「誰も彼も、鵜の目鷹の目で、家重様と宗武様を見比べているのではないか」

「あの。お二人様の何を」

今さら比べるまでもない。何一つ、家重には宗武に勝るものはない。

「上様とて、そうかもしれぬ」

「はあ」

「御子ができぬとなれば、上様は家重様をどうなさるであろう。それを老中が勧めるとは、宗武様にすげ替えるという目論見か。妾も嘗められたものじゃ」

幸には何のことかさっぱり分からない。

「家重様とどうやってお話しすればよいものか」

「一度、忠光殿をお召しになられては如何でございますか」

だが比宮は、そのうちにとつぶやいただけだった。

比宮が江戸へ来て初めての正月が過ぎ、久しぶりに家重から届けられたのは咲き揃った白梅の枝だった。老中、酒井讃岐守忠音の屋敷の花だそうで、当人が登城のついでに西之丸まで届けに来た。

忠音は昨年から家重に命じられていたというが、蕾が開くのを待ち兼ねて持って来たと、口上だけ告げて帰ってしまった。比宮はあわてて御庭で待つように伝えて追いかけた。

外はまだ風も冷たかった。だが比宮は幸の手につかまって忠音のもとまで走った。忠音が比宮に気づいて一礼したときには、比宮は息が上がって口がきけなかった。

「申し訳ございませぬ。それがし、大奥と名のつく場所へ入りますのは、どうにも気が引けまして」

太り肉《じし》の忠音は人柄まで丸そうで、人懐こい笑みを浮かべて比宮を四阿《あずまや》に腰掛けさせた。西之丸の御庭は花壇のそばに休息所がしつらえてあり、一度だけ比宮もここまで来たことがあった。

「その先に家重様が甘藷を植えておられましてな。覗いてまいりましたが、さすがにこの時節、畠には下りておられませんでした」

「家重様が。甘藷とは何でございますの」

比宮は自ら尋ねた。

「薩摩渡りで、痩せた土地でも裏作にできるとやら申します。上様が救荒用にとお考えあそばして試し植えを続けさせておられるのですが、家重様は……」

「家重様は？」

忠音は満月のような顔をして笑った。

「ご自身が上様のお役に立つのはそのくらいじゃと仰せになりましてな。やれ土を変え、水やりを工夫なさり、まあ様々に試しておられるのでございます」

「忠音は、それをどのようにして家重様に聞きました」

「と、仰せられますと」

「忠音は家重様のお言葉が分かるのですか。家重様が仰せになったと、今、申したではないか」

ああ、と忠音は合点した。

「兵庫、いや忠光でございます。家重様の小姓ですが、比宮様もたしかご存知では」

「その者の申すこと、確かか」

「はあ。それがしは、そのように思うておりますが。ですが、比宮様の疑念も無理からぬことと存じます。それがしも初めのうちは随分と疑うておりましたからな。なにせそれがしは家重様が幼い時分から、なんとかお言葉を解そうと努めて、ついに出来ずじまいでございましたので」

「そなたも分かりませぬのか」

「はい。というより、分かるのは忠光のみにございます。彼奴、まことにもって尋常ならざる耳をしておりましてな。上様は、鳥追いや山窩《さんか》には、ごくまれにそのような者がおると仰せでございましたが」

比宮は肩を落とした。

だが忠音はどこか飄々として、同じ老中でも乗邑とはずいぶん雰囲気が異なっていた。とても大柄なのに、幸はなぜか京に残してきた仔犬の紅を思い出した。

「まあそれがしは、家重様と忠光がともにおるところを幾度となく見ておりまするゆえ。比宮様が東下なさるまでになんとか薔薇を美しく咲かせたいと、毎日あれこれと手をかけておられるのもずっと見ておりましたゆえ。たとえば」

と、忠音は少し首をかしげて、一つ二つ思い浮かべたようだった。

「ちょうど家重様が忠光に頼んでおられるのを小耳に挟んだのですが、比宮様に届けられた薔薇、すべて棘が折ってございませなんだか」

「ええ。そうでした」

ふむふむと月のような丸い顔が揺れる。

「比宮様が棘でお怪我などなされては一大事、すまぬが棘を折ってくれぬか、と」

「まあ。小姓に頭を下げられたのですか」

「左様にござる。忠光は、あれはもう癖と申しますか、一言一句そっくりそのまま家重様のお言葉を真似るのでございます。いや、鏡と申すはおかしゅうござるが、それ、そのように瓜二つに」

比宮が幸を振り向き、幸もうなずいた。だから幸たちは、比宮を呼び捨てにする忠光の口ぶりを尊大だと思ってきた。

「それゆえ、はて何のお話かとそれがしが尋ねたもので、家重様がもう一度、口にしてくださいました。でなければ忠光め、たとえ己の手柄になろうと誇りの因になろうと、決して自らは申しませぬ」

「忠光とは、そのような」

比宮は口ごもった。

「いかにも。家重様はあの通りのお手をしておられましょう。本来ならば己が比宮様のために取らねば実がない、だがどうしてもこの手ではできぬゆえと詫びられて」

「ですがそれほど息の合う主従ならば、忠光が家重様を思うあまり、お言葉を補うこともあるのではないか」

忠光の匙加減ひとつで、こちらは見抜くことができない。

「左様でございますなあ。それが結局、どうにも乗り越えられぬ壁でござって」

忠音は困ったように己の鬢を掻いている。

「忠光が家重様の御身を思えば思うほど、周りにはさざ波が立つ。彼奴はそれをも分かっておるのですが、己を守るようなことは一切申しませぬ」

そのとき幸もふと思った。ひるがえって己は、そこまで比宮のことを思ってきただろうか。

そもそも幸が江戸へ来ることを承知したのは、比宮の陰にいるほうが楽で愉しいと考えたからではなかったか。

さて、と忠音は腿に手を突いて立ち上がった。

「生憎と、今はどこにも花がございませぬ。それがしの屋敷には伸び放題の梅林がございますが、比宮様のお好みの花は」

からかうように比宮を顧みた。

「薔薇です」

比宮が囁くと、忠音は満足そうに微笑んだ。

「家重様にはそれがしから、そのようにお伝えいたしましょう。ですが、比宮様からも文をお書きになっては如何でございましょう」

「文を」

「比宮様がもう薔薇をお喜びでないことは、家重様にも伝わっておりましたゆえ」

「いいえ。妾はそのようなことは申しませぬ」

「仰せにはならずとも、伝わることは多うございますぞ」

比宮ははっと顔を上げた。

忠音が丸い顔ににっこりと笑みを浮かべた。

「だからこそ人というものは、口がきけずとも思いを伝えられるということになりますな」

そう言うと、忠音は笑みを残して立ち去った。

肉厚の背がゆさゆさと揺れて遠ざかって行った。乗邑のときとは違う温かさが、幸の胸にも残っていた。

比宮が家重に文を書いた明くる朝、西之丸の空は春に相応しく白く光っていた。比宮は髪と衣裳を念入りに整え、約束よりずいぶんと早く御庭へ下りた。家重には御庭をともに歩きたいと書いたのだが、昨日の今日で、まだ返事はなかった。

「おいでくださるだろうか」

花壇のそばで比宮がつぶやいたとき、家重と忠光が来るのが見えた。比宮はぱっと顔を輝かせて幸を振り向いた。

「やはりおいでくださいましたね。近くにおりますから、いつでもお呼びくださいませ」

栄佐はそう言って他の女官たちとその場を離れた。ただ幸だけは近くにいて、家重たちを待っていた。

家重が連れているのは忠光だけだった。

「比宮から文を貰えるとは。今も懐に入れているのだ」

忠光が家重の陰からそう言った。

家重は左のほうの手を袂に入れて、どうにか文を取り出して見せた。比宮は絵を描くので家重の名の横に小さな薔薇をあしらっていたが、その花がちょうど家重の手のひらの中にあった。

比宮が目を細めたとき、家重の手から文が落ちた。忠光も、少し離れていた幸もあっと思ったが、すぐに比宮がしゃがんで拾い上げた。

「御心が嬉しゅうございます。このように殿のお着物に入れていただけますなら、妾は毎日、殿に文を書いても宜しゅうございますか」

家重は笑みを浮かべた。比宮はこれまでもずっとそうだったかのように、自然に殿と呼んだ。

「増子《ますこ》」

比宮の名だった。言ったのは忠光だが、幸は家重が呼んだのだと思った。

「真実、毎日私に文を書いてくれるのか」

「はい。妾には殿だけにお聞きいただきたいこともございます。文ならば、殿が一人でごらんくださいますでしょう」

比宮が愛らしい上目遣いをしたので、家重も頬を赤らめた。

「忠光は殿の御口にしかならぬと聞きました。殿がそう信じておられるなら、妾も今日から、そう致します」

そう言って比宮は幸のほうを振り向いた。

「妾にも、お幸と申す者がございます。ですがお幸は、妾の口どころか、目にも耳にもなるので困っておりますの」

家重と忠光が揃ってこちらを向いたので、幸は恥ずかしくてうつむいた。

「これで妾と殿は、二人だけの話もできる」

「――――」

「だが私は、文を書くこともできぬゆえ」

忠光がそっと、家重の言葉を伝えた。

だが比宮は笑って首を振った。

「殿のお言葉はこの忠光から聞くことにいたします。それに文の中で、妾は殿にしか分からぬ合図を書いておきますから」

「合図?」

幸がつい聞き返すと、ほら、と比宮が笑って家重のほうへ身を寄せた。家重は上機嫌で自らの左腿を打ち、比宮と揃って笑い声を上げげた。

ああ、なんだ――

幸はつい家重に見とれていた。

澄んだ眼差しの、美しい目をした人だ。背が高く、足は長く、肩幅があって艶やかな肌をしている。すっきりした額に鼻筋も通って、頬の引き攣れもあまり目立たない。整った髷に最上の絹の衣、薫《た》きしめられた香も、何もかも家重ほど似つかわしい人もない。

「――」

「明日もここで会えるだろうか」

家重が言うと、すぐに忠光が伝えた。これなら何が足りぬということもない。

「妾は今からでも明日が待ち遠しゅうございます。文に合図を書きますゆえ、明日はもっと二人きりで話せます」

「――」

家重の頬がまたぽうっと赤くなった。

「増子。もう少しすれば薔薇が咲く」

「ではまたお届けくださいますか」

家重はうなずいて唇を動かした。

「だがな、棘を折っているのはこの忠光だ」

忠光が困ったように肩をすぼめて伝える。幸が忠光なら、気を利かせて、家重から頼まれたゆえだと言い足すところだ。

幸と比宮は目配せをして忠光を待ったが、いっこうに何も喋らない。

だから比宮が微笑んだ。

「棘を折るように命じてくださったのは殿でございましょう」

忠光が目をぎゅっと瞑ってうなずいている。

「実は忠音から聞いたのでございます。ですが私のお幸ならばきっと」

と比宮は悪戯っぽく幸を振り向いた。

「はい。私ならば、申します」

幸も戯《おど》けて頭を下げてみせた。

「これからは妾も、忠光は殿の御口にしかならぬのだと、よくよく肝に銘じておきます。たとえ妾が忠光を呼びつけても、一切、殿のご様子は聞くことができぬ。これはまことに、先々役に立たぬ小姓ですこと」

家重は真っ赤になって首を振っている。忠光と幸は訳が分からず顔を見合わせたが、それを見て家重と比宮はまた微笑む。

比宮はそっと家重の左の手を取った。

「信じても宜しゅうございますか」

家重がきゅっと比宮の手を握り返した。

「否ならば二度？」

またきゅっと握った。

比宮が頬を赤らめてうつむいた。

「殿……」

家重がうなずく。

「お届けくださった薔薇を、御披露目の後から粗末にしてしまいました。さぞお腹立ちでございましたでしょう。許してくださいますか」

家重は一度も、握り返さない。

比宮は戸惑って家重の顔を覗き込んだ。

「――――」

「もとから腹を立ててはおらぬ。それゆえ、許すも許さぬもない」

忠光が言った。家重の思いがこもったような、穏やかな声だった。

「では、お悲しませしたでしょうか」

今度は一度、うなずくかわりに比宮の手を握り返した。

「ならば、どうかそのことを許してくださいませ」

家重は静かに比宮の手を握りしめた。

それから半刻ほど、二人は手を取り合って御庭を歩いていた。女官たちが日差しが強いのを案じて、二人はようやく城に戻った。

次の日も比宮と家重は御庭を歩いた。比宮が家重のそばに駆け寄ると、家重は黙って比宮に手を差し伸べた。

比宮が微笑んで、何かをそっと囁いた。

「ああ、ふむ」

家重は頰を赤らめつつ、気取った様子で応えている。

幸と忠光は思わず目が合って、笑って互いの主のそばを離れた。

二

真夏の日盛りは、蟬の声がのしかかるようだった。

吉宗は大広間の上段から縁を回り、二之間に腰を下ろした。格天井に、襖絵は探幽《たんゆう》の松鶴という壮麗な座敷だが、目も留めずに縁先の能舞台を眺めると、どうしておるかなとつぶやいた。

そばに控えているのは忠音一人だった。

「とんと、良い評判しか聞かぬゆえな」

吉宗はくいと顎をしゃくって前方を指した。能舞台の向こうには家重の暮らす西之丸がある。

「お戯れを。そのような者は越前だけでございましょう」

「ああ、左様。忠相はもはやあの二人の見立てには役に立たぬ」

「無理もないと存じますが」

ふん、と吉宗は意味を測りかねる鼻声で応じた。

「一人ずつ、皆に聞いておる。そのほうはどう思う」

吉宗は面倒くさそうに忠音に尋ねた。察するに、家重を次の将軍にするかどうかだろう。

「上様はせっかちであられますな」

「そうでもあるまい。宗武も十八になった」

一応は田安《たやす》門そばの屋敷に移った、家重の弟である。

「確かに宗武様といえば、まずあれほど英明な御方もおられませぬな。先達ては乗邑殿に、諸色の値を安定させるにつき御下問があったとか。お救い米のことにもお詳しゅうて、あの乗邑殿が返答に窮したと仰せでございました」

西国で蝗《いなご》が出たので、今年はひどい凶作の気配だ。となれば幕府は諸侯に米を貸し、お救い小屋を建てねばならない。米の値が跳ね上がるのが吉宗の悩みの種だった。

ほかにも弱り目に祟り目とばかりに、春先は空っ風の強い宵に、西之丸下から浜御殿の手前まで二里余りも火に舐められてしまった。江戸城の櫓も燃え落ちたが、その後も長雨に大台風とひっきりなしだ。

「気を引き締めておらねば、余の改革はあっさり頓挫じゃの。まあよい、あれじゃ」

吉宗はふたたび西之丸に顎をしゃくった。

「御性質はよほど宗武様のほうが相応しかろうと存じます」

「鼻っ柱が強いゆえな。ただ家重も、将軍が務まらぬほど莫迦ではない」

「いかにも」

「家重を廃嫡すれば、のちのち諍いを生むことになりかねぬ」

「ならば上様の御心はもうお決まりなのではございませぬか」

「いいや。断じて」

さすがに笑みも引っ込んだ。襖の探幽の鶴まで、ぴくりと吉宗のほうを向いたように見えた。

「米の値が今のまま乱れておれば、そのうちどこぞで一揆になろう。食えぬとなれば、将軍が目の前に座しておっても打ち毀しは起こる」

実際に江戸で米問屋が襲われたのだが、忠音には今一つ実感が湧かない。

「あと十年で改革に白黒がつくか。このまま食えぬ者が増えれば幕府など倒れるぞ」

「は？　倒れる……。幕府が倒れると仰せでございますか」

「決まっておるわ。鎌倉も倒れた、足利《あしかが》将軍家も無くなった。まさか老中ともあろう者が、幕府が倒れることも考えに入れておらぬと申すのではなかろうな」

忠音は口をつぐんだ。

「だいたいそなたらは、二言目には秀忠公の御代の跡目争いを持ち出すが、あれは大権現様が幕府を豊かに拵えられた直後ゆえ、悠長に兄弟で争うてなどおられたのよ。今、同じことをしてみよ。幕府など消えてなくなるわ」

このところ諸国で百姓たちの騒動が聞こえ始めていた。

吉宗が米将軍と揶揄されてまで物の値を抑えようとして、もう十六年になる。新田開発で多少蓄えた米も、今年は大凶作でいっきに吐き出さねばならないし、幕府がこのまま民を食わせることができなければ、将軍を押し戴いている者などいなくなる。

「家重が廃嫡され、その次は家重の子と宗武の子が将軍を争うというのであろう。結構なことじゃ、徳川家はまだ将軍を務めておるか。徳川もろとも、幕府が瓦解しておればどうする」

宗武を将軍にすれば、忠光が側用人として政を私する恐れは消える。宗武には補佐できる小姓も大勢育っているし、あの聡明さに押し出しが加われば、将軍となって吉宗の政をさらに先へ進めることができるだろう。

「それがしは宗武様のお人となりを思うて、家重様だとしか考えておりませんでしたが」

「ああ、ああ、忠音はめでたいのう」

吉宗はがっくりと肩を落として縁側に出て行った。階に足を下ろし、膝に肘を立てて頰杖をつく。

忠音も吉宗のそばへ移り、一段と声を潜めた。

「宗武様が将軍職にお就きあそばせば、それ以降はもはや、家重様の御子の流れには戻りませぬな。となれば将軍家には先々、越後高田の御家門の煩いが加わりましょう」

二代秀忠の兄、結城秀康の血筋だ。今はもう絶えたが、綱吉の時分まで、将軍家は何かと越後高田に気兼ねをしていた。

「忠音はようも、そのような古い話を捏ね回すのう。今じゃ、今」

蜘蛛の巣でも払うように吉宗は手のひらを振った。

「考えてもみよ。秀忠公や家光公の御代に一揆などあったか」

「いや、それはございましたぞ。島原の乱に、白岩に……」

「いちいち鬱陶しい奴じゃな」

吉宗は忠音を睨んだ。

「あれは領国の政が拙かったゆえじゃ。それに比べて近ごろの騒動は、一斉に種が芽吹いたようなものではないか」

「天災にございますか」

「真の天災ではない。食えぬのは幕府のせい、将軍家のせい」

吉宗はしゅんと肩を落とす。

だがどことなく愛嬌のある吉宗に、忠音は明るさを感じるのだ。それがあれば結局は民もついて来るはずだ。

「いやはや、それがしは全く忘れておりました。幕府とは倒れることもある物でございましたな」

「そなたは家重と忠光を買うておるが、他の者は、どうやら宗武で決まりじゃな」

「そうかもしれませんなあ」

頭のつくりが梅林のような忠音は万事すっきりしないが、なぜか家重たちには力添えしたくなる。宗武が相応しいと分かりきっているのに、家重ではなぜならぬのかと、胸の奥から声がする。

「まあ確かに、それがしは家重様と忠光を見ておるとつい、いじらしゅうて頰が緩みます」

「それでは忠相と何も変わらぬではないか」

「まあしかし、それがご人徳と申すものかもしれませんぞ」

とはいえ、そんなもので将軍職を云々してはならぬと、またぞろ心の奥で声がする。

だがしかし本来は家重で決まりのものを云々しているのだからして、と忠音は腕組みをして堂々巡りを続ける。

「忠光が現れたゆえ、家重にも将軍を務める目が出たがの。誰もそのようなことは思うてもみぬであったが」

「しかし忠光が参って八年、大過なく努めておるではございませぬか」

吉宗の胡乱《うろん》な目に気づいて、忠音ははっと口に手を当てた。どうやら己は心底、家重たちを好いてしまっている。

「今からの十年、支えきらねば幕府は倒れるぞ。毎日ぎしぎしと傾いておる音が、そのほうには聞こえぬかのう」

「いやはや。それがしの目の前には、上様がでんと座っておられまするゆえ」

忠音は真剣な面持ちで両腕を広げ、吉宗の座り姿を表してみせた。だが吉宗は、逆に気が抜けてしまったようだ。

「将軍など、飾り物でよいのかもしれぬ。だが己が飾り物でおるためには、幕閣は吟味のうえで選ばねばならぬだろう。それが家重にはできるかの」

「忠光が選びかねぬと仰せになりますか」

「それもある。しかし家重自身に人を見る目が備わっておらねばどうにもならぬ」

「そのことならば越前も、侍講の室殿も請け合うておるではございませぬか。いや、誰より上様が、実はご同感でございましょう」

ふん、と吉宗が鼻で笑った。

「やはりそなた、もはや役立たずに成り下がったの」

忠音は首をすくめた。

「忠光がもう少し早く見つかっておればのう。そうであれば余も、多少は家重の小姓を考えてまいったのだが」

忠光が現れ、家重が自在に言葉を伝えられるようになったのは十四のときだ。本来ならばその時分には徐々に優秀な小姓が目立ち始め、その中からこちらも将来幕閣に昇りそうな者の目星をつけるのだが、家重の場合は、小姓というと単に身の回りの世話をするのみだった。

「ですが周囲がこの御方と思い定めても、早世されることもございます。かと思えば、一顧だにせぬ紀州のような鄙《ひな》で将軍がお生まれあそばすこともございます」

「さすがに忠相もそこまでは申さぬぞ」

「いやいや、かえって幕府は強運に恵まれたと申しておるのでございます。ならば無礼ついでに一つお尋ねをお許しくださいませ。上様は忠光が参る前は、家重様は廃嫡なさるおつもりだったのでございますか」

「ふうむ」

寸の間、肯《うべな》ったのか否《いな》んだのか分からなかった。

「憐れだが無理だろうと思っておったがな。ならばなにゆえ長々と廃嫡と決めなかったかというと、宗武を見るためだ」

「なるほど。次をお任せするに相応しいかどうかを確かめておられましたか」

「家重を廃嫡とまで呼ばせるのじゃ。よほどでなければ、余が家重を膝に載せて差配すればよいことではないか」

吉宗にとっては、どちらも我が子には変わりがない。

梅林の頭の忠音は、ふと思った。将軍とは本来いくさを率いるものだから、最も肝要なのは持って生まれた運だろう。ならば、あの家重がこれまで廃嫡にもならず、ついには話せるようになり、いっぽうの宗武があれほど秀でていながら若君とも呼ばれずに留まるのは、家重のほうが強運だということではないか。

ならば家重にするほうが、幕府にとって善ではないか。

「やはりまだ先送りにするしかないかのう。せいぜい余が長生きして、二人の孫を見比べるか」

「家重様と宗武様の御子でお比べになるのですか」

「家重には子ができるかも分からぬがな。まあ、しばらくは余がここに座っておることにする」

吉宗は笑って、話は済んだと言った。

足音が消えても吉宗は頬杖をついたまま能舞台のほうを向いていた。

口を開く者がなければ途端に蟬の声が強くなる。吉宗の襟は汗でぺたりと首に張りつき、西日が足先にかかる辺りまで伸びてきた。

「おるか、万里《ばんり》。かまわぬ、入って来い」

吉宗は二之間の隅に座り直した。万里が縁側の軒下から顔を出すと、やはりそこだったかと笑って手招きをした。

万里は階を上りながら、履いていた足袋を片方ずつ懐に押し込んだ。

「どうだ、紀州の中におったか」

万里はうなずいた。家重の小姓を元紀州藩士の幕臣から探せと命じられていたのだが、早々と一人見つかっていた。

もともと万里は、吉宗が紀州藩の部屋住みだった時分に下仕えをしていた。当時から探索に使われることはあったが、吉宗は宗家に入るとき紀州の家臣は数えるほどしか連れて来なかったので、万里は今では最も古株の一人になる。

六代家宣が将軍家を継いだとき甲府徳川家は絶えたが、吉宗の紀州徳川家は今も続いている。そうすれば徳川の数は減らず、いざというとき将軍家は跡目に困らない。加えて、幕府の中で旧来の幕臣と紀州藩士が競り合うこともなかったのだ。

だがそのせいで、新たに幕臣となった紀州藩士は百人にも満たなかった。吉宗が格別に引き抜いたなどとは当人たちが勝手に思い込んでいるだけで、実は待ち受ける側が身構えずにすむ軽輩ばかりを吉宗は選んだのである。

とはいえ万里のような端役ですら、旧来の幕臣との軋轢はあった。表向き、城の御門を警固するのは家康が直参に取り立てた伊賀者と決まっていたから、万里たちは御庭警固の御庭番と称されることになった。

「その者、歳はいくつだ」

「今年十四にございます」

「家重の八つ下か。今さら小姓とは、不自然かのう」

父は田沼意行《たぬまおきゆき》といって六百石の小納戸頭取である。だが元は足軽なので、目立たない出自というのはかえって良いのではないか。

「性質はどうだ。父に似ておるのか」

意行は吉宗の小姓でもあったので、実は万里はよく知っている。足軽から取り立てたのは吉宗だが、内心遅いぐらいだと思っていた。

「お前が推すからには、頭も切れるのであろうな」

「はい。どうやら父親どころではございませぬ」

当人はまだ幼名の龍助《りゅうすけ》で呼ばれているから、吉宗は先々変わる名など聞こうともしない。幕閣を眺めて、見渡すかぎりの案山子だなどと莫迦にしている吉宗だが、龍助の利発さに腰を抜かす日はそう遠くないだろう。

「なるほどな。意行など足下にも及ばぬか」

吉宗はさっさとその次を考え始めたらしかった。

龍助の十四という歳は、家重よりは宗武のほうに近い。なにより歳からいけば、小姓をさせるには三男の小五郎丸が最も頃合いということになる。

だが万里の見たところ、龍助は間違いなく、末は将軍を補佐するまでになる。となれば龍助は誰の小姓が相応しいか。

「忠音といえど、やはり甘いゆえな」

吉宗がつぶやくのを真横で聞きながら、結局それを肌で分かるのは己だけだろうと万里は思っていた。

皆が忘れているが、将軍の跡目争いとは、吉宗自身がそれを制して八代に就いたものに他ならない。万里はその争いに加担し、吉宗が御三家筆頭の尾張さえも出し抜くのを目の当たりにしてきたが、酒井や松平といった名門譜代の案山子たちとは、吉宗は越えてきた淵の際どさが違う。

もとは紀州藩の妾腹の生まれだったのだ。幾人もの兄の陰に埋もれて、せいぜいが国許家老に昇り詰められるか否かという立場から、まさか、まさか続きで征夷大将軍だ。

だとしか考えられぬ恐ろしさ、頼りなさ。だから明日にも幕府が倒れたとして、受け止められるのは吉宗だけだ。

運――

家重と宗武と、どちらの運が強いか、じっくり眺めていると言ったら穿ち過ぎだろうか。

だが忠音も乗邑も、幕閣に連なる者は皆、結局のところ出自が良すぎるのだ。ほんの紙一重の巡り合わせで将軍に座った吉宗が究極の先に見据えているものなど、想像のつくはずがない。

青天の霹靂、そのたった一度の雷鳴で将軍の座に就いた吉宗は、家康が立てた幕府の、ただの八代目将軍では終わらない。次の将軍が家重か宗武か、さらにその次がどの孫になろうと大差はない。要は幕府が立つかぎり、将軍は吉宗の血を引く者のみにする仕組みに徳川家を作り変えてしまうのだ。

幕閣は皆、生まれが良すぎて生ぬるい。誰一人、吉宗の思惑には気づかない。

幕府は家康が立てたから、その血筋の者が後を継いだ。ならばその幕府を立て直す吉宗は、この先を継ぐ者は己の血を引く者のみにする。尾張にも水戸にも決して渡さない。それを成し遂げてこそ、吉宗は家康に並ぶことができる。

万里ははっとして立ち上がった。吉宗がおやという顔でこちらを振り返ったときには、万里はその吉宗を背後から見ていた。

「上様」

下段之間の手前、鉤の手に曲がった廊下の先で、吉宗の御側が膝をついていた。

三

比宮は家重に誘われて江戸城の外へ出た。吉宗が堤に植えた山桜の紅葉を見に、船で隅田川を下ることになっていた。

家重の遊覧というので町には静穏にするように達が出されたが、河岸のあちこちに人だかりができていた。比宮が時折それに指をさして家重に囁きかけると、家重はうんうんとうなずき返す。比宮と家重はもう二人だけで話しているときも増え、忠光と幸は船の後ろ方に控えていた。

日本橋に近づくと、比宮は幼子が憧れるように欄干を見上げた。橋はそのとき渡り止で、袂には今にも駆け出しそうな若い町人や、わざわざ二人を見に来た母子連れが群がっていた。

「早う通ってやりませんと」

比宮が笑って家重を振り向くと、家重が即とうなずいた。それを見た御側が船手に命じて、船足はいっきに強まった。

船は行きつ戻りつして、海へ吸い込まれるように大きな川に入った。舳先はすぐ上手へと向きを変え、船手が永代橋だと言った。

雪を冠る富士山が御城の後ろに掛かっていた。まだ暖かい時節だが、水面を流れる風は心地よく冷たい。

「比宮さんはいつの間に、あれほど家重様とお話しができるようになられたのでしょう」

幸は忠光に話しかけてみた。船の上では家重たちに忠光はいらなかった。

「毎朝の比宮様からの文にきっと秘密があるのでございましょう。この隅田川遊覧も、比宮様とはとうに約束ができていると仰せでございました。それにしても、比宮様が御自ら、ねだられたはずはないのですが」

忠光はそれが嬉しくてならぬ様子で、目はつねに家重を追っていた。

「そのことならば、私には思い当たることがございます」

「おや、左様でございましたか」

「家重様とお二人で、いつの日か、山の色づく様を見たいと歌を詠まれたのでございます。その明くる日に、京では月を愛でる舟遊びをするのだとお話しになったそうでございますよ」

そういえば、と忠光がその折のことを思い出した。

「隅田川に出れば、月よりも大きなものが掛かっていると仰せでございました」

忠光は富士を指して幸に笑いかけた。家重はこの辺りへは吉宗の鷹狩りで幾度か出掛けたことがあるという。

「ああ、秋になれば連れて行こうと仰せでございましたね」

幸と忠光は同時に噴き出した。

「おそばの私たちも知らぬ間に、とんとんとお二人のあいだではお話が進んでいたのですね」

「いや、まことに」

もう比宮と家重の仲はこちらが案じることもなかった。もともと夫婦というものは、それほど言葉を交わさぬものなのかもしれない。

家重が比宮の袖にとんと指を突くと、比宮はその眼差しの先へ目を動かす。家重は比宮の好むものを知っているから、必ず比宮は喜んで二言、三言と語りかける。それから二人で愉しげに、船が揺れるほど笑い合っている。

浅草御門を過ぎ、ゆっくりと船は大川を遡っていく。櫛の歯のように河岸に堀が穿たれ、その奥に箱のような米蔵が並んでいる。

「浅草御蔵でございますね」

比宮が振り向くと、家重は優しく笑ってうなずいた。

幸が数えて堀は八本あった。そのどれにも船が停まり、船から降ろされたばかりの俵が脇に積み上げてある。

役人たちも船乗りも、各々の掛のそばでこちらに平伏していた。

「これはまた、急いで通らねばなりませんね」

比宮が微笑むと、家重が大らかに何かを言った。

見守っていた忠光がすぐに伝えた。

「かまわぬ。ゆっくり過ぎてやれば、皆その間は休めるではないか」

比宮は顔を輝かせた。

「まことに殿は、下の者にお優しゅうございます」

そうかな、というように家重は軽く首をかしげている。その家重の手を、比宮は両手でそっと包み込んだ。

船はゆっくりと向きを変え、江戸城へ戻り始めた。


家重と忠光がもう六年、西之丸で耕してきた畠は遠目にも土が柔らかくなっていた。今ではそれほど手を入れなくても、甘藷は次から次と元気に生っていた。

畝では雑草をきれいに抜き終わっていた。午からは西之丸へ忠音が来ることになっていたが、家重はなかなか畠から出ようとしなかった。

「さあ参りましょう。忠音様があれほど手放しで褒めておられたのですから、楽しみなことでございます」

そう言って忠光が脇にしゃがむと、ようやく家重はその肩に摑まって立ち上がった。

その日、忠音が家重の前に連れて来たのは、春から新しく召し抱える小姓たちだった。十人ほどの、歳はどれも十四、五という元服前の旗本の子弟で、忠音が以前から話していた田沼龍助という紀州の出の少年が中にいるはずだった。

目通りは内々に西之丸の座敷で一人ずつ済ませたが、家重は目顔でうなずくだけですぐ下がらせた。

その最後が龍助で、忠音は合図にしわぶきを一つした。

「御小納戸頭取、田沼意行が嫡男、龍助にございます」

龍助はじっと頭を下げている。

「今朝は何をしていた。私は、甘藷掘りをしていたがな」

龍助が面を上げた。

額の張り出した、頭のずいぶん大きな少年である。

文机で四角や三角を書いては一人で可笑しそうにしている姿を、万里はよく見ている。だが吉宗の命にも拘らずほとんど放っているので、今朝のことまでは知らなかった。勘とでもいうのか、あまり近づくと、この少年は万里に気づくような気がしていたからだ。

「書き物をしておりました。常と同じことをするのが、心が乱れぬ道だと父に教わりましたので」

御目見得となると誰もがそうだ。せっかく目通りが叶っても、家重に首を振られたらそれまでだ。

「どのようなものを書いていた」

後ろに控える忠光が、正確に家重の言葉を伝えている。

「はい、まだ己でも名が付けられぬ代物でございます。といっても読物のたぐいを書いているのではなく、たとえば」

と龍助はわずかに頭を上げた。

家重がうなずくと、龍助はほっとして続けた。

「参勤の折、一万石の大名は馬上を三騎従えます。ならば二万石では六騎かといえばそうではなく、十万石で十騎とのお定めでございます」

三騎、と言いながら、龍助は畳に小指ほどの長さの線を引いた。

次に十騎、と三倍ほどの線をその下に引く。

「この二本の終わりの点を結ぶと、斜めの筋ができます。この筋と、伸ばしてきた各々の石高の騎馬が合うのかどうか。合うならば、どの藩も騎馬を出す割合は等しいということになります」

「――――」

「それで、そこから何に使う」

龍助は寸の間、目をきょろきょろさせたが、すぐ続けた。

「このような図を書けば、他でもさまざまな使い道が出せると存じます。たとえば新田の広さと石高、それを新田ごとに表してみれば、土地の滋味は一目瞭然となり、手を抜いている土地も分かります」

「――――」

「なるほど、これまで見たこともない図だな。それゆえ、己でもまだ名の付けられぬ代物か。前の年と次の年を比べることもできるな」

忠光が代わって話していることが分かり、龍助はいよいよ目を丸くした。それからあわてて深々と頭を下げた。

龍助が下がると、家重がにやりとした。

「――――」

「名は覚えた。よろしく頼む」

「あの者は口が達者ゆえ、忠光の不足を補うと存じます」

忠音もほっと息を吐いた。

「此奴はさっさと口を挟めというときも何も申しませんのでな。家重様の御為に口添えを致すのも小姓の大切な役目でございましょう。その憾《うら》みを、龍助ならば易々と晴らしますぞ」

ちらりと恨めしげな目をやったが、忠光は見ていなかった。

忠音は先達ても家重と将棋を指した。

盤を睨んで長考していると、家重がしびれを切らせて座を立った。

忠光も当然、家重について行こうとした。

――そのようにお気が短いのは感心せぬ。お連れしてまいれ。

家重を追いかけて行った忠光は、言伝を持ってすぐ戻った。

――お前も見ておったろう、もう三手も前に詰んでおると言うてやれ。との仰せでございました。

そうして忠光は一礼すると家重の元へ駆け戻った。

「此奴は確かに家重様の御言葉を伝えてまいりました。ですが、お前も見ておったろう、とは要らぬ一言でございましょう。それがしにしてみれば、忠光にまで見破られておったかと無用な腹が立つ」

老中の気分を害してどうする、と忠音はふんぞり返ってみせた。

家重は微笑んだ。

「――――」

「鬼の首でも捕ったようじゃ。老中が、むきになっておるぞ」

伝える忠光が困ってうつむいてしまった。忠音は大笑いをして己の額を叩いた。

「分かった。その役目はおいおい龍助とやらに任せよう」

家重は忠光に手を借りると御庭へ戻って行った。


「どうであった。上手くいったか」

「はい、御老中様にお教えいただきました通り」

表の御用部屋で待っていた乗邑に、龍助は丁寧に手をついた。

秀でた額にはどれほどの智恵が詰まっているかと思ってしまうが、若い時分の乗邑にどことなく似ている。

「どうじゃ、あの通詞には驚いたか」

「はい。全く、よくあのような御方がおられるものでございます。手妻《てづま》を見ているようでございました」

「お前はどうであった。やはり家重様の御言葉は分からぬか」

龍助は黙って首を振った。この才気ならばあるいは、と乗邑は考えていたのだろう。

「それにしても、ずいぶん頭の良い御方だとお見受け致しました。それがしの工夫した図表の話、他の使い道を尋ねてくださったのは、御老中様と家重様だけでございます」

乗邑もはじめから龍助の聡さには注目していた。つねづね裏では宗武ほど聡明な者はないと吹聴している乗邑だが、龍助の頭というのは、将軍の子として出色とか人の語をたちどころに繰り返すといった、立場ゆえに人目を引くのとは次元が異なっていた。

聡明さでは決して人後に落ちない乗邑が、ときおり己でも手に余る諸色の値の安定について、たかだか十四のこの少年に尋ねることもあった。

「なにゆえ上様は、そなたを家重様の小姓になさるのであろうの」

乗邑の独り言の癖には、万里もずいぶんと助けられてきた。暗がりで顔が見えぬときでも、まさに考えていることがはっきりと分かる。

「それがしはしょせん軽輩者の子でございますので」

「ふむ。いずれ廃嫡ゆえ、おそばは軽輩者でかまわぬが」

龍助は不用意に応じない。それどころか、己から軽輩者と口にして乗邑の真意を引き出させた気さえした。真実これが十四歳かと、万里は幾度もひやりとしてきた。

「まあ、そのほうならば宗武様もいずれ即刻、お取り立てになるであろう。誰に配されようと、さしたることではない。まあ、儂とてその折には口添えをいたす」

「忝い仰せにございます」

龍助は神妙に頭を下げる。

「ともかくは、家重様の小姓あがりという色がつかぬようにすることだ」

「承知つかまつりました」

少年はぬけぬけと手をついている。

「申すまでもないがの。忠光など、さっさと躱《かわ》して抜いていけ」

乗邑はそう申しつけると、満足そうに座敷を出て行った。


「何を一心にごらんになっておられます」

比宮が細い指を庭先へ指した。

「あの葉の下に、まいまいが」

梅雨の合間に覗いていた日も翳り、比宮の顔は透き通るように白い。

だが頬は、熱でもあるように赤かった。

「まさか、お熱はございませんね」

幸は比宮の額に手を当ててほっと微笑んだ。

「蝸牛《かたつむり》をごらんでしたか。誰ぞに取らせてまいりますか」

比宮は静かに首を振る。

「大きな殻を背負うて、のろのろと。まいまいつぶろは殿のよう。もっと小さな殻にすればよいものを」

蝸牛は歩いた跡が濡れている。

「殿がまいまいならば、妻の妾もまいまいです。誰ぞが殿をそのように申すならば、妾のこともまいまいと呼ぶがいい」

比宮は自信に満ちた目で、雨に濡れた茎を見ていた。

「ほんに幾日もよく降りましたこと。まだしばらくは雨でしょうか。比宮さんのお身体に障らねば、幸はいっこうにかまいませんけれど」

「文句を言えば罰が当たります」

「仰る通りでございます」

幸が肩をすくめてみせると、比宮も仕合わせそうに微笑んだ。

やがて廊下から家重の足音が聞こえて来た。片足を引き摺るので、幸にもすぐに分かる。

幸は比宮と顔を見合わせて微笑むと、居室の隅に猫のようにうずくまった。

「おいでなさいませ」

「ああ――」

居室の外、廊下に忠光がいたが、口は挟まなかった。

家重は比宮の肩を抱くようにして中へ入り、傍らに腰を下ろした。

「真でございます。ややを授かりました」

家重は何度もうなずいた。

「ご心配には及びませぬ。必ず、丈夫な赤児を産んでごらんにいれます。もう誰にも、何も言わせませぬ」

「――――」

え、と比宮が聞き返した。家重は比宮の懐に顔を埋めるようにしていたので、ほとんど声すらも聞き取れなかった。

忠光がそっと廊下から言った。

「もう十分、増子は私の受ける侮りを消してくれた」

忠光の声は涙混じりだった。

「――――」

「私には子などできぬと、誰もが思っておったろう。だがこれからはもう、そのような雑言を受けずにすむ」

思わず幸が、嗚咽を漏らしてしまった。

「――――」

「私の生涯にこのような日が来るとは思わなかった。私にも、子ができるのだな」

誰も声を出すことができなかった。ただ忠光だけが懸命に声の震えを抑えて伝えた。

「私は生まれて初めて、父上を喜ばせることができた」

「まだ……」

比宮が頬を拭って顔を上げた。それでもまたすぐに涙が落ちる。

「まだ男かどうか分かりませせぬ。無事に生まれたわけでもございませせぬ。上様にお喜びいただくのは、もう少し先でございます」

だが家重は首を振った。

「私はこのような身体だ。子ができると分かっただけで、父上は安堵なさる。だから私にかぎってはな、男でも女でも同じことだ」

もう幸は比宮の顔を見ている余裕もなかった。比宮が堪えているそばで、己のほうが泣き声を上げるのは以ての外だった。

一昨年の春、比宮の輿は京を出た。それからわずか二年のことだ。

比宮と家重がともに二十三歳になった五月の終わり、梅雨空の厚い雲は勢いよく彼方へ流れ始めていた。

第四章　大奥

一

「比宮さん。今日はご気分は如何でございます」

そろそろ家重が来る刻限だった。

居室に入ると比宮はすでに床の中で起き上がっていた。ここ数日、家重が欠かさず訪ねているせいか、比宮の容態は徐々に落ち着き始めていた。

「お幸」

「はい」

「このごろ妾も、殿のお言葉が聞き取れるような気がするのです。そんな不思議なことがあるのかしら」

「まあ、本当ですか」

「ええ。昨日は思い切って尋ねてみたのです。今、こう仰せでございましたか、と」

幸は思わず駆け寄って、比宮の床を踏んでしまった。

「それで、家重様はなんと」

「殿も驚いておられました。ああその通りだと、妾の手を一度、握ってくださって」

二人で決めた合図だ。一度なら然り、二度なら不然。

「ではまことに」

手を打った拍子に、幸は涙がこぼれそうになった。

「比宮さんがずっとずっと願って来られたことが、ついに叶いましたか」

「そうかもしれぬ。きっと、あの子のおかげです」

幸は何も言うことができず、紛らすように比宮に羽織を着せかけた。

六月の十五日に恙なく着帯の儀を終えていた比宮は、それから三月後の先月半ば、にわかに陣痛におそわれて男児を産んだ。だが産み月に足らぬ片生《かたなり》で、赤児は息をしていなかった。

いっときは比宮も危ぶまれたが、半月をかけてようやく床に起き上がれるまでに治ってきた。

その間、なによりの支えはやはり家重の真心だった。近いうちにきっとまたと、幸は大いに望みをかけていた。

「死なせてしまった不甲斐ない母に、あの子はなんと大きな賜物を遺して行ってくれたことか」

黙ってうなずくことのほか、幸はどう励ましてよいのかも分からなかった。

「それで、家重様とはどのようなお話をしておられるのですか。忠光殿がいっこうに同座されぬゆえ、案じておりました」

「あれほど孝行な子もおらぬ」

比宮は平らになった己の腹をさすっている。

「妾には殿のお言葉を聞き分けられる耳を、殿には、子ができるという証しを授けてくれた。だというのに妾は、どれほど詫びても許されぬ罪深い母じゃ」

「そのようなことを仰せになるものではございません。家重様も御子も、かえって悲しまれますよ」

「お幸……」

比宮は泣き疲れて、まるで面変わりしたように瞼も腫れていた。それなのに幸には慰める術がない。

「お幸。母として妾は、申してはならぬことをあの子に申しました。もしも口がきけぬならば、お前は生まれて来てはならぬと」

「え」

「妾はあの子がここに来てくれたときから、ずっとそう語りかけていました。だからあの子は死んだのです」

もしも生まれた子が口がきけなければ、家重はどれほど落胆するだろう。比宮の腹の赤児は、家重の希望の灯りだ。それが家重の力にならずに、どんな意味がある。

やはり己の子は口がきけぬ。どうしても己は、周りから侮られずには済まぬのか。いやそれだけではない、己の子もまた、己のように苦しむのだ――

「この世にそんな酷いことを願う母がいるだろうか。それゆえあの子は、妾に愛想を尽かして大きくなるのを止めたのです」

「それもこれも、比宮さんが、誰より家重様の御心に寄り添うておられるゆえでございます。次は必ず、ご無事にお生まれあそばします。比宮さんの御子が、口がきけぬはずがございませぬ」

　幸は比宮を抱きしめた。

「比宮さんがそのような弱気でどうなさいます。早う、次の丈夫な御子を産んでくださいませ、お世継ぎ様を挙げてくださいませ。家重様に御力を授けるのは、比宮さんしかおられませぬ」

「殿には、誰より聡い和子を産んで差し上げねばならぬ」

「ええ、ええ、申すまでもございませぬ。比宮さんは皆がぐうの音も出ぬ、御聡明でお美しい御子をお挙げなさいます。たった一度のことでへこたれておられる暇はございませんですよ」

　今では幸も、家重が廃嫡かもしれぬと囁かれていることを知っている。嫡男の生まれで二十三歳にもなり、そんな莫迦なことが許されるはずがない。次の将軍は家重、その次は比宮の産む子と決まっている。

　比宮は将軍御台所になるために江戸へ下ってきたのだ。将軍生母となるために、伏見宮の姫に生まれたのだ。

「わが殿は、立派な御子さえできれば、必ず次の将軍におなりあそばします」

「左様にございます。家重様に勝るとも劣らぬ立派な和子様を。それさえ叶えば、家重様の御立場は盤石でございますから」

　はじめから家重で決まりなのだ。長々と今のまま留められていても、家重に立派な男子が育てば、誰もその子を避けることはできなくなる。

「立派な御子を育てねばならぬ。お幸は、手伝ってくれますね」

「申すまでもございませぬ。比宮さんの願いは、幸の願い。比宮さんのお仕合わせが、幸の仕合わせでございます」

　比宮が幸の手を取った。

「そのこと、信じてよいですね」

「何を仰るのですか。幸をお疑いになるのですか」

　明るく笑って手を揺すぶると、比宮はそっと頭を振った。

「妾の願いは、この先もう二度と、殿が誰からも侮られぬことです。あれほど苦しんでこられた殿には、何があろうと次の将軍になっていただかねばならぬ」

「左様でございますとも。そして比宮さんには将軍御台所になっていただかねば」

「はじめのうちこそ、殿の御為には、将軍になどおなりあそばさぬほうが良いと思うこともあった。ですが殿は、上様の御嫡男。次の将軍家になる運命の御方です」

　幸は懸命にうなずいた。家重も比宮も、格別の生まれには格別の運命があるものだ。運命ばかりは、中途で投げ出すことは許されぬのだ。

「殿には決して、廃嫡されたなどという瑕をつけてはならぬ」

「はい」

比宮は笑って、幸よりも激しくその手を揺すぶってきた。

「お幸は生涯、妾の味方ですね」

「もちろんでございます。幸ほどの味方はございませぬ」

目と耳にもなるので困ると、比宮がからかっていた幸だ。

「妾はこの世に生まれて来た甲斐がありました。殿のような御方と巡り会い、御子ができるという望みを持っていただくことができた」

「左様です。比宮さんの御力でございますよ」

「妾の願いは、殿を将軍にすることです」

「私も、比宮さんを将軍御台所にするのが念願でございます。幸がそれをどれほど強く念じているかお知りになれば、きっと比宮さんは驚かれますよ」

比宮は口許を覆ってくすくすと笑い出した。

「ならば、妾がどんなに願っているかも分かりますね」

「ええ。もはやこの身も惜しゅうはございませぬ」

幸はちょっと胸を張った。京を離れるときから比宮は掛け替えがなかったが、今はそれどころではない。

「さあ、比宮さんは早く本復してくださいませ。一日も早う将軍御台所になって、幸に見せてくださいませ」

「お幸、約束ですよ」

「はい。頼りに思うてくださいませ」

比宮のふっくらした頬にようやく赤みがさしてきた。


「上様」

「おう、万里。入って来い」

「お疲れでございましょう」

「構わぬ。目は開けぬがな」

この日、万里は半袴に肩衣を着けて吉宗のそばに仕えていた。

「あちらはどうだ。何か変わったことはあったか」

あちらとは宗武のことだ。

宗武は家重が比宮を迎えたとき、二之丸を出て御城の田安門そばに屋敷を与えられた。これは宗武が田安家を創始し、将軍家の御控えに廻ったことを意味している。

「特段のことはございませぬ。御側の者に、将軍職は望んでおらぬと仰せになるのは耳にしましたが」

「そうか。あれは万事に粋がっておるゆえなあ」

吉宗は頼もしそうな笑みを浮かべ、目を開いた。

面差しはやはり、宗武のほうが吉宗に似ている。将軍職はいらぬと言い捨てたときの横顔など、まさに紀州藩主として虎視眈々、次の将軍を狙っていたときの吉宗とそっくりだった。

「収まりが良いといえば、宗武であろうな」

むろん万里は、うなずきも首を振りもしない。

「どのようにすれば禍根を残さぬかのう」

「上様がお一言、宣べられれば終いでございましょう」

「阿呆ぬかせ」

吉宗は大げさに手のひらを振った。

「家重が不憫ではないか。儂はそんなことはよう言わんぞ」

時折、吉宗は儂が出る。素に戻ったときだ。

「私情を挟まれぬのが上様の売りではござらぬのですか」

「それゆえ困っておる。私情を挟むとは見せずに挟む。その道を探っておるところよ」

「はあ。それは御本心ではありますまい」

万里にとって吉宗は気安い主君だ。今でこそ将軍だが、二十歳の時分までは紀州藩主の妾腹の四男にすぎず、越前国の岬の突端に三万石ばかりの捨扶持を持つだけだった。

そのうち北前船にでも乗って江戸を出るかと高を括っていたところが、尾張の徳川継友《つぐとも》をかわして江戸城本丸にまで辿り着いてしまった。

あのとき大奥へ、天井知らずの音物を届けたのは万里とその朋輩たちだ。尾張の付家老二家に家康からの密命があることも、今は御庭番と称される紀州藩薬込《くすりごめ》役が探り出してきた。もともと尾張藩は、決して将軍家を継いではならぬと家康から命じられていたが、そんなことは誰より尾張藩主自身が信じていなかった。だが尾張の国許と江戸表の家老二家はその厳命を藩主に守らせるために置かれたともいわれており、そのことでは二家は、藩よりも将軍家の側に立つとされていた。

万里たちが半信半疑でそれを聞きつけてきたとき、真っ先に首肯したのは吉宗だった。

——ああ、それは確かであろう。そもそも尾張と紀州では藩屏としての重みが違う。紀州など、いくら堅固に構えておっても素通りされれば終いではないか。

関ヶ原の後、家康は敵対する諸侯を江戸から遠ざけ、日の本の端に押し籠めた。だから幕府が恐れるといえば西と、あとは奥州だった。

東から来る敵は江戸が独力ででも迎え撃つ。だが西からの相手は、江戸への途次に名古屋で潰す。そのとき紀州になど、誰が西からわざわざ立ち寄るものか。だから紀州はともかく、尾張だけは鉄壁の備えで関東の楯とならねばならない。

だというのに尾張藩主が将軍に就き、領国支配がおざなりになれば、江戸も将軍家もあったものではない。それどころか六代家宣がそうだったように、藩主が抜けて甲府そのものが廃されることもある。

一を聞いて十を知るような吉宗は、ふうんと面白そうに耳を傾け、やはり大権現様のお智恵には敵わぬなあとつぶやいた。

となれば継友がいくら将軍を望んだところで、自ら動く以外に打つ手はない。あとは継友が一人苛立っている間に、将軍選びにどこより大きな口をほざく大奥へ、吉宗は働きかけた。

「あれほど巧みに大奥を手なずけなさった上様ではございませぬか。此度もまた、風聞をお立てになるなり、贅沢な暮らしを約束なさるなり、御上臈がたを籠絡なされば如何でございます」

宗武、宗武と、今よりもっと叫ばせればよい。家重の大奥唯一の頼み、滝乃井もとうに亡いのである。

「ようも実のないことを言うてくれる。奥は儂にとっても暮らしの場ぞ。片や将軍、片や廃嫡、はたまた選んだ御仁は大御所様におわす、なぞと囂《かしま》しゅうされては寿命が縮むではないか。表のことは奥でやる、奥のことは表でやる。なにごとも、それが長寿を保つ極意じゃ」

万里もよく覚えておけと言われたが、己はなにも長生きがしたいわけではない。

「なんとか宗武を九代にする手はないかのう」

「それは御本心でございますか」

吉宗さえ決めてしまえば、万里にも働きようはある。

「御老中がたの中には、そうと踏んで動いている方もおられましょうに」

「皆まで申すな。その点では、宗武のほうが浅はかじゃ」

将軍職などいらぬとうそぶくのも、家重より相応しいと周りがおだてるからだ。

「巷間、なにごとにつけ決めかねる将は負けると申しますぞ」

「いくさならば、儂が迷うと思うか。今この場で決めてやるわ」

らしくもなく吉宗は、不快そうにぷいと横を向いた。

「此度、またその日限が延びたということでございますな」

「ああ、その通り」

産声を上げなかったとはいえ、家重には子ができることが明らかになった。そうとなれば、いずれ男子も生まれるだろう。

比宮のことがある少し前、吉宗は思い立って西之丸を訪ねた。

家重は忠光と将棋を指しており、気づいて飛び退った忠光の代わりに、吉宗が盤を挟んで家重の向かいに座った。

——どうなっておる。

吉宗が問うと家重が応え、すぐに忠光が伝えた。

——あと十一手で詰むところでございます。

口にした途端、忠光は自ら驚いて顔を上げた。

その目が吉宗とぶつかって、忠光はあわててまた額を畳にこすりつけた。

——そうか、大した読みをしておるの。此奴はまだ気づいておらなんだようじゃな。

家重はにこにこ笑って、また口を開いた。

——これでも長持ちするようになりましてございます。

言いながら、忠光はいよいよ平伏していた。

だから忠光は、あの折の二人の嬉しそうな顔は知らない。だが万里はこの目ではっきりと見たのだ。

忠光が現れる前は、父子は話すことなどできなかった。家重が吉宗に話しかけることはなく、吉宗も家重を気遣って、是か否かで応えられることしか尋ねなかった。

家重を西之丸に入れ、若君と呼ばせていることなど、今からいくらでも覆すことができる。宗武に田安家を立てさせたことは、他家には出さず、いざとなれば将軍に就かせるということでもある。

その気になれば、吉宗は迷わない。どちらかに腹を切らせること以外なら、決めるとなれば吉宗は決める。だからここまで迷っているということは、あるはずのない家重就任の道を探っているということなのだ。

万里がぼんやりとそんなことを考えているうちに、吉宗はまた瞼を閉じてしまった。

三、四日、比宮には微かな熱があって、日中よく、うつらうつらしていた。だが十分話すことはできたし、床に起きて粥を口にすることもあった。秋口に早産してもう二十日余りが過ぎ、おそばで見守っていた幸たちも、そろそろ床を出られるだろうかと喜んでいた矢先だった。
夕刻に家重が訪れたときには、まだ比宮も小声で何か話しかけていた。出産してから比宮は家重と二人だけで対面していたから、幸は隣室で襖越しに二人の声ともならぬ声を聞いていた。その日はさすがに笑い声がすることはなかったが、家重も四半刻ほどは傍らに留まっていただろうか。

名残惜しそうに居室を出た家重は、わざわざ幸たちにも言葉をかけた。明日もまた。今日はもう、増子をかえって疲れさせてはならぬゆえ――

家重と忠光が去ると、比宮は幸だけを枕元に呼んだ。

比宮は火照った頬でにこやかにしていたが、襟元をめくると水を浴びたように汗をかいていた。家重にそうと悟られぬように隠していたのはすぐに分かった。

「先にお着替えを、比宮さん」

「いいえ。お幸には大事な話があるのです」

か細い指で幸の袖口をぎゅっと摑むので、急いで分かりましたと返事をした。汗が気になったが、先に聞いてしまうことにした。

「本当はこんなときは早くお休みになったほうがよろしいのですよ。さあ、幸は身体ぜんぶを耳にして聞いておりますから、どうぞお話しくださいませ」

幸が片耳に手のひらを立てて近づけると、比宮も頰を緩ませようとした。だが力が入らず、笑みにはならなかった。

「妾の願いは、殿に廃嫡などという侮りを受けさせぬこと。分かっていますね」

「はい、もちろんでございます」

「お幸には、殿を次の将軍に据えるために、力を貸してほしい」

「ええ。幸は何でもいたします」

比宮が将軍御台所になったとき、幸はこの江戸城大奥でただ一人の上臈御年寄になることに決めている。

「お幸、頼みます」

「はい。何なりとお申し付けくださいませ」

幸は少しずつ比宮の汗を拭っていた。比宮は目を閉じているが、思ったよりも身体は熱い。しかも一体いつの間にこれほど痩せてしまったのか。

「御子を」

「はい。ですがともかくは比宮さんが元通り、お元気になってくださいませんと」

赤児など、まだ先のことだ。

「殿の御子を、お幸が挙げるように」

「はい。……は?」

思わず手が止まった。

比宮の目が薄く開いた。瞼は震え、力を振り絞っていた。

「このようなことを申して、許してほしい。是非にも男子を。それも、抽んでて優れた御子を。頼みましたぞ」

とつぜん水面から魚が跳ねたように、比宮は幸の手をぐっと摑んで爪をたてた。こんなときでなければ、幸は叫んで手を引っ込めていた。

「もう妾は、長く話はできぬ。よいですか、お幸ならば殿の御心を汲む術は分かるであろう。殿が廃嫡されぬためには、御子がいる。それも、並ではない男子が」

爪を突き立てられて血が滲んできた。まるで薔薇の棘だ。

「殿と心を通わせるには、日がかかります。御子をなすまでには、もっと。ですが早く」

比宮の爪はいよいよ食い込んでくる。

「早く御子を産んで差し上げねばならぬ」

「お苦しいのですか、比宮さん」

「殿を頼みます。どうかもう、侮りをお受けにならぬように」

そう言うと比宮は眠りに落ちた。

明くる日の夕刻まで、比宮はそのまま眠り続けた。赤児が死んで二十と二日目、比宮はついに目覚めることはなかった。

それから十日の後、比宮の亡骸は城を出て東叡山へ葬られた。幸は部屋子たちを連れて西之丸の外まで送り、葬列が離れて行くのをぼんやりと眺めていた。

涙も出ず、雲の中でも歩いているような気がした。膝がもぎ取られるように痛くて立っていられなかった。

どうにか比宮の居室の前まで戻って来たとき、廊下の柱に手を伸ばした途端、ずるずるとしゃがみ込んでしまった。

幸はそのままうずくまっていた。

ぽつ、と滴が落ちたと思うと、ざっと雨が降り出した。空は明るく晴れている。なのに幸だけ雨に降り込められている。

「比宮さんがおられぬのに、私は何をしたらいいのですか」

あと何度、幸は比宮の名を口にするのだろう。その名を呼ばれなくなったとき人は真実死ぬのだというが、それなら比宮は今生きてどこかにいるのか。

「幸は、明日から何をしましょう」

そうだ、髪を下ろしてしまおうか。それとも早く身体を悪くして、比宮のいるところへ行こうか。

だがどこに行けば比宮に会えるのだろう。

やがてぽつりと名残の滴を落として、雨も去った。雨上がりの夕焼けが光を弾き、幸はその美しさに腹が立った。

空も御庭も輝くとは、比宮がおらぬのに無礼ではないか。比宮こそが主だったのに、来る日も来る日も冷たい風を吹き寄せて、襖を開けることもできぬように仕向けたではないか。

「一度でも、御庭に鳥が鳴きに来たか」

幸は悔いばかりが湧いてきた。なぜ鳥籠を枕辺に置き、澄んだ鳴き声の一つも聞かせなかったのか。なぜ居室に江戸中の花を集めて、むせるほどの香の中で比宮を旅立たせなかったのか。なぜ一つひとつ、家重とどんなことを語り合ったか聞いておかなかったのか。

幸は手首に残る比宮の爪跡をなぞってみた。

するると背筋にぞくりと寒気が走った。幸にそんなことができるはずがない。

比宮の魂魄がまだこの世に残るなら、少しは幸を案じてそばに来てもらいたい。

「幸は小鳥の囀りが聞きとうございますよ、比宮さん。そうすれば幸も、比宮さんの今際《いまわ》の際のお言葉を本気にして差し上げますよ」

御庭は静まっている。雨を避けていた鳥がどこかから舞い降りる気配もない。四阿の屋根には小鳥たちがとまっているが、声が届くはずもない。

「比宮さん」

目頭が熱くなって、辺りが滲んできた。幸は膝の上に袂を折り重ね、ぼんやりとその絞りの薄模様を見ていた。

ツウピピ、ツウッピピ――

すぐそばで透き通った十姉妹《じゅうしまつ》の声が聞こえた。

幸は目を上げて御庭を窺った。だが雨上がりで眩しいだけで鳥の影はない。

柱にすがって、幸はゆっくりと立ち上がった。

「つうぴいぴ、つうっぴぴ」

御廊下の角のほうから、今度はもっとはっきりと聞こえた。

幸が振り向くと、角の柱から若い侍女が顔を出していた。この夏、新しく部屋子となったお千瀬《ちせ》だ。

お千瀬は武家の出で、歳は十三と聞いていた。だがこの娘が仕えることになったのも、比宮の出産に備えてのことだった。

そんな諸々を思い出すと、幸はまた涙が滲んできた。紛らすために首を振り、お千瀬を手招きした。

「もしや、今の鳴き声はそなたですか」

「はい、左様でございます。御城に上がる前は、十姉妹を卵から育てておりました。それでいつの間にか、鳴き真似ができるようになりましたの」

「上手だこと。ちょうど私も、御庭に鳥など下りてこぬものかと思うていたところですよ」

「はい。お幸様が小鳥の囀りを聞きたいとおっしゃいましたので、十姉妹ではどうかと思いまして」

若い娘らしく、悪戯っぽい笑みを浮かべた。

「本物の鳥だと思いましたよ。あれは十姉妹の声でしたか」

お千瀬ははしゃいできゃっと笑った。

「十姉妹なら、私は五通りぐらい真似ることができるのですよ。今のは、大きな怖い鳥が近くに来たときに仲間に知らせる声です。一度、縁側に鳥籠を出していたら、鳶が来て大変な騒ぎでしたの」

他にも食べ物を見つけたときや番い同士の挨拶、子を叱る声と、お千瀬は巧みに歌って聞かせた。

「まことに大した腕前だこと。ですが、よく私のつぶやきが聞こえましたね」

「私のは、腕前ではなくて口前です。私は耳が良すぎると、しょっちゅう母には呆れられております」

この耳には幸の声がはっきり聞こえたと、明るく己の両耳を指し示した。

「里では隣の年寄りがしょっちゅう夫婦喧嘩をしていましたが、私はそれを全部聞き取ってしまうのです。ああもうお前には、耳と富士額のほかに良いところはないのかと、父まで申しておりました」

と、今度は屈託なく額を突き出してみせた。

たしかに生え際の髪がすっと一筋に揃い、まるで人形のような美しい形をしている。

「そう。良い耳をしているのじゃな」

「良いなどと褒めてくださったのはお幸様が初めてです」

何がそこまで愉しいのか、お千瀬はきゃっきゃと声を上げて笑っている。

「きっと、そなたのような者なら、すぐ打ち解けてくださるであろうに」

「あら、誰がでございますか」

「いや。お千瀬のように鳥の声を聞き分ける御方を知っている」

家重はそんな忠光をそばから離さない。

いつか幸は比宮と、忠光と家重のようになりたいと思っていた。京から下った初めこそ、そこまでの決意はなかったが、この御城に入ってからは、比宮の喜ぶことが幸の喜びになった。

幸も忠光のように、比宮のためならどんな役にも立ちたいと思っていた。それなのに幸の比宮だけがいなくなってしまった。忠光にはずっと家重がいるのに、幸にはもう誰もいない。

「ま、お幸様。あらあら、どうしましょう」

涙が吹きこぼれた。どうにも抑えることができず、両手に顔を埋めた。

「ああ大変。どなたか、お呼びしてまいります」

お千瀬が廊下を駆けて行った。ぺたぺたと子供のような足音が小さくなり、すぐに聞こえなくなった。

二

松の内が過ぎてようやく、梅の一枝に花が咲き揃った。忠音はひとおもいに切り落とすと、肩に担いで御城の西之丸に登った。

御庭から廻ると家重はまだ寒い中をぼんやりと縁側に腰を下ろし、足をぶらぶらさせていた。

「今日も相変わらずのお姿でございますか」

忠音は一つ辞儀をすると、そばに同じように腰を下ろした。忠光は影のように後ろに控えていたが、二人が話していた気配はなかった。

「このところは御酒をようお召し上がりになると聞いておりますが、感心いたしませぬ」

年が明けたので、比宮がみまかったのはもう一昨年のことになる。あのときから今に至るまで、忠音は家重の涙こそ見ていないが、若者らしく溌剌とした表情も一切なかった。

「忠光が御酒をお勧めしておるとやら、噂がたちかねませぬぞ。それが分からぬ家重様でもございますまい」

実際にそれはこのところ囁かれていることだった。忠光は家重の言葉を伝えても伝えなくても矢面に立たされてしまう。

忠音は担いでいた梅の枝を差し出した。

「ようやく蕾が開きましたゆえ、どうぞ香りなりと、お楽しみくださいませ」

前に忠音は家重に頼まれて、比宮に献上する梅を用意したことがある。あのとき比宮がたいそう喜んだと伝えてから、家重はこの時節に忠音が梅を届けるのを楽しみに待ってくれていた。だが家重は枝に振り向きもしなかった。昨年は比宮を亡くして日も浅く、届けなかったのだが、あれからでも、もう丸一年が過ぎた。

「いい加減、前を向かれては如何でございます。若君様ともあろう御方が、これでは示しがつきませぬ」

「――――」

「私は将軍になど、なりとうはない」

「忠光!」

忠音は怒声を上げて勢いよく振り向いた。

忠光はあわてて面を伏せる。

「そなた、ぬけぬけと、ようもそのような御言葉を伝える。誰ぞに聞かれたら何とする」

目の端で家重を見ていたが、鬱陶しそうに頬杖をついていた。

「――――」

「その手には乗らぬぞ、忠音。忠光が細大漏らさず私の言葉を伝えることは、もう皆もよう知っておる」

忠光は床に額を擦りつけたままで伝えていた。何であろうと伝えねばならぬ忠光の苦労を、つい周りは忘れる。

家重は続けた。

「案ずるな。私も不用意に口にはせぬ。身体が劣る分、人を見る目は養うておるのでな」

忠音もほっと息を吐いた。

「ですが家重様、この城には大勢、隠密がおると申しますぞ。ひょっと、それがしが隠密であればどうなされます」

「――――」

「そのような太り肉で、衝立の陰に身を隠すのか」

くすりとも笑わず、放り捨てるように言った。

「実は上様に、一度鷹狩りにでもお連れせよと命じられておりましてな。如何でございましょう、気散じに御城を出てみられては」

家重は応えない。

「それがしもこのところ、どうも朝晩、手足が浮腫《むく》みましてなあ。いやはや、四十の坂というのは上るのやら、下るのやら」

忠音は四十五になったが、この冬は急に己の老いを悟った。五十を過ぎた吉宗がしょっちゅう鷹狩りと言うので、正直、億劫ではある。

「しかし上様を見ておりまするど、こう申しては何でございますが、なんともへこたれぬ御方ではございませぬか」

一昨年、比宮が懐妊し、みまかった時分は幕府にとっても艱難が続いた。虫害が西海道で始まり、瀬戸内、畿内へと飛び火して二万人もの餓死者を出す大飢饉になってしまった。

あのとき吉宗は爪に火を灯すようにして貯めてきた米を全て吐き出したが、数百万という民が飢え、米の値は高騰した。昨年の秋にようやく一段落したが、日の本中の米蔵がまだ空っぽである。

「甘藷ならば育てておる。もとからそれほど手がかからぬゆえな。それのほか、私にはできることもない」

忠光が消え入るような小声で伝えた。だが当の家重はもっと突《つ》っ慳貪《けんどん》な口ぶりだった。

「確かに、甘藷は役に立つようでございますな。土中なれば虫にもやられぬ道理でございます。瀬戸内では、甘藷を食うて飢えなんだ村々もあったとか」

だが他に何もできぬとは、家重はどこまで世を拗ねてしまったのか。そんなことでは、あの宗武に太刀打ちできない。

「家重様。それがしは今や、家重様をおいて次の将軍はおられぬと確信いたしておるのですぞ」

「――――」

「そうか。それは有難いことじゃ。私は放っておいても、元来が嫡男の生まれゆえな」

忠光の礼儀正しい小声まで、どういうわけか憎らしく聞こえる。これでは忠光が反感を買うことぐらい、家重はふだんならば分かっている。

「さすが、ひねた物言いをなされば図抜けておいでございますな。我ら、比宮様をお恨み申し上げますぞ。比宮様がおかくれあそばしたゆえ、家重様がこのように人変わりしてしまわれた。比宮様だけ、幸いにございましたのう。このような家重様を束の間もごらんなさらず、今はのんびりと雲の上じゃ」

家重が睨んできた。常は優しげで雄弁にものを語る目だから、思わず忠音も背筋が凍える。

「比宮様の御心が、もしや家重様はお分かりにならぬのでございますか。あの世で比宮様がどれほど嘆いておられましょう。あの御方がどんなに家重様の先々を案じておられたか。なんと家重様は、御簾中《ごれんちゆう》様のお心を無になさる御方でございましょう」

家重は顔を赤くした。何かまくしたてて、忠光に早く告げよと顎をしゃくった。

「忠音。そのほう、登城禁止じゃ」

だが忠音も負けてはいなかった。

「残念至極ながら、それがおできになるのは上様だけでございます」

今度は忠光は寸の間もおかず、畳みかけるように言った。

「私が申しておるのは西之丸登城差し止めじゃ。私はこれでも、西之丸の主ゆえな」

「家重様はいつまでそのように自らを卑下なさるおつもりでございます。早うそれがしごとき、江戸城登城禁止になされよ。ああ、その日が早う来ぬものか。よもや西之丸だけで満足なさっておられるのではございませんでしょうな」

家重はぷいと顔を背けた。乱暴に忠光に手を伸ばすと、その肩につかまって即と立ち上がった。

「登城禁止など、それがしは承っておりませぬぞ！」

忠音には応えず、家重は足を踏み鳴らして踵を返した。忠光はこちらへ深々と頭を下げ、その後を急いで追って行く。

二人の去った後に白い梅の花弁が点々と散り残っていた。


比宮が京を出たのは四年前の春、幸が二十三、比宮が二十一のときだった。比宮の壮麗な輿は半月をかけて、明くる月に西之丸に到着した。

四年前のあの日、居室に入った比宮を出迎えたのは、輝くばかりに美しい大輪の花だった。色とりどりの薔薇は畳にまで照り映り、比宮と幸は、これほど美しい園は御所にもないと思った。

後から家重が自ら育てた花だと知って、一度は心が離れていたときがあったけれど、最後はその心遣いが二人を結びつけた。比宮と家重は互いがこの世にいることを有難いと思い、敬い合っていた。

昨日、幸は思い切って忠光に使いを送り、御庭の薔薇を花活けに少し、比宮の部屋のために切らせてほしいと願い出ていた。すぐに許されたので、幸は明くる日の午八つに御庭へ下りさせていただくと伝えておいた。

きっと晴れると思っていた通り、空は明るく、風もなかった。幸はお千瀬に花活けを持たせて、鋏を手に花垣の間を巡った。

するとやはり忠光がやって来た。供の小姓は頭の大きな額の広い少年で、気を利かせてお千瀬の花活けを持ってやると、二人でその場に控えた。

忠光は深々と腰を折ると、幸の手から鋏を取った。

「薔薇は棘が厄介です。それがしがお切りいたします」

幸は空を見上げて一つ息を吸った。

「忠光殿がおいでくださるのではないかと思っておりました」

そう言って、幸は供たちに背を向けて花垣の間へ入った。

「忠光殿に折り入ってお話がございます」

「それがしに。どのような御用でございましょう」

前に忠光と近しく口をきいたのはいつだったろう。物柔らかで朗らかな人柄はずっと変わらないが、思い返してみても、それほど話したことはない。隅田川で隣り合って船に乗ったときも、互いの主を待って廊下で控えていたときも、忠光は一切、己からは話しかけてこなかった。

比宮が旅立つ間際、最後に会った折からでさえ、もう一年半ほどになる。

その間、家重は書も開かず、酒に浸っているとばかり言われていた。好んでいた土いじりも止めてしまい、この薔薇たちもどことなく所在なげで、小さな花をぽつりぽつりと付けているにすぎない。

「忠光殿」

幸は足を止めた。胸の鼓動が、悟られるのではないかと思うほど大きくなった。

「私を家重様にご推挙くださいませ」

え、と忠光の唇が薄く開いた。

驚かれるのも無理はない。だが幸はこのことだけをもう一年ずっと考えてきたのだ。

忠光の他に頼れる相手はいない。さして話したこともない、実は人柄もよくは知らない人だ。だが比宮の真の願いを分け持ってもらえるとすれば、それは家重を除けば忠光だけだ。

「身の程も弁えぬ恥知らずとお思いでございましょう。ですが理由を話せば、忠光殿だけはお笑いにならぬはずでございます」

比宮と同じ心で家重を思っているのは、忠光のほかにはいない。

「忠光殿ならば信じてくださいますでしょう。私は比宮様から、家重様のお世継ぎ様を挙げよと御遺言を賜りました」

必ずや身体の丈夫な、口をきける子を。誰よりも抽んでて、幼いながらに家重を将軍に推し上げる助けとなる男の御子を。

「私は比宮様のように家重様の御心を解することはできませぬ。ですが比宮様の拓かれた一筋の道ならば、私は誰よりもまっすぐに歩いてごらんにいれます」

比宮が何故、どれほど家重の子を欲しがっていたかを幸は知っている。ならば比宮の宿願を最後に託された幸は、それを叶えずに京へ帰ることはできない。

比宮の死から迷い続けていたこの一年半、誰かが家重の奥へ渡ったという話は聞こえてこなかった。幸の耳元では、早く早くと囁く比宮の声ばかりが大きくなってきた。

「私が自らの栄達など望んでおらぬことは、忠光殿だけはお分かりくださいますでしょう。ですが私は、どうあっても家重様の御子を挙げなければなりませぬ」

大奥の女は家重に目を留められ、名を呼ばれなければ寝所に入ることはできない。だが家重は口をきくことができず、女を見ようともしない。

「私に子ができぬときは、すぐ御城を去る覚悟でございます。ですがともかくは、どうか比宮さんとの約束を果たさせてくださいませ」

忠光が洟紙一枚すら人から受け取らぬことは聞いている。だというのに今、幸のしていることは賄どころではない。じかに官職を願い出ているにも等しい。

忠光は淡い桃色の花弁に鋏を伸ばし、少し迷ってみせてから供のほうを振り向いた。

供たちがこちらへ来る気配はなかった。どうやら聞こえていないか確かめたらしかった。

「それがしは家重様の小姓となるとき、家重様の目と耳には決してならぬと決めてまいりました。家重様がじかにごらんにならぬこと、お聞きにならぬことは、それがしからお伝えせぬということでございます」

「ええ、ええ。ご立派な御覚悟と存じます、ですが」

つい声が高くなったようで、忠光がしいっと口に人差し指を立てた。

「それがしは家重様の御口にしかなりませぬ。ですが無論、これまでも己の考えを家重様に申し上げたことはございます」

深酒を諫め、鷹狩りを勧めた。師の室鳩巣が死んだときには、使者に伝えさせる口上をともに考えた。

「それがしに己の考えがないわけではございませぬ。おそばにいる臣下の一人として、申し上げねばならぬときは申し上げるのが当然だと心得ております」

ただそれが耳や目にならぬよう、他の小姓たち以上に己を律しているというだけだ。

「では、忠光殿は」

忠光は小さくうなずいた。

「比宮様がみまかられてから、それがしは家重様はこのまま将軍におなりあそばさぬほうが、お楽ではないかと考えてまいりました。たとえ廃嫡との謗りを受けることになられようと、そのような烏滸《うこ》どもは放っておかれるがよい」

人の目など、こちらが恐れなければ何の力もない。

「ですがいかに険しい道であろうと、家重様は格別の御方でございます。将軍に就かれねばならぬお生まれではないのかと、それがしは己に問い続けておりました」

そのとき比宮の願いまでは、忠光は考えなかった。

「比宮様も、家重様が将軍におなりあそばすことを願ってくださっていたのですね」

「左様でございます。忠光殿は、比宮さんの御遺言を信じてくださいますか」

「はい。あのお二方をこれほどのおそばで見ておって、なおも己の栄達を求めるなどはあり得ませぬ」

「ああ、真に。忠光殿」

忠光はにっこりと笑ってくれた。

「真もなにも、比宮様の御遺言をお聞かせいただいたのでございます。家重様にお伝えせずにいて、よいはずがございませぬ」

「ああ、なるほど」

思わず幸は手を打った。目の端でお千瀬たちが身動きをしたのが分かって、あわててそばの花弁に手を伸ばした。

「ただ、まだしばらくは刻がかかりましょう。いっときほどは御酒も召し上がらぬようになられましたゆえ、そのうちにはと存じますが」

「いくらでもお待ちします」

忠光は己の懐の前で、幸にだけ分かるように小姓たちのほうを指さした。

それから忠光は桃色の花茎に鋏を入れた。今まで話をした気配などない、さっぱりとした顔つきだった。


忠音は長い夢を見ていた。

もう夕刻だろうか。明け方に縁側に出て梅林を眺めていて、突然昏倒した。ややあって家士に気づかれ床へ運ばれたが、そのときにはもう手足が一切動かなかった。

己では口を開いているつもりだが、耳に届くのは獣の呻り声の類だ。瞼は動くが、己の腕がどこにあるかも分からない。

真っ先に思い出したのは、十年ほど前にみまかった兄のことだ。たしか歳は四十半ばで、前夜まで陽気に酒を呑んでいたところが、夜半に厠へ立って倒れてそれきりだった。北国ではまだ雪が消え残っている寒い朝のことで、父と同じく卒中だった。

さては己も、そのときが来たか――

妙に醒めて冴え冴えとした頭で冷静にそう考えていた。あと数刻。己に残されているのは多分それだけだ。

四十五年を侍として生き、もう別段思い残すこともない。京も大坂も存分に見、最後は江戸へ帰って来ることもできた。老中に任じられ、まさに将軍にも近侍して、たとえば暗君に悩まされることも、いわれなく罪を押しつけられるようなこともなかった。いつ死を賜るかもしれぬ武士の身には、とうの昔から死出の旅への備えはできている。

だが、真実そうだろうか――

忠音はぼんやりと天井を見つめて思い巡らせた。

もう己には、あの梅林を眺めることも叶わぬのだ――

この正月、忠音はあの梅林の枝をぶった切って家重のもとへ持って行った。あの手足の悪い、口のきけぬ将軍継嗣は、忠音がいなくなればどうするだろう。

己ごとき、もとから大したことのできるはずもない。だがそれでもざっと幕閣を見渡して、心底家重を次の将軍に据えたいと願っているのは忠音だけではないか。

いや忠音でさえ、はじめはとても無理だと考えていた。だからこそ己のような誰かが、これから先の家重のそばに現れるかどうかが気にかかる。

もしも己がもう少し生きられたなら、忠音は他にも幕閣を引き込むつもりだった。だがそれをする前に、己はもう旅立たねばならない。

最後に家重と会ったとき、忠音はまるで子供のように口喧嘩をして終わったのだった。登城禁止など聞かぬと叫んだものの、あれきり家重には拝謁しなかった。

半年、いやそこまでではないと数えようとして、指を折ることができぬのだと笑いたくなった。

それでもまだ息はできる。如月、弥生、卯月と、胸で唱えつつ息をする。どうやら四月が過ぎているようだ。

ああ、これればかりは悔いが残る――

吉宗と家重について話した夏、己は何と応えたのだったろう。宗武こそ相応しいと言った吉宗に、忠音はただ肯っただけではなかったか。

違う違う、己は家重に将軍に就いてもらいたくてならぬのだ。皆に務まらぬと見下されている家重が、どれほど優れた政をするか。それを補佐し、見届けてこそ、忠音は侍としてこの世に生まれた意味もある。

家重ならば不足はない。家重はただ口がきけぬというだけで、他は全て宗武よりも秀でている。家重は宗武よりも巧みに幕閣を用いて、吉宗の拓いた道をまっすぐに歩いて行く。吉宗の改革を前に進めるといえば、己の力を過信する宗武ではなく、己を卑下し続けてきた家重なのだ。

吉宗は家康の再来だ。ならばその次の将軍は、一見愚鈍といわれた二代秀忠に重なる家重だ。吉宗の小体の宗武では、吉宗の世継ぎは務まらない。吉宗の享保の改革は、次の将軍の御世に仕上がる。幕府を家康の昔に生まれ変わらせるのは、慎重に父の後を歩こうと弁えている、己が父に劣ることを絶対に忘れない跡取りだ。

だが、今さらだ。頭を振ろうにも、忠音の身体はぴくりとも動かない。

もう一度、最後に会って、語っておけばよかった。

忠音は試しに声を出してみた。誰ぞ、家重様に使いを。忠音めは今際の際に、家重様にお伝えしたいことがござる。家重様こそは、次の将軍に就かれる御方にございますぞ――

ふう、と息を漏らした。言葉など出るわけがない。ああ、ううと、言葉にならぬ呻きばかりが天井に当たり、落ちてくる。

忠音は今ようやく家重の苦悩が分かった。己の思いを伝えられぬとは何という苦しみか。それを幼い時分から幾度となく、あの大広間でさえ家重は味わってきた。

今や忠音は最後の最後、涙をこぼさぬことだけを己に課さねばならぬ。辛いものは辛い、だがそれで泣いたとは、せめて家人に思われたくはない。

「殿……」

静かに襖が開き、年若い家士が顔を覗かせた。ああこの者にも己は世話になった。礼の一つも言ってやれぬ、もはや何を伝えることも忠音には叶わない。

「なんと、家重様がおいでくださいました」

仰天して忠音は目を剝いた。咄嗟に起き上がろうとしたが、びくりと身体が震えるわけもない。

忠音は耳を澄ませた。

ゆっくりと外の廊下を足音が近づいてくる。懐かしい、片足を重たげに引き摺っているあの足音をもう一度聞くことができるとは、己は真実、夢を見ているのではないか。

襖が開いた。

「忠音」

「それがしも、ご無礼をつかまつります」

ああ、忠光。私がこのような形になったと、誰が伝えてくれた。忠光が家重様に、私を訪ねるように言ってくれたのか。

忠光、そなたには何と礼を言ってよいか分からぬ。そなたがいてくれたゆえ、私は家重様と話すことができた――

忠音は懸命に起き上がろうとした。だがどうにも、腕一つ自由にならぬ。

「かまわぬ。起きられぬというから、私が来たのではないか」

家重がすぐそばに来て腰を下ろした。

「忠音、すまなかった。そなたが力づけてくれたのに、私はいじけて、ついに意地を張り通してしまった」

忠音は懸命に首を振る。だが動かない。己は今、家重が半生苦しんできた同じ思いを、ようやくしている。

今こそ、それがしは分かりましたぞ、家重様。家重様はどれほど辛抱を重ねてこられましたことか。あなた様は、これほど険しい道を歩んでこられたあなた様は、必ずや余人には替えがたい将軍におなりあそばす。あなた様は誰より、吉宗様の後をお継ぎになるに相応しい――

「だがな、意地を張ったのはそなたもあいこじゃ。四月ものあいだ、私に会いにも来てくれずに。私は、ずっとずっと待っていたのだぞ」

忠音は必死で瞼に力を込め、涙を堪えた。

忠光はなんと巧みに家重様の御口代わりを務めるのか。これではまるで家重様のお言葉そのものではないか。

忠光、そなたがおれば、家重様は何のできぬこともない。誰にも劣らぬ、いやそれどころか、誰より名君と呼ばれる将軍に、必ずや家重様はおなりあそばす――

忠音は唯一動く目を見開き、その端でなんとか家重を捉えた。

家重は今にも泣きそうな潤んだ目をしている。

そうだ、言い切れぬ思いに溢れたこの家重の目が、忠音は堪らなく好きだった。この目さえ眺めておれば、誰だろうと家重の心の深さに気がつく。きっといずれ、皆が家重に肩入れをする。

家重様、あなた様の目は、なによりも多くをお語りになられる。これから先、あなた様を侮る者があれば、その双眸でじっと見つめてやりなされ。そうすれば皆が、きっとあなた様にお心を開きますぞ――

「忠音」

応えようにも、まばたきをすることしかできない。

そうだ、一度ならば然り、二度ならば不然。それがしはちゃんと知っておるのですぞ、他ならぬ比宮様にお聞きしたのですから――

「忠音」

試しに一度。

そのときふと妙に思った。

どうも忠光が間に入っている気がしない。じかに家重の声が聞こえているような。なぜなら、声が忠光のものとは違っている。

家重が動かせるほうの左手を布団の中に入れてきた。ひょっとして忠音の手のひらを握っているのだろうか。

「忠音。私は本気で」

間違いない。これは忠光の声ではない。いつも、どうにもくぐもって聞き取ることのできなかった家重の声ではないか。

忠音はもがいた。まさか己はついに、家重の言葉を聞き取れるようになったのか。

「私は本気で、将軍を目指してもよいか」

忠音はぎゅっと目を閉じた。然りならば一度。

ようやく、ようやく、家重様はそう言うてくださるのですか。それがしは、このときをどれほど待ち望んでおりましたことか――

どうか、目指してくださいませ。執念をお見せくださいませ。あなた様はお気づきのはずでございます。あなた様は誰より辛抱強い、誰より聡明な御方ではございませぬか。

「よいのだな、忠音」

忠音は渾身の力を込めて目を閉じる。

と、家重がじっと忠音の目を見つめた。

「まさか、私の言葉は分からぬな」

不然ならば二度。忠音は必死で二回、ぎゅっと目を瞑った。

いいえ。忠音めは聞いておりますぞ――

「一度ならば然り、二度は不然」

忠音は目を閉じる。己はそれを、知っている。

家重様。それがしはこのことを誰あろう、比宮様から直々に――

「忠音。私の言葉が分かるのか」

ぎゅっと一度。

「分かった、忠音。執念だな」

もう一度、ぎゅっと目を閉じた。

忠音はもう堪えることができなかった。天井を睨んだ両目から涙がこぼれていった。神仏がついに忠音の願いを聞き届けたのだ。

「忠光、そなたも忠音に礼を申せ」

家重が忠光を振り向いている。

「忝うございます」

ああ、これが忠光の声だ。己はやはり、家重の言葉を聞いている。

忠光は膝行して家重の傍らに近づくと、静かに忠音を見守った。

頼むぞ、忠光。そなたさえ立派に務めれば、家重様が将軍に就くことに何の不足もない――

忠光は見事ではないか。ここへ来てから、ただの一度も家重の言葉を伝えなかった。まるで家重と忠音が話すのを分かっていたかのようではないか。

「忠音様……」

頼んだぞ、忠光。お前ならできる――

「忠音様。多くのことをお教えくださり、真にありがとうございました」

忠光はそれだけを言うと頭を下げてしまった。己が家重を助けるだの、忠音に誓うだの、今さら構えぬところが忠光らしい。

忠音はもう一度、目の端で家重を見た。何よりも多くを語るこの双眸に、忠音はたくさんのものが映るのを見続けてきた。

ここに、いつか大きな歓びの火が灯るように。忠音はそれだけを念じて目を閉じた。

三

比宮の三回忌が過ぎ、幸は御衣裳を一枚ずつ畳んでいた。比宮のよく着ていた打掛を秋口から衣桁《いこう》に掛けて眺めていたが、もう一月になるので仕舞うことにした。

居室の片隅に竹の囲いを作り、夏に貰った狆を入れていた。その仔犬がぴくりと小さな耳を立てたので、幸は手を止めた。家重が比宮を訪ねるときは先払いとして御鈴が振られたが、幸もそれが鳴ったと思った。

「綾《あや》君も、聞こえた?」

仔犬には比宮が京に置いてきた狆の名を付けていた。その名を口にするたび、比宮がここにいるような愛おしい心持ちがした。

丸い目はきょとんと幸を見返している。幸も笑って、また手を動かした。

身の程知らずにも幸が家重のもとへ上がりたいと言ってから、もう半年が経とうとしている。その間、幕閣では老中の酒井讃岐守忠音がみまかり、松平能登守乗賢が新しい西之丸老中に就いていた。家重の末弟、宗尹《むねただ》は十五歳で元服し、一橋《ひとつばし》家を立てて当主となった。

幸からすれば、家重の弟はどちらも将軍家を継ぐとは思えなかった。だが家重は二十五歳の今もおざなりに若君様と呼ばれ、噂だけなら、よほど宗武のほうが名が高い。

宗武は弓に馬、書に学問にと精進を続けているが、家重はもとから武芸を嗜まぬので居室に閉じこもっているばかり。このところは酒量も増え、いよいよ手足の震えが見苦しくおなりだ、と。

どこまで真実かは分からぬが、幸はもう、京へ帰るというのも一つの道かもしれない。

「お幸様」

どことなく切羽詰まった声に、幸は我に返った。

「どうしました」

「それが、家重様がお渡りでございます」

急いで立ち上がったもので、軽く目眩《めまい》がした。それでも御衣裳を脇に除け、すぐその場に手をついた。

静かに障子が開いた。

耳になじんでいた家重の独特の足運びである。すぐ前を家重が行き、後から御側が続いた。

「狆、か」

それだけ聞き取ることができた。それから忠光の声で顔を上げるように言われ、御側が忠光だったことに幸もほっとした。

「増子の言伝を、ありがとう。だがどうしても、まだ考えるのが辛かった」

忠光が穏やかに伝えてくれた。

家重は囲いの中の仔犬を眺め、それからゆっくりと部屋を見回した。

比宮の衣裳はほとんどが姉姫など縁者の姫たちに分けられたが、どうしても幸が手放せずに残しておいたものがあった。あの隅田川の遊覧で着ていた打掛もそうで、家重もそれに目を留めていた。

「忠音が旅立っても、私はなかなか前を向くことができずにな」

家重の声はあまりに小さく、幸は口元が動いたのも分からなかった。やはり幸にはどうしても聞き取ることができない。

「増子も京で犬を育てていたそうだな」

忠光が伝えてくれた。

「名は」

そう言ったような気がした。家重は囲いの中の犬を見ていた。

「綾君、でございます」

と、家重がぱっと顔を明るくした。

「――――」

「増子の狆と同じ名ではないか」

幸は嬉しくなって何度もうなずいた。狆といい、衣を出していたことといい、比宮が幸を助けてくれているのかもしれない。

またの日は、幸にはない。

「どうかもっと比宮さんのお話をさせてくださいませ。私は、比宮さんが家重様への文に絵を添えられるとき、どの絵が一番巧く描けているか、見比べて選ばせていただいておりました」

話していると、あの時分の比宮の姿が次々に浮かんで来た。幸がどれほど頼んでも、比宮は笑って、書き上げた文は見せてくれなかった。

「懐かしいものだ」

忠光の声は、家重の心まで伝える。

「お幸は増子を京言葉でそのように呼んでいたな。私はそれを聞くのが好きだった」

「比宮さん……」

「ああ」

そうだ、と家重が微笑んだ。

これからは、そなたのもとへ来てもよいだろうか――

幸は手をついた。比宮とは違って、幸にとっては忠光の伝える言葉が家重の声だった。

明くる年の秋、比宮の死から三年の後に幸は懐妊した。そうして元文二年（一七三七）五月二十二日、幸は恙なく男児を産んだ。

皆が拍子抜けするほどの安産で、本丸にいる吉宗のもとには、産気づいたとの知らせと出産とがほとんど続けざまにもたらされた。

赤児は大きな産声を上げ、中奥で待っていた家重にも聞こえたのだという。

瑕一つない丸々と肥えた赤児は、御七夜に吉宗から竹千代《たけちよ》という名を賜った。家康から秀忠、家光、家綱と、将軍の世継ぎが授かってきた、ただ一つの格別の幼名だった。

第五章　本丸

一

忠相は乗邑に呼ばれ、久々に御城に登っていた。長い廊下でも座敷でも寒さが這い上ってくるような師走の末だが、どうにも頬が緩んで仕方がなかった。聞こえるはずもないのに、竹千代君の泣き声が届かぬものかと耳をそばだててみた。

昨年の八月、忠相は寺社奉行に任じられていた。これは他の奉行のように老中支配ではなく、譜代大名の中から選ばれて将軍に直属する御役である。ここを初手に大坂城代、はては老中へと昇ることもあり、忠相もこれで大名へと出世したことになる。だがもちろん重責と裏合せの己の立身などが嬉しいわけではなく、ひとえに家重に継嗣ができたからだった。

あの赤児は必ず家重を将軍に押し上げる。ならば忠光も忍従の甲斐はあったし、道半ばで旅立った忠音も報われる。まさかこれほど早く、吉宗の初孫として家重に男子が生まれるとは思わなかった。

思い切って耳に手のひらを立ててみたが、やはり赤児の声は聞こえない。そういえば忠光もこの十一月に妻が子を産み、家重と同じく元気な男子だった。

まあ三つ目に己のことを考えてみても、積年の願いだった貨幣の改鋳が行われ、この一年の間に少しずつ諸色の値が落ち着き始めていた。二千石に満たない旗本の子に生まれて寺社奉行にまでなり、今の世の武士としてこれほどの強運もない。それでも忠光が御城へ上がると決まったときは連座の死まで覚悟したのだから、己の栄達も忠光の働きがもたらしたものかもしれなかった。

座敷に入り、西之丸の方へ向かってしみじみ忠光の幸いを念じていたところへ、乗邑がいつもの供を連れて現れた。明ければ二十歳になるという家重の小姓で、名を田沼意次《おきつぐ》といった。ずいぶんと額の広い、眼光鋭い青年だった。評定などで乗邑が右筆として用いているのだが、乗邑が気に入るだけのことはあって、目から鼻に抜けるように頭が良かった。

乗邑は勝手掛老中として幕府の農財政を一手に握っているが、忠相ごときでは梯子をかけても及ばぬその才智に、この小姓は淡々とついて来ている。数という数は全てたちどころに覚えてしまうし、金銀の改鋳に至った諸々の事情については、筆を走らせる片手間にすっかり呑み込んでしまったらしい。しかも己が評定で口を挟めぬ分、折々の幕閣の言をよく憶えていて、今では人一倍、皆の考えを見透かしているという底知れぬところがあった。

なにしろ乗邑が己の片腕にしようと育てているのだ。黙々と学び続ける意次とそれに期待する乗邑には、忠相はさすがに無私だと感じ入ってもいた。

「このところは越前のもとへ商人どもが押しかけることも無うなったとか。まずは重畳じゃな」

乗邑は腰を下ろしながら早速話しはじめた。

実のところ改鋳はまだなかなか受け入れられず、不満はあちこちで上がっていた。

この改鋳は金銀の不足を補うため、その含有量を減らして貨幣の質を下げるものだった。それによって侍の貨幣代わりの米の値を引き上げるのが狙いだったが、金銀の減った貨幣は当然ながら引き換えを渋られ、蓄銭も横行していた。

ために改鋳を推し進めてきた忠相は真っ先に非難の矛先を向けられ、役宅には連日、大勢が訴状を持って押しかけることになった。

しかしさすがに改鋳から一年半が過ぎ、引き換えに増歩をつけることもして、徐々に新貨幣が流れ始めていた。まだ数年はかかるだろうが、いずれは諸色の高値も収まると忠相は見ている。

「これで銀の値打ちも少しは下がりましょう。ここしばらく上様の御威光をもって押さえていただけば、数年後にはうまく滑り出すと存じます」

「とは申せ、あまりに長うかかるものじゃ」

乗邑が筆を走らせている意次に目をやり、その期待のほどが偲ばれた。

「商人どもの訴えも巧妙至極。なまじ、筋が通っておるゆえのう」

だがこの乗邑や吉宗は、その上を行く。昨年から吉宗は公事方御定書《くじかたおさだめがき》の編纂に着手し、乗邑に首座を任せている。

「ともかくは竹千代君も恙なくご成長のご様子じゃ。しかし上様があそこまで子煩悩であられたとはな。生まれて一年も経たぬ赤子に、賢愚も何もあるものかのう」

乗邑が苦笑すると、意次が微笑んで応じた。

「ですが家重様が将棋の玉をお持たせになられましたとき、残りの駒から同じものを選び取られるのを見ました」

当の家重も驚いたようで、今度は金を持たせてみた。するとまた、ちゃんと金を探し出した。

「なんと、もう文字の見分けがついておられるのですか」

これは忠相にとっては初めて聞いた、竹千代の実のある話だった。それまでは大きな泣き声を上げておられる、手足をさかんに動かしておられると、身体に不如意がないと推し量っているらしい噂ばかりを耳にしていた。

「まあ、あの上様の手放しの喜びようでは真実かもしれぬが」

いよいよ目出度いと、忠相はまた笑みが浮かんできた。

いっときは家重をあまり顧みていなかった乗邑も、どうやら今では家重を重んじるようになっている。それだけでも竹千代君は、赤子というのに大したことだ。

「まことに家重様は、良い継嗣に恵まれなさったの」

「左様でございますな。比宮様がみまかられてしばらくはお人嫌いで、それが一年も続かれましたとか」

「いかにも。あの御方が奥に閉じ籠もってしまわれたら、我らにはどうしようもなくなる」

忠相はしみじみうなずいた。あのときは忠光にも悪い風聞が立ち、忠相もずいぶん気を揉んだものだった。

「お幸の方様を側室に上げたのは忠光だったと申すが、越前はなんぞ聞いておるか」

「いいえ、それがしは何も」

忠相は顔色を変えずにいるために、冷や汗をかいた。忙しく頭の中で考えたが、たしかに忠光なら、己の立身に役立つ女を家重に配するという手も打てる。

「御老中様。まこと、忠光にそのような風聞が立っておるのでしょうか」

「なに、見事、男子を挙げたのじゃ。そうとなれば忠光の手柄も、一段と大きいではないか」

この師走、忠光は小姓頭取に任じられていた。主君の側室を足がかりにその縁者が政に口を出すのは、定石中の定石だ。

忠相は今時分ようやく、今日の呼び出しの理由に気がついた。乗邑のような老中が相手となれば、これはもう何もかも正直に打ち明けたほうがいい。

「それがしは忠光から、御城や家重様のことはかつて一度も聞いたことがございませぬ。もしやお幸の方様と何がしかの縁があるかとのお尋ねならば、それがしの知るかぎり、大岡には京の公家衆との縁はございませぬ。微禄の傍流まではしかとは存じませぬが、そのような者らに京と関わりを持つなどは、土台できぬことでございます」

忠光は己がこんな疑惑まで向けられると気づいているのだろうか。忠光の倍は生きている忠相でさえ、乗邑のような老中たち相手には、立っているだけで精一杯だ。

「御老中様、それがしは忠光が小姓になると決めたとき、一つだけ言い聞かせたことがございます」

「ほう、それは」

「家重様の御口とはなっても、決して御目や御耳になってはならぬということでございます」

意次もふと筆を止めて忠相を見つめた。

「忠光には、家重様の本来ごらんにならぬもの、お聞きにならぬこと、それらをたとえ己が見知ったとてお伝えしてはならぬと、きつくきつく申し付けましてございます。もしも忠光がその約束を違えたときは、それがしはともに自裁する覚悟でございます」

「なんとのう。さすがは越前じゃ。そこまで覚悟を決めて送り出したか」

「はい」

もしもお幸の方のことに忠光が何か関わっているのなら、忠相は真実、命を捨てても構わない。

「そうか。つまらぬ噂話をしたゆえに、思いもかけぬ麗しい話を聞いたもの。今日は此奴に改鋳の銀の品位など憶えさせるつもりだったが、知らぬ間に刻を過ごしてしもうたの」

乗邑が意次に目をやると、うまい具合に応じた。

「もはや未上刻を過ぎましてございます。下城なさらねばならぬ下刻は、間もなくと存じます」

やはりそのまま乗邑は座を立った。


「思いも掛けぬことを聞いたものよ」

御用部屋へ戻りつつ、乗邑がつぶやいた。

「口とはなっても目と耳には、というお話でございますか」

「左様。しかし、そうと聞けば試してみとうなるとは、越前は思ってもみぬ男らしいのう」

意次は察しよく、くすりと笑ってみせた。

このところ意次は、乗邑の指図で御定書の編纂にたびたび加わっていた。ちょうど今、家重たちは御庭の畠へ出ているので、意次も小姓として供をさせられるよりはそのほうが良いに決まっていた。

意次は己の願望というものは些細なことでも口にせず、ただ黙って、望みの叶うほうへ周囲を仕向けていく。御定書の編纂に加わるときも、しきりと乗邑に土いじりは退屈でならぬとぼやき、乗邑が公事の話をするたびに目を輝かせて聞き入ってみせた。そうして乗邑から家重へ願い出させて、特別に御定書の書き写しに関わることになった。

万里はこれまでも意次のやり方には幾度も舌を巻いてきた。相手が噂話を好むとみればそれを聞かせるし、滑稽話をしたがる者には人一倍笑って応える。誰にでも小まめに相槌を打ち、実は人ごとに己の振る舞いを変えているところは老中たちでさえ見過ごしている。だから万里は未だに意次が陰口を叩かれるのを聞いたことがない。

忠光など、端から相手にならない。

「御老中様。お幸の方様と家重様の馴れ初めならば、それがしには心当たりがございます」

意次はそっと乗邑の傍らに近づいた。

「そなたが？　それは思いがけぬことじゃが」

「はい。それがし、忠光様とお幸の方様が御庭でお話しになられた折にたまたま供をしておりました」

「話を、なされた」

比宮の三回忌の少し前、忠光が薔薇を摘みに出たことを意次は話した。ちょうどお幸の方も侍女を連れて御庭に来ており、意次はその侍女と二言、三言交わしながら二人を待っていた。

「興味深い侍女でございました。なんとも巧みに鳥の鳴き声を真似るのでございます。鳥の名は知りませぬが、見事なもので、すぐそばに本物がおるのかと思いました」

そのとき意次は鳥の名も聞いていたはずだが、あえて話さなかった。

「あれはきっと家重様も……」

「それで、忠光はどんな話をしておった」

意次はにこりとして、事細かに聞かせた。千瀬という侍女のことは、乗邑が関心を持たぬので早々に切り上げたのだと万里は思った。

「なるほどな。するとお幸の方様から願い出られたのか」

「はい。なにやら比宮様の御遺言であったとか」

「なにが遺言なものか」

乗邑は腕組みをして、わずかに歩くのが遅くなった。

「しかしのう。ではお幸の方様は忠光に、恩に着ておられるということか。いやあるいは」

「はい。お幸の方様は後々、忠光様を鬱陶しゅう思し召されると存じます」

「ふむ、左様であろうの」

乗邑はいつもの癖で、一人考えにふけってしまった。

意次は然《さ》あらぬ顔で乗邑の後をついて行く。

どことなく意次のほうが老中を手玉に取っているようでもあった。かといって意次が真に何を考えているのかは万里にも分からない。

「京の中納言殿もさぞやお喜びであろうな」

「お幸の方様の父君でございますか」

「左様。比宮様を江戸へお迎えするとき、世話になった」

意次は寸の間、気を留めた顔をしたが何も言わなかった。

「女を用いるなど、下賤の者のすることじゃ」

乗邑はそう言って不快そうに歩き始めた。

意次は深々と頭を下げると、つるりとした無表情で後ろをついて行った。

寛保元年（一七四一）、吉宗は竹千代をわずか五歳で元服させ、名を家治《いえはる》と改めさせた。このとき幸は家治と二之丸へ移ることになり、家重は右近衛大将に任じられた。

この位官は吉宗も征夷大将軍を宣下するときに受けたものだから、家重の将軍襲職は大きく前へ進んだともいえた。だが裏を返せば、そこからまだ次が決まらないのは家重だからこそでもあった。

ともあれ吉宗は家治を手放しで可愛がり、暇を見つけては二之丸まで足を運んでいた。暮れの押し詰まったその日も、吉宗は乗邑を供に二之丸を訪れて、座敷に顔を出すとすぐ家治の手を引いて出て行った。

幸は乗邑と苦笑しつつ二人を送り、長い廊下を歩いて行くのを眺めていた。

「こちらへ移ってすぐの頃、あまりに御廊下が長いもので、私は座敷が分からぬようになったことがございます。すると家治が、私の手を取って連れ帰ってくれたのですよ」

生母の幸にとって家治は、神がかって見えるほど、何もかも人に抽んでて優れていた。とにかく顔かたちが美しく、他の子など猿か糸瓜《へちま》に思えるほど後光が差して輝いている。読み聞かせれば即と諳んじる頭の良さで、もうとうに仮名は書くし、少しずつ将棋を指すことも覚えていた。

性質は穏やかで、むずかったことなど一度もない。わずか五つで半刻でも一刻でもじっと上段に座り、家士たちの口上が終わるのを静かに待つことができる。癇癪や我が儘とも無縁で、生来素直で聞き分けも良く、どことなく落ち着きもあって大人びていた。

「まこと、拝謁いたしますたび、あまりの御聡明さに目を瞠ります」

乗邑は家治が生まれたとき狩衣を着て蟇目役《ひきめやく》を務めたが、幸の父と親しかったせいもあって、ことのほか家治の成長には目を細めていた。

吉宗がはやばやと家治を元服させて二之丸へ移らせたのも、この孫に大きな期待を寄せているからだと、乗邑は教えてくれた。もとから吉宗の子供好きは奥では知らぬ者もなかったが、紀州の時分からの家士も、これほどの姿は見たことがないと口を揃えている。吉宗は家重も弟たちも分け隔てせずに可愛がってきたが、家治だけは格別の上にも格別だと乗邑は言った。

座敷にいるときは吉宗は家治を膝に抱いて座るが、ときには肩車やおんぶをして本丸まで連れて行くこともある。たまたま西之丸に廻ったときは家重が御庭に下りているのを家治が目ざとく見つけて、畳廊下から父上と呼んだという。そのときの家重の嬉しそうな顔は生涯忘れぬと、六十も近い吉宗はただの好々爺のように話していた。

「上様と家治様はどことのう、歩く御姿まで似ておられますぞ」

「まあ、私もかねてそう思っておりました」

幸は正直に、上機嫌でうなずいた。

侍女たちは顔つきも家治は吉宗に似ているなどと言うが、あの整った顔立ちは、実は誰よりも家重に似ている。家重は片頬が引き攣れているが、もとは彫りの深い目鼻立ちだ。それに早くから気づいていたのは比宮だから、あの家治の美貌も、もしかすると天の比宮が家重のために計らったものの一つかもしれなかった。

「上様にあのように可愛がっていただいて、家治はまことに仕合わせな子でございます」

家治が初めて口をきいたとき、家重が涙を流したことを幸は思い出していた。

何もかも比宮の守りだとばかり思うのだが、家治は話し始めるのも早かった。家治は生まれてちょうど一年で歩けるようになったが、家重と幸が最も案じていたのは、やはり口がきけるかどうかだった。

だから家治がつぶらな目をまっすぐ家重に向けて父上と言ったとき、幸と家重はそろって涙をこぼした。実は幸は真っ先に家治がその言葉を口にするように繰り返し教えていたので、母上と言えるようになったのはもっとずっと後のことだった。

あの最初の言葉もそうだが、家治には先回りで周囲の思いを汲んで振る舞うようなところがあった。それは幸がまだ京で暮らしていた時分、若い比宮にも感じたことのある優しさだった。だから幸はいつも家治には、どことなく比宮の面影が宿っているような気がしていた。

「家治には不思議に、生まれ持った徳もあるようでございます。黙って座っているだけで、心根が優しいことがおのずと伝わってまいるのですから、大したものではございませんか」

幸はそれが、比宮の持っていたものだと思う。

「幼いながらに凜々しい御顔をしておられますのでな。横顔をお見上げしておるだけで、こちらは何やら背筋まで伸びるような」

と、乗邑はその場で姿勢を正した。

「それにしてもお幸の方様ほど御運の強い御方もおられませぬ。京の中納言様もどれほどお喜びでございましょう」

「すべて乗邑殿のおかげでございますね。京におりましたとき、父が何くれとなく乗邑殿に教えていただくようにと申しておりました」

だが長い間、幸はそのことを忘れていた。このところはそれを申し訳なく思うようになった。

「なんと勿体ない仰せか。いやいや、皆が申しております。九代様はまだ定かならぬが、十代様はもうお決まりじゃ。家治様が九代様におなりあそばすやもしれぬ、などと」

「まあまあ、お戯れを。まだほんの五つの童にございますよ」

幸は笑みを隠すのに苦労した。笑い飛ばしてもならぬし、関心があると思われても困る。七つまでは神の内。それこそ幸が、夜も日も忘れてはならぬことだ。

時折頭をよぎるのは、今の幸を知れば、忠光がどう思うかということだ。やはり幸は、何か心変わりしたのだろうか。

だが、と幸は首を振った。これは幸のせいではない。結局、家重は幸のことなど一度も愛さなかったのだ。それが証しに、家重は表の慈しみはそのままに、子を授かったときから幸にはもう全く触れようとしない。

だがそれはさして悲しいことでもない。家重の言葉を解そうと願い続け、最後にそれを叶えた比宮とは、幸は持って生まれたものが違うのだ。是なら一、否なら二と、言葉を伝える合図も聞いていながら、幸は一度もそれを用いなかった。

幸には家重と言葉を交わすことなどいらない。比宮の願いだった家重の子を産み、約束を果たしたからには、後は全て幸のものだ。

母になるなど夢にも思わなかった幸が、家治ほどの子を授かった。何もかも比宮が得るはずだった幸いだが、家治の母はこの幸だ。

比宮は懐妊したとき、口がきけぬ子ならば生まれぬようにと念じた。だから幸は、比宮の思いに釣り合わぬ子ならばいらぬと願を掛けた。

それで、あいこではないか。幸の子は、無事に生まれたではないか。

幸は坪庭の向かいを歩く家治に目を細めた。庭のほうへ足を踏み出そうとして、吉宗が大あわてで抱き留めている。

吉宗が家治を抱き上げてこちらを振り向いた。

家治はにっこり笑って幸に手を伸ばしている。

毎日あの子を胸に抱き、誰より抽んでた子になれと願い、それが叶ってきた五年の歳月が今の幸を作った。

家重の将軍襲職など、どうでもいい。むろん己の栄達などは二の次だ。ただ家治を絶対に、一日でも早く将軍にしたい。

吉宗が家治を抱き下ろし、重くなったと己の腰を叩いている。家治が歩き出すと、転げ落ちぬようにと吉宗が庭側に立ってついて行く。

「それがしは先達て、吹上御殿よりお呼びをいただきましてな」

幸は、聞いてはいる、という顔を作ってうなずいた。

御城の吹上御殿には七代家継の生母、月光院が暮らしている。もう六十近い老婆だが、独立した御殿の主でいる分、どの大奥にも今も厳然と力を持っている。

しかも月光院は八代を選ぶとき紀州藩主だった吉宗を推したといわれ、吉宗が将軍になると吹上御殿を賜ってそちらへ移っている。

幸も江戸城へ来てもう十年だが、家治を授かった後も特に気を遣っているといえば吹上御殿だった。

「なんと吹上御殿へも、上様は家治様をお連れあそばしたそうでございますな」

「ええ。ちょうど宗武様がおいでで、家治は宗武様にも抱いていただいたと話しておりました」

月光院は文武に優れた宗武を昔から可愛がってきたというが、願わくば家治にもそうなってほしいものだ。吹上御殿が後ろ盾になってくれれば、家治の将来は盤石の上にも盤石だ。

「幼子の申すことゆえ、どこまで確かかは存じませぬが、宗武様も家治を気に入ってくださいましたとか。そう申したときのあの子の誇らしそうな顔を、乗邑殿にもお見せしとうございました」

「ああ、それは左様でございましょう。月光院様はかねがね家治様を、幼い時分の宗武様に瓜二つじゃと仰せでございます」

「まあ。それが真実ならば、これ以上嬉しいことはございませぬ」

宗武にはまだ子もいない。万一、家重が廃嫡となれば、家治は宗武の次に将軍となる身の上だ。

「私はなかなか吹上御殿へ行くこともままなりませぬ。あの子も今が可愛い盛りでございますが……」

「ならば家治様はそれがしがお連れいたしましょう。お幸の方様には、それがしを頼ってくださるようにお願い申し上げますぞ」

「まあ。私がこの江戸で一番頼りにしているのは、今も昔も乗邑殿でございます」

幸はわずかに膝を詰めた。

「まことに月光院様や宗武様は、家治に御目をかけてくださるであろうか」

「申すまでもない。むしろそれがしは、家重様お一人が家治様を囲うてしまわれることを恐れます」

「家重様が、家治を囲われる」

幸にはよく意味が分からなかった。

乗邑は幸を労るように笑みを浮かべた。

「家治様のことは誰もが愛しゅうてなりませぬ。宗武様とて、むろん左様でございます。いざというとき、宗武様は家治様の盾となってくださる御方でございますぞ」

「…………」

「だというのに家重様が、家治様を宗武様に懐かぬように仕向けなされればどうなりましょう」

乗邑は幸にそっと身を寄せてきた。

「それがしは中納言様に、お幸の方様の御身をと言われておりますゆえ申し上げるのでございます。家治様の御為には、宗武様に御目をかけていただくことこそ肝要にございます。なにせ家重様は右近衛大将に任じられながら、将軍職をお継ぎあそばしませんでした。その官位がどれほどのものかは、公家の出のお幸の方様ならばよくお分かりですな」

幸は目の端でうなずいた。元来が禁中の警固の職で、左近衛大将には摂関家から大納言が就き、右近衛大将には右近衛府の長官として幕府の将軍が任じられる。

「ならば万が一、家重様が九代にお就きあそばさなかったとき……」

乗邑は笑みを浮かべつつ、いやいやと手のひらを振った。

「ただ吹上御殿の御両方に可愛がっていただいて御損はございませぬ。先様では毎日でも御目にかかりたいと仰せなのでございますからな」

「まあ、毎日でも。なんと嬉しいことを」

幸は笑みがこぼれた。両方と呼ぶほど、宗武と月光院は親しいのだ。

「家治様はどのみち将軍にお就きあそばしますゆえ、早いか遅いかだけのことでございますが」

吉宗の次か、その次だ。だが家重や宗武たちを除けて家治が九代に就くとは考えにくい。ならば幸が気をつけておくべきは、宗武が九代になったときのことではないか。

乗邑も、だから幸に話してくれるのだ。誰も幸には黙っているが、当たり前に考えれば、次の将軍は宗武ではないか。

「乗邑殿、呉々もあの子を頼みます」

「それがしなど、畏れ多いことにございます」

乗邑は実直に手をついている。

比宮がここにいれば何と言うだろう。ふとそんなことを思ったが、このところの幸はあまり比宮を思い出さなくなっていた。

二

冬田には霜が降りていた。吉宗は左腕を高く差し上げると、一町先の木立に向かって勢いよく振り払った。

鷹は空を切って正面の樫の木に飛び込んだ。いっきに枝が爆ぜて無数の椋鳥が現れ、鷹はくるりと向きを変えると吉宗の腕に戻って来た。

吉宗の鷹は大きな拳ほどもある鳥を嘴《くちばし》に咥えていた。

「お見事でございます。いつもながら上様の放鷹には胸がすきますなあ」

松平武元《たけちか》は惚れ惚れとして餌箱の鶉を差し出した。

江戸城で奏者番を務める武元は、これで鷹狩りの供も二度目だった。水戸徳川の傍流の生まれで今年三十一になり、生まれてこのかた、ほぼずっと吉宗の世が続いていた。

この正月、六十歳の節目を迎えた吉宗は、隅田村の小菅御殿を宿所として、もう三日も狩りに出ていた。昨日からあいにくの雪催《もよい》だったが、近在の百姓たちが鴉に弱っていると聞きつけたもので、散らすまでは帰らぬと言い出していた。

武元としては、そろそろ城に連れ帰らねばならぬ頃合いだった。

「さて、もう心残りもございますまい」

聞こえているはずだが、吉宗は椋鳥たちの姿を追って、また彼方を見上げた。

傍らで弓を携えている忠相と目が合ったので、武元は困ったものだという顔をしてみせた。

忠相は一介の旗本から寺社奉行、今や大名並となっていたが、吉宗の信認をわずかも笠に着ぬところが好ましかった。そしてこの放鷹で武元が最も注意深く眺めていたのが、この忠相だった。

忠相は家重の通詞、大岡忠光の大伯父とやらにあたるという。武元が奏者番になって四年、忠光には何の私心も感じられないが、やはりどうにも胡散臭いというのが正直なところだった。

一体あの家重の声の、どこをどう聞き取れば人の言葉になど置き換えることができるのか。奏者番として幾度そばまで行っても、鴨か家鴨の鳴き声としか思えない。いっそ霊力で言葉が伝わるのだと言われたほうが、まだ得心がいった。

吉宗はまたしても腕を掲げ、鷹を投げた。面白いように鷹は鳥の群れに飛び込み、群れを切り裂いて戻って来る。

「上様、雪が激しゅうなってまいりましたぞ」

「黙っておれ、武元。ここで叩いておけばな、もう鴉は戻って来ぬようになるのよ」

武元はわざと大きなため息をついたが、忠相は黙って吉宗と同じ先を見つめている。

「武元」

「はい」

「そのほうには特別に、家重の補佐を頼みたい」

「は、特別に」

それはどういう意味合いか。もとより口代わりはできぬし、仕えるというだけの意味ならば、言われるまでもない。

「諸事権現様の通り、じゃ」

「はあ、いかにも」

首をかしげつつそう応えると、吉宗はふにゃりと情けなさそうな顔をして振り向いた。

「武元よ、そなた、しっかりしてくれよ。末は老中じゃと期待をかけておるのに」

「はあ、それは忝うございます」

ふむ、己は将来、老中に任じてもらえるらしい。これはまた格別の喜びではないか。

だが武元は、吉宗の謎かけのほうが気にかかる。特別な補佐というからには、特別な意味があるのだろう。

今度は吉宗のほうが聞こえよがしなため息をついた。

「そのほうはなあ。鷹揚というか茫洋というか。余が父親ならば、覇気がない山気がないと涙しておるところじゃぞ」

と吉宗は目尻を押さえるふりをした。傍らで忠相がくすくすと笑っている。

「何を仰せられます。山気なぞあっては事ですぞ」

なぜか吉宗は呆れて、鷹を武元に押しつけてきた。

「大権現様は秀忠公が世継ぎをどちらにするか迷うておられたとき、家光公じゃと仰せになったであろう。余もそれをすると申しておるのよ」

「ああ、なるほど。ついにお決めあそばされましたか。なるほど、なるほど、決められぬ大将は負け戦じゃと申しますゆえ、これまで隠しておられたのですな。しかし、どうでございましょうなあ」

「なんじゃ、そのほうも家重には反対か」

「はあ。まあ、左様でございます」

「ようも、そうあっさりと申すものじゃ」

吉宗は皮手袋を忠相に外させている。雲が黒くなってきたので狩りを切り上げてもらえるのは有難い。

「申してみよ、何が気に食わぬ」

「お言葉がどうにも分からぬゆえでございます」

「それを言うてくれるなよ」

吉宗はがっくりと肩を落とした。

「しかし、でございます。上様が御決意あそばしました上は、それがしは身命を賭して家重様に御力添えをいたしますぞ」

「まあ、そう先走るな」

ため息を吐きつつ、吉宗はそばに設えられた陣幕をめくり上げた。手招きをされて武元と忠相もついて入った。

「武元にはもとから裏も表もなかろうが、正直に申せ。家重でなければ、誰が将軍に相応しい」

「は？　それは宗武様でも宗尹様でも構わぬと存じますが」

「どういうことじゃ」

「御嫡男を退けなさるのであれば、御二男様が御三男様に先んじられる道理も立たぬわけでございますから、それはもう、どちら様でも」

吉宗はむっと片頬を膨らませた。

「そうは申しても、二人には二人なりに優劣があろう」

「いえいえ。元来が将軍職などというものは天守閣のしゃちほこ、お飾りにございますれば」

忠相がうつむいたまま瞼をさかんにしばたたいている。吉宗はあんぐりと口を開け、しばらくぼんやりと武元を眺めていた。

「どうかなさいましたか」

「余はしゃちほこか」

武元は大あわてで手のひらを振った。

「滅相もない。上様は大権現様ともども御城を築きなさる格上の御方にて。ゆえに九代様は、まあその、上に載せる金とでも申しますか」

吉宗はまたむっとして顎をしゃくった。

「構わぬ。先を申せ」

「はあ。幕府を御城に喩えますならば、修築の段となれば将軍がしゃちほこであられては迷惑ですが、幕府は幸い、上様が建て直されましたによって。後は天守の飾りでございましょう。なあ、そうであろう、越前」

「はい。御定書も纏めてくださいましたので」

忠相がにっこりと笑い返した。

「ああ、そうであった。それもあったな」

武元は手を打った。おおよそ六年がかりで編纂されてきた公事方御定書が、昨年完成していた。

だがどうも忠相は、話を堅いほうへ持って行くきらいがあると、武元は見た。

「それはよい。で、家重はそのしゃちほこさえも務まらぬか」

「上様、しゃちほこと申したのは言葉の綾でございます」

「ああもう、それはよいと申しておるであろう」

「はあ。すなわち、将軍は声音が第一にございます。島津《しまづ》などは、上様の大儀であったが聞きとうて、海上五百里をはるばる参っておるのですぞ」

「いい加減にせんか、武元よ」

「どうなさいましたので、上様」

なぜか吉宗は頭を抱え込んでいた。

「武元のこの性分はどうしようもない。余が、末は老中とまで見込んでおるのに」

「は、それは幾度聞きましても真にありがたき仕合わせにて」

忠相だけがずっとにこやかにしている。温和な人柄がにじみ出ている良い笑顔である。

「余はのう、武元。家重を相応しからずと思う者が多いことも考えの上じゃ。だが余も将軍を務めて、じき三十年じゃ。それまでに家重に後を譲って退隠いたす」

驚いて、思わず忠相と顔を見合わせた。

武元は指を折って数えた。たしか吉宗が将軍職に就いたのは武元が四つのときだ。ならば己が三十四になるまでか。

「武元。あと四年の内じゃ」

「四年……」

「そのときには家治も十歳になる。大権現様も御手ずから紀州藩祖、頼宣《よりのぶ》公をお育てになり、政をお仕込みになった。余も家治をそのように育ててな、江戸城の修築ごとき、してのける十代を遺していく」

武元までむくむくと力が湧いてきた。あの家治ならば、必ずそうなると確信があった。

「それで、それがしは格別に家重様をお助けするのですな」

「忠光がしかと家重の言葉を伝えているか、目を皿の如くにして見ておる者は数多おる。それゆえ、そなたの役目はそれではない。有り体に申せば、家重が九代になろうがなるまいが、そなたは老中にする。それゆえ、家重の補佐だけを考えよ」

武元は首をかしげた。

「それがしの老中就任が、それと何か関わりがありましょうか」

「武元。そのほうは奏者番にまで昇って、老中になりとうはないのか」

「さて。武士の御役は、老中ばかりではございませぬゆえ……」

吉宗が焦れているのは分かるが、武元にはその理由が分からない。

つい腕組みになり、そういえば老中職は藩からの持ち出しが多いといわれることを思い出した。主が幕閣に加わるとどうしても藩政はお座なりになり、その一方で付き合いが広がって費えばかりが嵩むというのだ。

吉宗が腿に手を突いて立ち上がった。

「もうよいわ。ともかく家重を助けてやってくれ。忠光もな、あれはあれで武元のように、いつまでも世間擦れをせんでな。真面目に取り合っておっては、こちらの頭がおかしゅうなるわ」

そう言って吉宗は、凝りをほぐすように首を回した。

「しかしのう。ただの阿呆ではないところを見せてくれよ、武元。口のきけぬ家重に、見事将軍職を全うさせてみよ。余はの、どれほど忠音が生きておってくれればと思うたか知れぬのじゃぞ」

亡くなってもう八年になるだろうか。あの闊達で豪胆な人柄は、武元のほとんど究極の憧れだった。

「申すまでもないが、このことは口外無用。家重にも告げてはおらぬ。なにせ家重ばかりは、余がいくら決めたところで、いつ覆されるかも分からぬ身ゆえな」

吉宗のその言葉の意味はよく分からなかった。だが天啓のように、武元はあの忠音を手本にしようと心に決めた。


幸が乗邑を呼びつけて、もう四半刻が過ぎている。そのあいだ乗邑は白くなった己の眉を揉みながらずっと黙っていた。

最初に妙だと思ったのは、小声で話していた侍女たちが幸の姿を見たとたん、ぱっと口を噤んだときだった。幸だけが除け者というのは分かったが、家治生母の幸が誇りを受けるはずはない。新参者の侍女を問い詰めて、ようやく幸は事の次第を知った。

「家重様の御子を身ごもった者がおるそうですね。しかもその女というのが、私の部屋子をしていたお千瀬とやら。道理で近ごろ顔を見ぬはずです」

乗邑に当たるのは筋違いだろうか。だがあの家重が誰の繋ぎもなしに新しい側室を持つことなどあり得ない。

「よもや乗邑殿。家治に何ぞ、ご不満でもございましたか」

「滅相もございませぬ。そもそも、それがしはお千瀬などと申す侍女は顔も見たことがなかったほどで」

継嗣が一人というのはさぞ心許なかろう。だがそれなら幸だけが二之丸に閉じ込められてきたのが納得がいかない。

家治を二之丸の主にしたのは、幸を家重から遠ざけるための老中たちの企てだったのではないか。

「私は乗邑殿だけを頼みとしておりましたのに。乗邑殿は家治を将軍にさせぬおつもりか」

「愚かなことを。前々から申しております通り、十代様は家治様で決まりでございます」

乗邑は勿体ぶった咳払いをした。

「ただ、家重様は九代が定かならぬ身。家治様の障りになるといえばそれだけと思うておりました。とは申せ、お千瀬の子が男であれば、悶着が起こるのは御家の倣いにございます」

まあしかし、と乗邑は笑って打ち消した。

「お幸の方様はどんと構えておられるが宜しゅうございます。上様のあの、家治様のお可愛がりよう。家治様も年々ご聡明にあそばしまするゆえ」

「そうとばかりも言うておられぬ。大奥に顔が利くとなれば乗邑殿じゃ。だというのに、お千瀬のことは気づかなかったと仰せか」

「それがしはこれでも、京の中納言様の縁でお幸の方様にお近しゅうさせていただいております。それがしが願うておるのは、家治様の御世に政を助けさせていただくことでございますぞ」

「では誰が企んだというのです」

幸は顔を背けた。

細い花活けには竜胆《りんどう》がぽつんと挿してある。西之丸の家重から幸に薔薇が届けられたことなどない。

「ならばそれがしこそ、お幸の方様にお伺いしとう存じます。あの娘はたいそう巧みに鳥の鳴き声を真似るそうで、家重様はそれを殊の外、お喜びとか。そうでもなければ家重様が目を留められるほど美しい女子とも思いませぬ」

そういえば、たしか幸もあの娘の巧みな鳴き真似には驚いたものだった。だがどこで、いつ聞いたのだったろう。

「半生、上様の続けてこられたご改革。それがしが待ち望んでいるのは、それを前に推し進めてくださる御方でございます」

乗邑はもう五十八だ。今から生まれる子が将軍になる世など、見ることも叶わない。

「お千瀬の方の御子など、それがしには用はない。それがしは誓うて、そのように迂遠な手は使いませぬ」

「お千瀬の方、か」

いつの間に千瀬はそこまでの者になったのだろう。ぺたぺたと子供の足音でそばを駆けて行った、あれはいつだったろう。

そんな千瀬を、誰が家重に引き合わせたのか。まさか幸のように、じかに忠光に頼んだはずもない。

忠光――

白や桃色の花弁が二つ三つと開いていた花畠。あの庭になら忠光が来ると考えて幸は待っていた。

だがその後はどうなった。幸が懇願したら、忠光は家重に伝えてくれたではないか。

幸を家重に繋いだのは忠光だ。忠光の他には誰も、家重と言葉を交わすことはできないのだ。

忠光は御庭に来る小鳥を、その声だけで見分けることができる。ならば同じように鳥の声を真似る千瀬に目を留めても不思議はない。

忠光は家治のことなど、格別とは思っていない。一人でもたくさん家重に子ができるほうが、どれほど己の立身に役立つか。

「はて、お幸の方様。どうかなされましたか」

真に家治だけを思ってくれるのは誰なのか。自らの残りの年月を数えて、早く家治が将軍に就くことを願っているのは誰なのか。

幸はようやく、たった一人のその者に気がついた。

延享二年（一七四五）二月、お千瀬は男子を産んだ。万次郎《まんじろう》と名付けられたその子もまた身体に障りはなく、お千瀬は部屋を与えられて御内証の方と呼ばれることになった。

その日は家治が西之丸に家重を訪れており、やがてその輪に吉宗も加わった。

はじめ家治は家重と将棋を指していたが、まだ九つの家治は、さすがに家重も持て余し気味だった。そこへ吉宗が江戸城の絵図面を手にやって来たので、家治も盤を放り出し、三人で絵図を眺めた。

主のそばを離れた乗邑と忠光は、半刻ほど隣の座敷で待っていた。万里もその日は堂々と本丸から供をしてきたが、吉宗がうまく本丸へ戻るように命じてくれたので、乗邑に一礼してそのまま襖を閉てた陰に潜むことができた。

忠光は身を小さくして座敷の隅に座っていた。しばらくは乗邑も黙って虚空を睨んでいたが、やがて口を開いた。

「越前が、家重様の御口にはなっても、御目と御耳になってはならぬと申したそうではないか」

「はい」

肯ったというよりは、ただ返事をしたという具合だった。その直後の乗邑のため息のほうがよほど大きく聞こえた。

「儂はこう見えて、そのほうにはずっと一目置いてきた。そなたが御城へ上がり、家重様の小姓になってすぐの頃、儂はそなたを試みたことがあった。忘れてはおらぬな」

「はい」

今度ははっきりと忠光はうなずいた。

「家重様は尿をお漏らしになる。お跡が濡れた汚いまいまいつぶろじゃと、儂は申したの」

万里は思わず息を呑んだ。

全く知らなかった。忠光が小姓になってすぐといえば、まだ吉宗が本気では家重のことを跡目にしようと考えておらず、万里に探らせてもいなかった時分だ。

「即と家重様に告げ口するであろうと思うたが、そのほうは一切言わなんだの。あれで儂は、そのほうが分からぬようになった」

忠光はどんな顔で聞いているのか。

だが家重に告げなくて良かった。もしもあの時分なら、吉宗は家重の言葉より乗邑のほうを信じただろう。第一、まだ誰も本気で家重の言葉だとは思っていなかった。

気がつけば万里は拳を握りしめていた。

「分からぬようになった、と仰せになりますのは」

ふっと乗邑が笑った。

「聞いてはおるようじゃの。安堵したわ」

万里もつい、にやりとした。それは万里も忠光を見ていてよく思うことではあった。

「大岡忠光、さすがは越前が、死なば諸共と申すだけのことはある。ただの買いかぶりじゃと、儂は長いあいだ思うておったがの」

また座敷はしんと静まった。

「そのほうはこれまで見事、御口に徹してきた。ならば生涯、貫いてみせよ」

忠光は応えない。うなずいた素振りもない。

「儂は今でも、家重様の将軍襲職には反対じゃ。そのほうがどれほど清廉潔白であろうと、明日は分からぬ。家重様のあの引き攣れたお顔、どうしても儂は好きになれぬ。宗武様と、似ても似つかぬわ」

行き着くところ外見の好悪だというのも、乗邑に非があるわけではない。万里も人の顔つきでどれほど多くの物を判じてきたか。

ただ万里は乗邑の焦りが分かるような気がした。己が歳を取り、いつまで働けるかも分からない。そうとなれば、残りの歳月を家重の下で費やしたくはないのだろう。

「さすがに、これはとても家重様にお伝えできぬであろう。儂ですら、お悲しみになるお顔が思い浮かぶ。だがな、儂はそのような女々しいところも、いやでいやでたまらぬ」

儂は儂で貫くのみだ——

呻るような低い声が聞こえた。

「明年、上様が将軍に就かれて三十年となる。儂とて老中として二十年余、お仕えしてまいった。上様の御改革で、幕府はようやく大権現様の初めに戻ってまいったのじゃ。それを九代様には仕上げていただかねばならぬ」

前の秋、幕府はかつてない豊かな米を得た。それは乗邑が苦心して新田を拓かせ、厳しい幕府の支配を行き渡らせたからだ。

「いずれ廃嫡ゆえ、御側は軽輩でよいと思うてきたがの。女を用いて政を己に引き寄せようとは、奥を握る者ならではの下劣な仕儀じゃ」

万里までがぞくりとした。

「違うというならば申してみよ。いや、是非にも聞かせよ。そなたがお千瀬の方様を家重様の許へ上げたのであろう」

懐紙一枚、人から取らぬと褒められている忠光だ。忠光だけにできる一番の力業は、誰の口利きもせず、己の手駒となる者を奥に入れることだ。

「お千瀬の方様は、実は浪人の娘とな。そのほう、御城へ上がる前から知っておったのではないか」

万里はいっそ割って入りたかった。お千瀬の方は二十歳余りか。生まれた時分には忠光はもう御城に上がっていただろう。

「これは御口の御役とは何の関わりもなかろう。儂はそのほうに尋ねておる。しかと申し開きをしてみよ」

ようやく忠光が身じろぎをした。微かな衣擦れの音が伝わってきた。

「御老中様、それがしは決してそのようなことは致しておりませぬ」

「ほう、まことか」

「お千瀬の方様の事など、それがしは全く存じませせぬ。それがしは断じて、そのようなことは致しませぬ」

「よう廻る口じゃの。ならばお幸の方様はどうじゃ」

忠光がわずかに立ち上がる気配がした。万里もまた振り返った。

「忠光、ちょっと来い」

吉宗の声だった。御側を行かせるのが面倒で、じかに呼んだらしい。

「上手い具合に助けが入ったものじゃ」

乗邑は鼻息交じりに言い捨てた。

三

しばらく静まっていた蜩《ひぐらし》がまた一斉に鳴き始めた。武元は務めの最中で汗を拭うわけにもいかず、中奥御座之間の御次でじっと目を閉じていた。秋には吉宗が退隠するといわれており、今日はまず近親の者に家重の将軍襲職を披露することになっていた。

下段之間には家重と宗武、さらに家治と生母のお幸の方、そして家重の後ろには影のように忠光が座していた。御次は上段からは左手にあたり、武元たち幕閣は真横から家重たちを眺めていた。

吉宗はまだ着座していなかった。宗武は端正な顔をまっすぐに正面に上げて、どこを見るでもなくまばたきを繰り返している。

その手前で家重は右足を斜めに投げ出して、震える右の拳を隠すように左手で押さえていた。座っているだけでも苦しげな厳しい顔つきに、裃を付けてきたのだろう膨らんだ袴。その後ろの忠光の動じない横顔が、家重の精巧な切り絵のようにも思えた。

宗武の向こう側には家治が座り、お幸の方と宗武の妻はその後列にいた。

宗武の正室は京の摂家のうら若い美しい姫で、夫婦仲は睦まじかったが、まだ子がなかった。

着座した家治が笑いかけると、心底嬉しそうな優しい笑みを返していた。

お幸の方は張り詰めた顔で、ずっと誰とも目を合わせぬようにうつむいていた。一度家治が案じて振り向いたが、お幸の方はそれにも気づかなかった。

御庭の蜩がぴたりと鳴き止み、武元たちは揃って手をついた。

吉宗が上段に腰を下ろした。

「明月、余は将軍を辞すと決めた。大御所となり西之丸に移る」

皆がいっせいに平伏した。

西之丸は元来、世子か隠居した将軍が住む場所だ。吉宗がそこに入れば、当然、家重が本丸に移ることになる。

次の将軍は家重だ。

広間は静まり返っていた。だがすぐに波のように蜩の鳴き声が戻ってきた。

「家重の将軍宣下は年内、十一月じゃ」

幕閣たちがどよめいた。それぞれの思惑が声ともならず、呻きのように予期せず漏れたようだった。

「九代は家重である。皆、異論はなかろうな」

吉宗が正面と幕閣たちのいる左手を、隈なく睨みつけた。

武元の前列に座していた乗邑が下段のほうへ身を乗り出した。

目敏く気づいた吉宗はゆっくりとそちらへうなずき、まずは家治をまっすぐに見た。

「母上がたは先に退出じゃ。そなたも行くか」

家治は微笑んで首を振る。女たちはあわてて立ち上がり、広間を出て行った。

なぜか武元は、そのとき乗邑が薄笑いを浮かべたような気がした。

「乗邑、なにごとか」

吉宗は威厳で黙らせようとしていた。

だが乗邑は表面、平然と吉宗を見返した。

「上様が大御所様となられます前にお伺い致しとう存じます。上様はもしや、このこのち側用人制を復されるおつもりでございますか」

「いいや。側用人など二度と置かせぬ。諸事、大権現様の思し召し通り」

「ならば我ら老中の前に座しておる、この者は何でございましょうか。まさに将軍との間に立ち塞がる側用人が、上様の御目には入りませぬか」

乗邑の鼻先に、家重の背後に控えている忠光の肩衣があった。

「すまなかった」

忠光が静かに家重の言葉を伝え、家重は座したまま後ろへ下がった。それにつれて忠光もさらに後ろへ動いた。

寸の間、乗邑の顔に侮蔑が浮かんだ。

乗邑は己に厳しく、中風の気で手足の震えと痛みがあるが他人には見せない。だから家重を見る目にも容赦がなく、家重の下への労りを諂《へつら》いと感じ、優しさが懦弱《だじゃく》に、辛抱強さが意固地に映った。

「得心がいったか、乗邑」

さすがに吉宗がむっとして尋ねた。

だが乗邑ははじめから腹を括っているらしかった。

「今、それがしに詫びたのは忠光でございましょうな」

吉宗は眉をしかめた。

「家重は余に詫びたのじゃ。余とそなたの間を塞いでおったゆえな」

武元は肩をすくめた。吉宗には家重を助けよと命じられたが、こんな知恵比べには手も足も出ない。

「早晩、老中どもは直に上様とお話しすることも叶わぬようになりましょう。九代将軍は宗武様となさるべきでございます」

「乗邑！」

吉宗が声を荒らげた。

外の蟬までいっせいに鳴き止んだ。だが武元は、ここまで言う乗邑の気骨にむしろ感動していた。

「上様が大御所様となられる今ならば、家重様は廃嫡にはあたりませぬ。どうか宗武様を九代となさってくださいませ。宗武様が今ここで、十代は家治様に直すと我ら老中に約してくだされば、諸事大権現様お定めの通りでございましょう」

宗武は平然と宙を眺めている。いきなりこれほどの話が始まって顔色一つ変えぬというのが、あらかじめ企んでいた証のようでもあった。

「家重の何が不足じゃ」

家重は身体がわななき、こめかみを玉の汗が滑り落ちている。

「あいだに忠光を挟むとなれば、家重様のお言葉かどうか分かりませぬ。それが不足にございます」

「そのほうも忠光のことは、よう知っておるであろう。忠光は勝手に言葉を作ったりはせぬ」

「それがしはこの者を信じておりませぬ。上様こそご存知あられぬ。此奴はたしかに他所からの賄は受けげず、誰からも指図はされぬのでございましょう。ですが己の考えは持っておりますぞ」

「何が言いたいのじゃ」

「大岡忠光は、自らの言いなりになる者を家重様の奥へ上げております」

乗邑は怯まずに吉宗を見つめていた。

武元はぼんやりと忠光に目をやった。

己の息のかかった者を大奥に送り込むなどという大がかりなことは、よほどの縁戚や金子がなければできぬのではないか。この世には桁違いの財を持つ者が大勢いるが、それらと結託して企みをするとなれば、武元のような奏者番ごときでは到底不可能だ。

だがしかし。忠光ならば直に家重に囁くことができるのだからして――

ふむ、と腕組みをしたとき、脇息を苛立たしげに叩く音が聞こえた。はっとしてそちらを向くと、吉宗が目を吊り上げて武元を睨んでいた。

武元は声こそ上げなかったが、ぎゃっと肩をすくめた。だがこのようなときに武元の出る幕はない。

「乗邑が勘繰っておるのは御内証のことであろう。ならばそのほうの思い違いじゃ。あの者は忠光とは何の関わりもない。むろん、忠光の妻ともじゃ。御内証がたとえどれほど栄耀栄華でも、忠光には損も得もない」

なるほど、奥というなら忠光の妻ということもあるのである。武元はいよいよ肩をすくめるしかない。

家重は困惑からか、さかんにまばたきをしている。

気の毒な主従だと武元は思った。家重は己の側室のことでまで忠光が足を掬われかねぬのに驚いたろうが、忠光にとってはきっと今に始まったことではない。

なおも乗邑は食い下がっていた。

「上様。それがし申しておるのは、お幸の方様の御事にございます」

「お幸じゃと」

家重と忠光が、弾かれたように頭を上げた。乗邑は目の端でそれを見ている。

「左様にございます。それがしはお幸の方様に伺いましてございます。忠光が仲立ちとなって家重様に御目をかけていただいた、しかし忠光の言うことを全く聞かぬゆえ、いつの間にやら家重様から遠ざけられたそうでございます。まこと、女子などを用いますとは」

乗邑は誰の顔も見ず、冷たく吐き捨てた。

「乗邑よ……」

吉宗はため息ともつかぬ、気の抜けたような呻きを上げる。

「上様に偽りなど申しましょうか。お幸の方様も忠光も、むろん法度に触れるわけではない。お幸の方様の御事は、この上もない吉と出た。ですが、これは小さなことでございますか」

通詞にすぎないはずの忠光が、家重の奥向きの差配をした。

「一度味をしめた軽輩者が、次はどんな大それたことを致すのか。老中首座としてそれがしがここで止めねば、後世誇りをお受けになるのは上様でございます」

さしもの吉宗が口を噤んでしまった。ここまでになれば、これはもう乗邑の命がけの諫言である。

だが、そうまでされる家重の心はどうなるのか。

忠光はただ震えている。この御側がこれほど顔色を変えるのを武元は見たことがない。

もう十分ではないか。どうなるかも分からぬ先のことを取り沙汰して、皆で家重を苦しめているだけではないか。側用人だのと尤もらしいことを言って、ただ家重と忠光を貶めているだけではないのか。

乗邑は上段ににじり寄った。

「家重様が将軍となられますならば、忠光は遠ざけてくださいませ。これは上様でなければお命じになることはできませぬ。大御所様となられますならば、その前に、今それだけはご決断くださいませ」

「それが、家重が将軍になる条件と申すか」

「いかにも左様にございます」

乗邑は言い切って頭を下げた。

広間では誰も、息をするのさえ憚られた。蟬の声などとうに耳には入らず、武元はむろん口を挟めない。幕閣の誰かが堪えきれずに細い咳をすると、立て続けにあちこちで皆が咽せた。

「誰か。何ぞ申すことはないのか」

吉宗は座を見回したが、口を開く者などない。

「家重。そのほう、何か申さぬか」

さすがに家重には怯んだ様子もなく、広間の隅にまで届く声で何かを言った。

足りぬのはただ、それがどうにも解せぬということだけだ。

びくん、と忠光が身を震わせた。

「忠光、なんと申しておる」

だが忠光は額を畳に擦りつけて口を開かない。

「――」

もう一度、家重がまた大声を張り上げた。

「伝えよ、忠光。余の命じゃ」

ついに忠光は顔を上げた。つねに家重の心まで伝えてくる忠光が、まるで気配の異なる声だった。

「忠光を遠ざける、くらいなら、私は将軍を……」

「忠光！　続きを申さぬか」

乗邑が身を乗り出して叫んだ。だが忠光は突っ伏したまま激しく頭を振っている。

もしもこの場で家重自らが将軍襲職を止めるなどと言い出せば、これはもう、そうなってしまう。

してやったりの顔をする宗武に、青ざめた吉宗、そして誰より忠義面をした乗邑。その中でただ家重だけが毅然としている。

「忠光が言わぬならば、私が言おう」

吉宗が驚いて首を伸ばした。乗邑も、当の家重も忠光も思わず振り向いていた。

家治が穏やかな笑みを湛え、口を開いた。

「御祖父様。私は子ゆえ、少しは父上の言葉が分かります。代わりに申しても宜しゅうございますか」

「そなた……」

吉宗は呆けたようにぽかんと見返している。

「忠光を遠ざけよう、権臣にするくらいなら。私は将軍ゆえ、と。御祖父様、父上はそう仰せになりました」

権臣にするくらいなら、将軍たる私は忠光を遠ざけよう――

「なんと、家治……」

「乗邑。忠光の言葉は疑っても、私の言葉は疑わぬだろう？」

家治は形の良い目を大きく見開いて、乗邑の顔を覗き込んだ。

乗邑が口を開かぬとみると、家治はその笑顔のまま吉宗のほうへ向き直った。

「これは、私が権臣などを作るかどうか見ておれ、と啖呵を切られたということでございますよね。だとすると忠光は、御祖父様にお伝えするにはあまりに不遜ゆえ申し上げなかった、ということでしょうか」

吉宗はぽっかりと口を開いた。

家治は人形のように整った顔をにっこりさせて、小首をかしげてみせた。

「私の役目は父上をお助けすることだと母上には言われてまいりました。ですが、どうもまだ老中たちの話は難しくてよく分かりませぬ」

皆が家治に見惚れていた。

　これで決まりだ。

「余は今日ほど嬉しいことはない」

　吉宗は立ち上がった。

「家重といい家治といい、大したものじゃ。余は、子にも孫にも恵まれた。これで安心して退隠できる」

　最後に吉宗は乗邑を見下ろした。

「そのほうが〝待った〟を入れたゆえ、まことの家重と家治を知ることができた。乗邑、礼を申すぞ」

　広間を出て行くとき、吉宗はそっと目尻を拭っていた。


　延享二年（一七四五）九月、吉宗は大御所となり、本丸を去って西之丸に移った。三十三歳で将軍に就いてから、およそ三十年の歳月が流れていた。

　その明くる月、乗邑は老中を罷免された。在任中に一万石の加増を得ていたが、これを削がれ、西之丸下の屋敷も没収された。

　そうしてついに家重は将軍を宣下した。元服から二十年、明ければ三十六歳になる十一月のことだった。

第六章　美濃

一

吉宗が将軍を退いて四年が経ち、江戸では町人も武士もそれぞれが、家重が将軍ということに何も思わなくなっていた。家重に拝謁する諸侯は驚いた顔もせず、白い眼を向ける者など一人もいない。一昨年の冬、御城の二之丸が炎上したときには城内に町火消が入って働くことを許されたので、新しい将軍はさばけた御方だと、むしろ家重の評判は上がっていた。

忠相は昨年から奏者番を兼ねることになったが、何より嬉しかったのは、ついに忠光の通詞ぶりを己の目で見られたことだった。思えばいつの間にか忠相も七十三になり、初めて忠光に会ってから二十五年の年月が流れていた。

連日、大広間で将軍拝謁が続くなか、忠相はつくづく忠光の横顔を眺めて、よくここまで務めおおせてきたと感心ばかりしていた。家重の威光を笠にという中傷は一つもなかったし、むしろ、あれほど清廉な者もおらぬと褒められるのをよく聞いた。忠相とは縁続きだと大概の者が知るせいもあるのだろうが、今では忠光のほうが忠相よりも名の通りが良かった。

大広間で笑みなど浮かべぬようにと頬を引き締めていると、忠光がちらりとこちらを窺って目を細めた。

忠光は先達て、三千石の加増を受けていた。家重の将軍襲職とともに小姓組番頭格とされたが、そのあと正式に御用取次に任じられた。家重が将軍になるまでは皆が忠光の私曲を案じていたが、そんなものは全て杞憂に終わった。忠光は昇進するにつれ、まさに稔る稲穂のごとくに頭を垂れ、誰にもけちのつけようがなかった。

真実、これほどの日が来ようとは――

忠光があまりに見事に、巧みに家重の口代わりを務めているので、忠相は油断をすると目が潤んできた。三月ともなると梅は終わっているが、どこからかその香が漂っている。そのせいで梅林を愛でた忠音の幻が浮かんだからかもしれなかった。

今ここに忠音がいれば、どんな顔をするだろう――

と、ついそんなことを考える。これこそが老いだと、忠相は改めて姿勢を正した。

参勤の帰国挨拶のため拝謁を願い出た、遠国の年若い藩主が座していた。その家老だろうか、背後に控えている四十半ばの侍が、顔といい年格好といい、痩せた忠音のようでよく似ていた。

「島津薩摩守宗信《むねのぶ》殿、家臣平田《ひらた》靫負正輔《ゆきえまさすけ》殿を伴い参勤帰国の儀、お赦しを願い出ておられます」

忠相が口上を述べると、主従はさらに頭を下げた。

「薩摩守。此度は早う発つではないか。薩摩で何ごとか出来《しゅったい》したか」

家重の言葉を、忠光が絶妙の間合いで伝えた。情け深い、友を労るような忠光の口ぶりは、家重の顔つきに現れている思いをそのまま声にしていた。

「御心遣い、まことに忝うございます。少々、膝が痛みますゆえ、暑うなる前に鹿児島へ着きたいと存じ、今年は一月早く出立することに致しました」

「――」

膝が、と忠光が口にした。そのとき家重は気遣わしげに宗信の膝に目をやっていた。

宗信は二十歳を過ぎたばかりで、前藩主である父もまだ健在だ。だが父が病がちだというので早くに藩主を譲られ、政略とは無縁で薩摩、大隅を継いでいた。そのせいかどことなく無垢で、上段を見上げているその顔は心から家重を敬っているように見えた。

宗信は自らの右膝のあたりをさすった。

「膝頭に水が溜まりますのか、曲げると痛みが走ります。鹿児島までは二月より以上かかりますゆえ、暑くなれば道中が厄介でございます」

すると家重は己の右足を叩いてみせ、宗信へ手を払うような仕草をした。

「――」

なぜか供の家老が大あわてでひれ伏した。そこへ忠光が口を開いた。

「ならば足を崩すがよい。気兼ねはいらぬ、私とて片足はいつも伸ばしている」

若い藩主は驚いて飛び退るように頭を下げた。その刹那、痛みに顔が引き攣れた。

「言わぬことではない」

忠光が伝えた。

「私は、病の辛さは余人よりは分かるつもりだ。二月も駕籠に乗らねばならぬとは、さぞ苦行であろう」

忠相はつくづく感じ入っていた。忠光が長い言葉を淀みなく伝えるのも見事だが、家重の慰《い》藉《しゃ》には真がこもっていた。

「鹿児島に戻れば皆がさぞ案じるだろう。そのかわり、この膝のおかげで、将軍の前で足を放り出して話してまいったと自慢するのはどうだ」

家重がふたたび手を払うようにした。あれは足を伸ばせという合図だったのだ。

家老の靭負は手のひらを両眼に当てて涙を隠していた。宗信は忙しなくまばたきをして涙を堪えていたが、靭負に支えられて足を伸ばした。すると痛みも和らいだのか、こめかみに浮き出ていた血の管が消えた。

この主従はこれまでも幾度か家重に拝謁していた。おおかたの諸侯は総登城の折か、参府や御暇の際に拝謁するのみだが、宗信はほかに家督相続の挨拶もあり、家重の将軍襲封を祝う琉球慶賀使の案内役を務めたこともあった。忠相が奏者番として同座したのはこれが初めてだったが、家重にとっても、ありきたりな常の拝謁とは違うものばかりだった。

宗信が思いきって足を伸ばしたせいか、大広間はいっきに打ち解けて和やかになった。忠相はつい、忠光が伝えるのを聞き漏らすことがあった。それほど話が弾んでいた。

家重が口を開くと、靫負はほとんど忠光の言葉も待たずにすぐ応えた。

「畏れながら、次の参府の折には、選りすぐりの種芋など、お持ちしとうございます」

「おお――」

「それは楽しみなことだ」

後を忠光が言い添えると、宗信と靫負は喜色満面でうなずき合った。

そのとき思いがけず忠相の名が呼ばれた。

「――」

「私の育てている甘藷は、もとは薩摩生まれだ。大御所様が浜御殿に試し植えなされたのは、竹姫《たけひめ》を通して島津が献上したというぞ」

竹姫とは数奇な経緯の末に島津家に嫁した五代綱吉の養女で、宗信にとっては嫡母にあたる。もともと甘藷のことは忠相も町の噂から知って、『蕃藷考《ばんしょこう》』を著した青木昆陽《あおきこんよう》を吉宗に推挙していた。だから甘藷については詳しいつもりでいたが、薩摩の筋からも吉宗が知っていたとは初耳だった。

「――」

家重が何ごとか宗信に話しかけると、すぐに靫負が応えた。

「では、こちらが大岡越前殿でございましたか」

宗信が靫負のほうへ耳を近づけた。

「殿、江戸市中から青木昆陽を見出した御奉行だと仰せでございます」

「おお、そうか」

宗信が親しげな笑みを浮かべて忠相にうなずいた。

「もしや上様は、それがしが会うてみたいと申しておりましたのを、憶えていてくださったのですか」

おそるおそる宗信が尋ねると、家重はうなずいて何か話した。

すると宗信はまた靫負のほうへ上半身を寄せた。

「町支配の鑑だと殿がお褒めになったことは、越前殿にとっても名誉ゆえ、じかに聞かせたかったとの仰せでございます」

「なんと勿体ない仰せ。忝う存じます」

宗信が深々と手をつく。

忠相一人が戸惑っていると、家重が笑って忠光に言った。

「忠相に、靫負は私の言葉が聞き取れるのだと教えてやれ」

忠光が淡々と告げて、忠相は仰天した。

つい靫負や家重を見比べたが、蚊帳の外は忠相だけで、皆が上機嫌だ。なかでも宗信はひときわ満足げに靫負を振り向いている。

「初めは私も驚いた。忠光が告げるとも知らずに、即と返事をよこしたのでな」

忠光が伝えると、靫負は誇らしそうに顔を上げた。

「私が良い気分でいるのが分かったか」

忠相は不躾にうなずき返した。

「島津と会うときばかりは私も用心せねばならぬ。つぶやいたつもりが筒抜けゆえな」

真っ先に靫負が笑い声を上げ、忠光の言葉を聞き終えて宗信も噴き出した。どちらの主従も見事に息が合っていた。

忠相も、吉宗と忠音を思い浮かべていた。吉宗は相変わらずの早耳で、もうこのことも知っているのだろうか。

それにしても、これで忠光が出鱈目を言っているのでないことは明らかだ。惜しいのはただ、外様の島津ではやはり用いる術がないということだろうか。

半刻の拝謁はすぐ終わってしまった。四人は刻が尽きるまで、時折大笑いをして話していた。


出羽庄内は陸奥の西隣である。陸奥国といえば伊達《だて》家、仙台六十二万石。加賀の前田《まえだ》、薩摩の島津に次ぐその禄高は実高百万石といわれ、幕府が最も警戒してきた外様大名だった。

そしてその仙台、ではなく庄内の藩主が、この九月から武元の相役となった新しい老中、酒井忠寄《ただより》だった。

歳の頃は四十半ばで、武元より九つも年嵩である。前職もなく、いわばかなりの遅咲きだが、庄内藩は伊達百万石を見張るという家康の遺命があるため幕閣には与ってこなかった。それが徐々に世も移り、忠寄の願い出が聞かれることになったのだった。

忠寄はどことなく貫禄が違い、玲瓏とした声を持っていた。武元とともに老中に任じられた本多正珍《ほんだまさよし》などは四十歳という頃合いで、もう四年も老中をしているが、あっという間にその風下に立つようになった。

乗邑に続いて松平能登守乗賢も病没したので、老中は総勢六人だった。

「とまあ、そのような次第で」

正珍が評定間で書付を広げ、武元たちを見回した。この月の用番老中は武元に正珍、忠寄の三人で、前の冬から頻発し始めた強訴について評定をしていた。

「大御所様の御改革の成果がぼつぼつ現れてまいった矢先、どうも悪い知らせばかりが出来しております」

ちらりと正珍は忠寄の顔色を窺った。腕を組み、眉をひそめているだけだが、なんとも聳え立つ山のような威圧感がある。

だがそれが武元たちにとっては心地好い。自然に温かみの伝わってくる家重と違って、吉宗のときのような気迫を感じさせるからだ。

しかもこのところ各地で、身分を弁えぬ百姓の強訴が相次いでいた。前の冬に姫路で起こった百姓の蜂起は年貢の減免を求めて辺り一帯に広がり、三月余りも止まなかった。

そこへまた、どうやら不作の気配の冬が来る。

「とにかく東北の物成が良うないらしゅうございますな。昨年の姫路の風聞はもはや日の本中の百姓が耳にしておりますし、またぞろ強訴などが出るのではございますまいか」

忠寄が軽くうなずいた。

「けだし百姓と申すは、辛抱が足りぬ。彼奴らは田を耕すのが御役ではないか。そもそも御役を果たせねば死なねばならぬという覚悟がない。それゆえ、御上へ訴え出ればなんとかなるなどという料簡を起こすのよ」

正珍は手元の書付に目を落とした。すでに会津藩で百姓の減免訴えがあり、藩主が早々と年貢を半免にしたと記されている。

「会津というのは、さすがに藩祖、保科正之《ほしなまさゆき》公の教えが染み渡っておるのですな。囲い米はむろん、働けぬ年寄りには米が配られると申すのですから」

大した考えもなしに口にした武元に、忠寄が冷ややかな一瞥をくれた。

「だがそれも、今年はできなかったのだろう」

「はあ。忠寄殿はまこと、お厳しい」

「上が甘やかすゆえ、すぐに泣き言を申すのじゃ」

正珍は黙って肩をすくめていた。

「だいたい上様が厳しゅう範を垂れなさらぬゆえ、このように次から次と一揆まがいが起こる」

「ですが百姓は大御所様の時分と変わらぬのでございますから、やはり時の巡り合わせでございましょう」

武元が言うと、忠寄はふんと息を吐いた。

「一度聞いてみたいと思うていた。武元殿は上様のあのお言葉、少しは分かるのかのう」

「いいや、それが全く。忠光は流暢に伝えてまいりますが、あれの一体どこが人の言葉じゃと思いますなあ」

正珍も木で鼻をくくるように応じた。

「いや、まことに。それがしも近頃ようやく、ああ、うん程度は聞き取れるようになりましたが、あとはさっぱりでございます」

幕閣では若年寄から老中に昇った西尾忠尚《にしおただなお》が今やいちばんの古株だが、やはり全く分からぬと首を振っていた。

「上様は若君様におわす間、ずっと廃嫡が取り沙汰されたのであろう。あの時分と今、そもそもの難点は取り除かれたわけではない」

そのとき武元はふと火が灯ったように、島津の話を思い出した。

「大御所様に伺いましたが、忠光のほかにも上様の言葉を解する者が現れたとか」

「ほう、それはまた」

「大御所様もたいそう喜んでおいででございました。上様御自ら、西之丸まで伝えに行かれたそうでございまして」

さすがに忠寄も少しばかり顔を突き出した。

「島津の一件を、でござろうか」

「左様です。家治様もおいででございましたが、あの御方はまこと、ご聡明であらせられますなあ。真っ先に忠光にお声をかけられまして」

——忠光、良かったなあ。これで忠光が嘘などついておらぬと証しが立ったではないか。

「あの御方は、物ごとの要というのが分かっておられまするなあ」

言いながら武元は、そうだそれが忠光の唯一の不足なのだと一人で得心していた。

「武元殿は、すぐそう熱うなられるがの」

忠寄が苦笑を浮かべる。

「どうも島津というのが曲者でござるな。もともと薩摩訛りは、我らには殆ど同じ言葉とも思われぬ。そのような西国育ちが、よりにもよって上様のあのお言葉を聞き取るとは」

「しかし訛りのゆえに却って、ということはございませぬか」

「何にせよ、外様の家臣というのでは御城で用いる道もない。どのみち今、島津は大ごとであろう」

武元も正珍も押し黙った。先ごろ拝謁に来たばかりだった島津宗信が、この七月に故郷の鹿児島でみまかっていた。

薩摩では大あわてで宗信の弟を跡目に立て、今、当の島津久門《ひさかど》が江戸へ向かっている。襲封願いはまず聞き届けられるだろうが、度重なる参府で薩摩の借財はいよいよ嵩んだに違いない。このところ西国は飢饉もなかったが、江戸藩邸と参勤の費えに、薩摩は他のどこより苦しんでいる。

「西国など、どうでもよい。それより家治様は御年十三におわす。いっそ、早う十代様にお成りいただいてはどうか」

正珍が驚いたあまり、がくんと身体を揺らした。だが武元はぼんやりと忠寄を見返していた。

「どうなされた」

「いや、そのようなことを仰せになるのは、上様にご無礼には当たらぬかと存じまして。いやいや、これは申すまでもなかった。それがしはどうも、深読みが過ぎる質でござって」

正珍が激しく目をしばたたいている。

武元はぽかりと己の頭を拳で打った。いい加減、この考え深さは止めねばならぬ。過ぎたるは及ばざるがごとしだ。

「いや、お許しを。左様でございますなあ、家治様の利発さというは、それがしなど、思わず頭を撫でとうなって困るときがござる。あの御方が将軍とおなりあそばせば、さぞやでございましょうなあ」

「まことに、まことに。武元殿の仰せの通りでござる」

正珍がいやに急いで相槌を打ってくる。

忠寄はじっと武元の目の奥を探るような顔をしていた。

「武元殿という御方は、無邪気を装って際どい話をなさるわけでもない。いや、お見逸れいたした」

「は、それがしが無邪気とは」

「これはまた、ご無礼を申し上げた。ついそれがしも毒気を抜かれましてな」

そう言って忠寄は自らの兄の話を始めた。

忠寄は庄内藩の支藩の、しかも二男の生まれだ。それが運強く、本家の養子に迎えられて今日があった。

だが兄が残った生家のほうでは、今、烈しい家督争いが起こっている。

「弟の儂から見ても、藩主など務まろうかという気の弱い兄でござっての。生まれついての蒲柳の質ゆえ、そうもなったのかもしれぬが」

家重を傍から眺めていると、ついその兄を思い出すという。

「儂ならば、我が父とはいえ、引導を渡しておったがの。今の儂からすれば支藩のことゆえ、よほど嘴を挟んでやろうかと考えておった矢先」

とつぜん兄が廃嫡された。三十を過ぎて、にわかに盲目になったのだ。

そのときまた、正珍がぴくりと身体を震わせた。忠寄がうなずき、武元だけがきょとんとしていた。

「毒を盛られたと噂が立ちましてな。当家には数代前に臣下に下った血筋の者もおるゆえ」

武元もようやく話が見えた。ついまたぽかりと、己の頭を拳で打った。

「武元殿はまことに裏表がない。そのような者には誰も毒など盛りませぬなあ」

ところが件の支藩では、ほんの十日ばかり前に、今度は盲目の兄の嫡男がみまかった。本家の藩主が老中ともなれば、そうそう国許にかかずらってもおられない。そうと踏んで事に及んだのかもしれない。

「ふうむ。ただの偶然には違いなかろうが、なんとも絶妙な事でございましたなあ」

武元が嘆息すると、忠寄も微笑んだ。

「いやはや、左様じゃの。ともかくも儂は、好きにさせておきますがの。たかが二万石、いざとなれば本家に組み入れるまで」

忠寄にしてみれば、そのうち幕府には知られることだ。むしろ忠寄が江戸にいることで、本家には疵がつかない。

「忠寄殿は、もしやそれが煩わしゅうて幕閣を願い出られましたか」

「まこと、武元殿には敵いませぬな」

「はて、どこからこのような話になったものやら」

武元は忠寄に語らせた己が申し訳なかった。

「なに、不随の者は廃嫡もやむなしということでござる。兄は不憫だが、目が見えぬではいくさ場には立てぬ」

「いやしかし、今は戦国ではございませぬぞ」

どこか家重と重なるようで、武元は勢い込んだ。

「盲目も四肢の不如意も、周りの補佐でどうとでもなる好例にござる」

だが忠寄は首を振った。

「なにかと下の者に示しがつかぬ。侮りを受ける因ともなるゆえに」

「忠寄殿」

正珍が間に入り、書付をふたたび広げ直した。

「強訴が続いておるという一件でござる。我ら月番のうちに少しは進めておかねば、堀田《ほった》殿に……」

「ああ、そうでござった。また厭味の一つも言われましょうな」

忠寄がちくりと刺したので、武元は大きく笑った。一つ年嵩の堀田正亮《まさすけ》は四角四面の堅物で、常に皆の半歩前を歩いているような手本の老中である。

「まこと、大御所様は老中に気立ての良い面々を選んでくだされた。我らは働きやすうございますなあ」

武元は強訴のこともつい忘れる。

「左様にござる。側用人などが老中を遠ざけた世が、わずか三十年前といいますからな」

忠寄が応じると、正珍もしみじみうなずいた。吉宗が立てた御用取次は老中支配なので幕閣と将軍を遮断することはできず、武元たちはその点では安心して評定を続けていられた。

「上様も家士を見抜く目は秀でておられまするな。忠光は今さら申すまでもないが、小姓組番頭を務めておる……」

「田沼意次か」

即座に忠寄が名を挙げた。

「ああ、その者でござる。あの大勢の小姓の中から、上様が見出されたのですからなあ」

たしか意次は乗邑に目をかけられていたのだが、家重は意次を連座させず、むしろいよいよ取り立てた。それだけでもやはり家重は度量が大きいという気がする。

武元は吉宗から家重を頼むと言われたことを思い浮かべていた。

こほん、と正珍が小さく咳払いをした。

武元はあわてて目を開いた。

二

「忠相か」

中からくぐもった声があり、御側が障子を開いた。吉宗は胡座を組んで、厚い褞袍《どてら》の下から手招きをしていた。

寛延四年（一七五一）の新年総登城から半月が過ぎていた。ここ十日ほどの江戸は寒さも底だが、ちらほらと梅の蕾がほころび始めていた。

「お風邪でも召されましたか」

「いや。だが寒さがこたえるようになった。この時節に鷹狩りをしておったとは、儂も酔狂であったの」

「皆が辟易しておりましたのが、ようやくお分かりいただけましたか」

忠相は微笑んで傍らへ寄った。

吉宗は六十八に、忠相は七十五になった。かつて人一倍壮健だった分、吉宗は老いを感じさせるようになった。家重が大過なく将軍を務めているので、安堵のせいもあるのかもしれない。十五になった家治も、吉宗が自ら教え育ててきただけに抽んでて英邁だった。もうあまり案じることもない、しかし案じ出せばきりがない一年になりそうだった。

「不便なものでございますな。大御所様というのは退隠なさる道はございませぬか」

もう全てを家重に委ねるべきだと忠相は思っていた。

「御在位も五年でございます。さすがにもはや上様の廃立を申す者もおりますまい」

「そうでもあるまい。まあどのみち、近々何もしてやれぬようになる」

忠相の厭な予感は、当の吉宗はなおさら感じているのだろう。

「結局、儂が長々と迷うたゆえ、あの兄弟は仲違いしたままでな」

「大御所様のせいではございませぬ。それがしはよく存じませぬが、幼い時分から特段、仲は良うなかったと伺っておりますが」

家重が将軍に就いたとき、吉宗は宗武と宗尹に三年の登城停止を命じた。その年限は過ぎたが、家重がさらに三年を命じた。

宗武が己こそ将軍に相応しいと、いっとき吉宗に直談判したと噂が流れたが、さすがに忠相は信じていなかった。むしろその噂に蓋をするために、三年また三年と、本丸から遠ざけたのではないだろうか。

「まさか儂が死んだ後で、宗武に切腹を命じたりせぬであろうな」

忠相はくすりと笑った。

「お優しすぎると貶《けな》しておいでの上様が、よりにもよって」

「ああ、そうであったのう」

吉宗も肩を揺すって笑い出した。いつの間にかその背はずいぶん丸くなっていた。

「それがしなど、まだ奉行をしておるのでございますぞ。大御所様は七つもお若うございましょう」

「今、大御所をやめろと申したのは忠相ではないか」

乾いた笑い声を上げた拍子に、小さな咳が一つ出た。

「なぜもっと早う、忠光を信じてやらなかったのか。あそこまで清廉でおると分かっておったならば、宗武にはどんな野心も持たせなかった」

「悔いてばかりおられると、老けますぞ」

そう言って忠相は吉宗の丸い背をさすった。褞袍が実は薄くなった背を隠していた。

「のう、忠相。儂もそろそろ手放しで、あの二人なら何なりと乗り越えると信じて構わんかな」

「大御所様……」

「儂は幕府を立て直しきれんかったろう。あと十年、欲しかったのう。それがあれば、家重にももう少し楽をさせてやれたのだ」

ここ数年、各地で一揆に近い騒動が起こるようになっていた。不作になれば飢え、豊作になればなったで米の値が下がる。忠相も懸命に吉宗の改革を手伝ったが、いくさのない世に武士を食わせるのは難しい。

「次の世のことは次の者が考えましょう。大御所様はつけを残されたわけではございませぬ」

吉宗の嫡男に生まれたからには、家重は将軍になる運命を背負うのだ。余人には無用の苦しみがあるのは仕方のないことだ。

「儂はな、家重があまりに孤独だろうと思うたのだ。あれは、友を作れぬであろう」

家重は口をきくことができないのだ。筆談すらできずに、人と思いを通じられるはずがない。

「それゆえ将軍に据えるのは不憫でならなかった。将軍職は、友がおらねば務まらぬ」

忠相と吉宗は長い年月のあいだに、同じとき同じことを考えられる間柄になった。忠相は今つくづくそれを実感している。

「だが家重は、友を得た。儂にとっての忠相のような相手をな」

「いえ……」

忠相ごときに、吉宗の友が務まったはずはない。

「もっと早く、儂が二人の心根を信じてやればよかった」

「大御所様は、父親としても、よくおやりになられたと存じます。上様に見事、将軍職をお引き継ぎあそばしたではございませぬか」

「忠光のおかげじゃ。忠光がおってくれたゆえじゃ」

思わず忠相が微笑むと、吉宗もにやりとした。

「忠相の考えなど見通しておるわ。じかに忠光に言うてやれというのだろう。もうじきここへ参るわ。家重ともども呼んでおる」

「さすがは大御所様にございます」

これこそ忠相が口にする最大の賛辞だ。まさに吉宗とは心が通じている。

「これから、どのような世になるであろうな」

吉宗はぽつりと言って、褞袍を被り直した。火鉢で十分に温もった座敷だが、吉宗はどうしても寒そうだ。

「御案じなさいますな。大御所様は神君家康公のお働きをなさいました。ならば上様も、秀忠様のごとき将軍におなりあそばしましょう」

秀忠には幕府を開くことはできなくても、秀忠がいなければ幕府はここまでにはならなかった。家康が幕府という大風呂敷を広げたとすれば、その四隅をしっかりと結わえていったのは秀忠だ。

「お須磨であったかの。あれの母が申しておった」

まだ紀州藩主だった時分の吉宗の側室だ。難産の末に家重を産み、家重が三つのときに亡くなっている。

「長福丸は自ら道を拓くことはできずとも、儂の引いた道を歩いて行くことはできる、とな」

家重には正室の比宮も、家治を産んだお幸の方も、今は亡い。万次郎の母であるお千瀬の方は健在だが、忠光が画策したと疑いを持たれたときから、家重は全く足を向けていない。

「もう放っておいて良いであろうな。忠光ならば心配はいらぬ。なにせ忠相が、死なば諸共とまで申したのじゃ」

「それがしなど、忠光が御城へ上がるための露払いを務めたようなものでございます。肝心要はそれがしではなく……」

「ならば儂も、家重の露払いか」

「親とはそのようなものかもしれませぬぞ」

吉宗は親としても将軍としても、これ以上はないという舞台を家重に整えてやった。

そしてもう、幕引きが近い。

そのとき外から足音が聞こえてきた。

「大御所様。上様のおいででございます」

小姓が告げて、家重が忠光を連れて現れた。

家重は迷わず吉宗の下座に着き、忠光は障子をぴたりと背にして控えた。

吉宗と家重は互いにうなずき合って挨拶は交わさなかった。右足を投げ出して座るのももう見馴れた姿である。

「忠光、今日はそなたも呼んだのだ。もっと前へ、忠相のそばまで来い」

家重が真っ先に笑みを浮かべて忠光を振り向いた。

忠光は深々と頭を下げて、忠相のそばに座り直した。

「そなたは上様に仕えて幾年になる」

「はい。二十七年でございます」

「よくやってくれた。そなたにはどれほど礼を申しても足りぬ」

吉宗は大きく手のひらを振って忠光を押しとどめた。飛び退って手をつこうとしたからだ。

「全く、忠光は褒めることもできぬのう。ならば聞くがよい、そなたを褒めておるのではない。そなたのその性根を作ってくだされた父と母を褒めておる。父母への言葉と思うて聞くがよい」

忠光の目から涙が吹きこぼれた。

「はるか昔……、上様を汚いまいまいつぶろじゃと申しおった者がいたな」

吉宗が静かに尋ねたが、忠光はうつむいたままだった。

わずかに驚いた顔をした家重に、吉宗が言った。

「そなたがまだ幼い時分のことじゃ。今になって聞いたところで、そなたの不面目には変わりがない。だがそなたの悲しみを思うて己の胸一つにしまい込んだ、忠光のような友を得たことを幸いとせよ。これは儂の遺言の一つじゃ」

ぱっと家重が顔を上げた。すると吉宗は皮肉をこめて笑いかけた。

「一つじゃと申したであろう。案ずるな、この先まだまだ遺言は申す」

家重は笑って忠光と顔を見合わせた。

「彼奴も罷免のうえ屋敷まで返上させられたゆえ、改易とまではなるまいと見切ったのであろうな。最後に儂に白状して行きおった」

「では……」

ついに忠相もその名が分かった。

忠光がまだ小姓だった頃からの幕閣で、罷免され屋敷を没収されたとなれば乗邑しかいない。

「上様も、忠光の心遣いこそが尊いと分かるであろうな」

家重がうなずく。もう家重も、親に守られるばかりの歳ではない。

「忠光。これからはそなたを上様から遠ざける者もおるまい。それゆえ誰の前でも憚らず、友として上様をお支えせよ」

口だけでなく、家重の目と耳にもなるのだ。将軍が見ることのできぬもの、聞くことのできぬものを近臣として伝える。

「そうは申しても忠光には、なかなかできぬであろう。それゆえな、儂は代わりに目と耳を遣していく」

家重が首をかしげた。

「乗邑の一件、儂は先から知っておった」

忠相は目を見開いた。忠光も家重も同様だった。

「忠光に二度目に同じように申しおったとき、ようやく聞きつけたそうじゃ」

吉宗が忠光に笑いかけた。

家重は顔を上げて何かを言った。

「御庭番、でございますか」

忠光がすかさず伝えた。その呼称に忠相は仰天した。

「まことにございますか、大御所様。まことと、そのような者がおったのでございますか」

忠相は弁えもせずに勢い込んだ。

城の外に、あるいは外様の遠国に将軍が隠密を放っているという風聞は聞いたことがある。だがこの江戸で、しかも城内にいるとは考えたこともなかった。

「忠相だけがあわてておるとは、見ものじゃの」

吉宗は目尻を下げて、家重の顔を覗き込んだ。

「不憫だが、そなたには隠密は使えぬな」

口がきけぬとは、そういうことだ。

「そなたには隠密を育てることもできぬ。それゆえ、儂の育てたその者を置いていく」

万里という名で、つねは番侍として江戸城に出仕しているという。

「儂よりは若いがのう、いつまで身体が保つかは分からぬ。だが万里の申すことは、よろず信じてかまわぬ」

家重がうなずいて後、短く尋ねた。

「その者は今も、この話を聞いておりますか」

「さすがは家重。よう分かったの」

吉宗が頼もしげに微笑み、またしても忠相だけが仰け反った。

「そ、それは真でございますか。いったいどこで」

あわてて襖から天井、掛け軸の後ろまで目で探ったが、どこにも気配はない。

吉宗が大笑いした。

「つくづく儂は、周りに恵まれたの。今この場におる者は、誰一人欠けてもならぬ。儂の最も大切な者たちだ」

吉宗と家重が、微笑んで忠相と忠光を眺めていた。もう一人の欠けてはならぬ者も、この声の聞こえるどこかにいるはずだった。


寛延四年（一七五一）六月、吉宗が六十八でみまかった。家重に将軍を譲ってから五年半が過ぎ、その死とともに新しい世が始まった。宝暦というその世は、吉宗が享保の改革に突き進んだのと同じ四十代を、家重が迎える世である。

忠相もまた、そののちわずか半年で、後を追うように旅立った。前月まで寺社奉行を務め、高潔な人柄そのものの涼やかな面差しは、亡くなるその日まで全く翳っていなかった。

その年の暮れ、家重と忠光は遅くまで将棋を指していた。かといって盤を睨むわけでもなく、二人はぽつりぽつりと言葉を交わしていた。

万里には今もまだ家重の言葉は一つとして聞き取ることができない。わずか八畳ほどの座敷には忠光の言葉と、火鉢の炭の燃え尽きる音だけが時折聞こえていた。

「もちろん覚えております。大御所様は折り目正しゅう、家重様のことはずっと上様と呼んでおられましたゆえ」

はて何のことだろうと万里は思った。ときに家重の言葉は、音としてさえも聞こえなかった。

「大御所様のあのような満足げな御顔は拝したことがございませんでした」

「――――」

「さすがは家重、と」

ふいに嗚咽が漏れた。家重だった。

「最後に上様の御名を呼ばれましたのは、これ以上はないお褒めの言葉として仰せのときでございました。あのお言葉は、大御所様が聞くに相応しい者だけを選んで仰せくださいました」

忠光の声も湿っていた。

家重が四十一、忠光が四十三の年の瀬だった。二人の駒はいつまでも進まなかった。

三

「先の月番では島津のみに、と一決したのだが」

勝手掛老中の堀田正亮が一同を見回した。評定間に集まっているのは今月の月番老中を務める忠寄に正珍、家重に伝えるための忠光と、先に御用取次に任じられた意次という顔ぶれだった。むろん武元もこちらの月番ゆえ加わっているが、事情がよく分からぬので黙っていることにした。

尾張藩の西隣、濃尾平野に木曽三川と呼ばれる三筋の暴れ川がある。海に向かって百を超す川が走る水郷地帯で、この三十年、ほぼ毎年氾濫を繰り返している。その治水を、次は天下普請として薩摩藩に請け負わせようというのである。

流域は美濃郡代が支配する天領のほか、幕府の交代寄合、尾張の支藩といった幕府と関わりの深い土地ばかりである。その下で百姓たちはまるで川の只中のような薄い地面を高い石垣でくるみ、細々と稲を育てて暮らしている。

「百姓どもは堅固な堤を欲しがっておるが、どうにも小藩の力ではあの地の川は組み伏せられぬ。川上から海まで守るとなれば、石も積みも同じでゆかねば、堤などすぐ破れるのは道理であろう。となれば一家でさせるしかないが」

城普請、町普請ならば大名家を幾十と並べて早さや美しさを競わせるのもいいが、川普請では競わせるのはかえって危ない。

「今年もまた、目も当てられぬほどの水害だったと申しますゆえな。とりあえず破れた堤を直し、川の底浚えあたりまでは別家に請け負わせる手もございましょうが、御役を分けるとなれば、互いに責任逃れを致しましょう」

正珍が口を開いたが、どうやら少しその土地を知るらしく、言うことは理に適っていた。

木曽三川の川普請は、以前は岩代国二本松藩が請け負っていた。二本松藩は関ヶ原で西軍に属したから、幕府の疑いを晴らすのに懸命で、次々と御手伝普請を希《こいねが》ってきたのである。

だが禄高が十万石にすぎないせいもあり、さすがにそろそろ限界だった。幕府としても二本松藩にはもはや遺恨もなく、いくさ備えができぬまで痛めつける必要もなくなった。

となれば、次にそれをさせなければならない先はどこか。

「十万石では手に余る普請じゃ。費えは数十万両となろうが、十万両ばかりと言うてやるか」

前月、正亮たちが評定の下敷きにしたのは、数代前の美濃郡代が幕府に出した覚書だった。当の郡代はもうみまかっているし、あの辺りの川筋は毎年のように向きを変え、絵図面も定かなものはない。だがあの場所から百姓たちが逃げ出せば、幕府は年貢米ばかりでなく尾張藩の西隣の地面まで失ってしまう。

「ならば毛利三十万石では難しゅうございましょうな」

忠寄が言ったが、誰の頭にも関ヶ原がある。西軍だった者のうち、上から順に富んだ先を浮かべていって、はやばやと見つかるのは薩摩、大隅、日向を治める島津七十七万石である。

「薩摩は琉球も掌中にし、交易でかなり潤っておると申しますぞ」

忠寄が正珍に目をやると、正珍はすかさずうなずいた。

「なにも加賀や仙台に厄介を持ち込むこともございますまい。まずは薩摩にやらせるのがここは道理でございましょう」

「左様じゃの」

正亮がうなずき、武元もそれが理屈だとは思った。

「しかし薩摩藩のみに、しかもあのような西国の果てから美濃とは憐れな気も致します。前藩主、島津宗信公は上様ともお親しゅうございましたし」

「確かに、すぐ近くに前田家があるにはあるが」

正珍がちらりと正亮や忠寄を窺いつつ言った。

「ああ、そういえば」

武元はふいに思い出して、軽く己の膝を打った。

「正珍殿は郡上藩と縁戚でございましたかの。加賀が御手伝普請を請け負うとなれば、狭間に立つ郡上藩は商いが万般さかんになりましょう。となれば加賀が請け負うほうが宜しゅうございますか」

「め、滅相もございませぬ。武元殿、どうかそのようなことは」

正珍は大あわてで顔の前で手のひらを振った。まっさきに忠寄が苦笑し、正亮もつられて笑い出した。

「まったく武元殿は、さすが大御所様が人柄を愛でられただけのことはある。正珍殿、これはとんだ身贔屓を疑われますぞ。もはや加賀とは申せませぬな」

「いやはや、畏れ入りましてございます。ではそれがしは、薩摩ということで」

正珍が片手を挙げてみせた。そもそも加賀は大藩とはいえ歴とした東軍で、幕府には恨みの筋などもない。

忠寄も薩摩を推した。

「薩摩には重年《しげとし》公が襲封なされたときの恩もあろう。上様はすんなりお許しの上、重の字まで賜った」

宗信の後を継いだ、弟の新藩主である。

「左様でござるなあ。しかし島津も苦難続きでございますな。重年公は兄君に輪をかけて蒲柳の質とか。彼の地は参勤もいちいち大ごとにござれば」

武元は腕組みをして考え込んだ。さすがに薩摩から美濃では、遠すぎるのではないか。

「武元殿。よもや貴公まで薩摩芋につられるわけではございますまいな」

「芋？」

頓狂な声になったので皆が笑った。

「これはそれがしも軽口が過ぎた。なに、上様が薩摩の携えてまいった種芋を喜んで御庭にのさばらせておられるゆえ、どことのう歯痒いのでござる」

ああ、と武元も破顔した。家重は未だに暇を見つけては甘藷を作っている。薩摩の種芋は質が良く、藩では他国への持ち出しを厳しく禁じているほどだという。

「そもそも上様の御手伝普請をさせていただくとは、この上もない誉れではないか。島津が苦難続きなどとは料簡違いじゃ」

最後に正亮が仕切って、武元は肩をすくめた。


家重が評定に加わったのはその翌日のことだった。座敷には忠寄たち月番老中のほかに、通詞として忠光が座っていた。

「此度、美濃国の川普請、忝くも薩摩藩に申し付けることに定まりましてございます」

「ああ」

家重は軽くうなずくと語気を強め、忠光がすぐ伝えた。

「その件じゃ。忠光は昨日そなたらが何を話したか、いっさい余に伝えぬのでな。美濃の普請を薩摩に振るなど、そのほうらは正気か」

武元はその剣幕に思わず肩をすくめたが、忠寄はびくともせずに頭を上げていた。

「評定が一決したと申すならば、余はもとよりとやかくは申さぬ。だがどのような経緯か、忠光が話さぬとなれば、余には何も分からぬであろう」

「上様のお怒りは忠光が話さなかったことでございますか。それとも、御手伝普請の先が薩摩と決したことでございましょうか」

忠寄は落ち着き払ってそう言うと、膝先に丸めていた絵図面を広げた。

濃尾平野を無数の川が大地を割って流れていた。手前が海、右手が尾張の領国で、その縁をなぞるように木曽川が走っている。その左手に長良川、さらにもう一筋、揖斐川と記されているが、その辺りは陸よりも川のほうが広い。

「この三川は木曽の山中に端を発し、数えきれぬほどの支流を抱き込んで海へ注いでおります。のたうつ蛇にも似て、急所を押さえねば、逆に牙を剝いてまいるのでございます。よほど力のある藩でなければ、この地の川ばかりは大人しゅうさせることができませぬ」

忠寄は絵図の各所を指し示しながら、いかに難普請であるかを説いた。

「どこが普請をいたそうと、十万両からの金子がかかるのはやむを得ませぬ。そして同じ金子をかけても、竣工しおおせるのは島津だけでございます。あるいは加賀ならばと存じますが、前田家にとっては、参勤で通りもせぬ地にございます」

関ヶ原で同じ西軍についた、二本松藩の健気さを見よ——

「上様は、とやかくは申さぬと仰せになりました。我ら老中、昨日、一決いたしましてございます」

月番の老中たちは揃って手をついた。

将軍には評定を覆すことができる。だが覆すのは将軍がしてよいことではない。

家重もやがて、承知したとうなずいた。

「忝うございます。しばし忠光に話がございます。宜しゅうございますか」

忠寄が顔を上げると、家重がうなずいた。

「おう、丁度よい。そのほうから忠光を叱っておけ。何のために評定に加わっておる、その場の話をすべて伝えねば意味がないとな」

忠光が表情もなく口にした。

家重が御座之間を出て行くと、忠光はすぐ障子のそばへ座り直した。

「よい心がけじゃの」

武元は頭に上ったことがあっさりと口に出る癖があった。評定間での話をすべて家重に伝えなかったのも、なかなかできぬ心配りだと思った。

「なに、この世で上様を腐すといえば我らのみ。それを賢しらに告げ口などされては、我らとて、そのほうに意を留めねばならぬ」

あれがまずい、これは短気におわすと好き放題に言うことができてこその老中職だ。吉宗がみまかった年、忠光はさらに加増を受けて大名となっていた。ならばこの先、京や大坂へ出て、いつか若年寄という道もなくはない。

「しかし忠光にかぎっては上様のおそばを離れるわけにはまいらぬなあ。おお、一足飛びに幕閣か」

ぽろりと口にしてしまった武元だが、誰もうなずきもしなかった。忠光を顧みたが、これも他人事のような顔をしている。

「そのぐらいになされ、武元殿。さすがに忠光が困っておりますぞ」

正珍がにこりと笑いかけてきた。

忠寄が障子の忠光のほうへ向き直った。

「家治様も来年は御年十八。将軍職をお継ぎあそばすに何の不足もない。その折は忠光も御用取次は御役御免となるであろうが」

将軍が替われば、忠光はただの家重の言葉を伝える通詞に戻る。御用取次というのは将軍と老中の間を繋ぐ伝令である。

「たとえ上様が退隠なされてもこの場に残りたいならば、そなた自身が幕閣になることじゃ。御用取次としては用無しになろうと、ここまで昇ってきたのじゃ、あと一歩、若年寄にでも就けば、そなたは堂々、幕府の政にも関わることができる」

武元は誰より大きくうなずいた。

「そのほうの働きぶりは我らも殊勝に思うている」

「いや、まことじゃぞ」

ついまた武元は合いの手を入れてしまい、あわてて誰とも目が合わぬようにうつむいた。

「そなたを若年寄に推すに、異議を唱える者もおるまい。だがそれには、この後も我らの話を何から何まで上様に伝えるようでは困る」

「はい」

珍しく忠光は素直にうなずいた。

わずかに背を伸ばし、忠寄は思い切ったことを言った。

「家治様の御世を思えば、上様には早う将軍職をお譲りいただいたほうがよい」

「家治様の御世を、とは」

武元が尋ねた。

「なに。一刻も早う、大御所様のような御改革を始めていただかねばならぬ」

「大御所様の御改革……」

「となれば忠光も、己の智恵を用いる新たな道を探ることじゃ」

忠光は真剣な面持ちでうなずいている。

「忠光ももはや重々承知であろうが、政は親しい者を切り捨てられてこそ、正しい道を進む。上様がそれをお出来にならぬのは大きな疵じゃ。ならばそれを補うのが御側の務め」

「はい」

「忘れるな。御用取次は老中支配。本来、上様は指図なさらぬお立場じゃ。そなたが老中に従わぬようでは、幕府の諸政は成り立たぬ」

忠光はじっと忠寄の言葉に耳を傾けている。

その老中を支配するのは将軍だが、たしかに忠寄の言う通りだった。幕府とはそれぞれの武士が直上の命じるままに動く、軍勢そのものの呼び名だ。

「忠光ならば、見事に務まりましょうなあ」

武元が嬉しくなって洩らすと、忠寄も正珍も黙ってうなずいた。よほどのことがなければ、忠光はこのまま幕閣入りだと武元は思った。

そうして明くる年の春に、忠光はさらに五千石の加増を受けて若年寄の一人に加えられた。家重の小姓となって三十年が過ぎ、歳は四十六になっていた。


宝暦四年（一七五四）、薩摩藩主、島津重年が参勤で江戸へ来た。出府はこれが二度目だったが、前に藩主の供をした平田靱負は木曽三川の普請で美濃におり、別の家老が付き従っていた。

重年は二十六歳で、兄宗信に似て色白の細身で、物憂げな顔をしていた。江戸へ向かう途中、美濃の普請場を訪れたそうで、家臣たちの苦労を目の当たりにしたせいかもしれなかった。

御座之間へは拝謁の四半刻ばかり前に忠光がやって来て、重年の傍らに座ってぽつりぽつりと話をしていた。万里は大広間まで重年の案内をしてきたのでそのまま外廊下の端に座っていたが、生来耳が良いので、二人の小声もどうにか聞き取ることができた。

以前の拝謁は重年の急な跡目相続のときで、家重も心底、宗信の死を悼んでいた。靫負がさまざまに宗信の思い出を語ったこともあり、重年は自身の兄をいっそう敬うようになって帰って行った。

靫負も自ら将軍の言葉が聞き取れることは黙っていたとみえ、重年はしばらく事情が飲み込めないでいた。だが最後は家重にも打ち解けて、帰りがけの廊下で、今から次の拝謁が楽しみだと靫負に囁いていたものだ。

「当家の平田靫負を覚えておるだろうか。靫負は上様のお言葉を聞き取ることができたと、それがしは思うておるが」

「いかにも、左様にございました」

「今、靫負は美濃で御普請総奉行を務めておる。どうか上様に、お言葉を賜りたい」

「お言葉、とは」

「彼の地は尾州公と上様の寄合衆とが張り合い、我ら薩摩は百姓にまで侮りを受けている。どうか御普請は薩摩の仕切りで通すと、触をいただけぬものか」

万里も美濃にいる配下から多少のことは聞いている。尾張は石や材木を運ぶのにも薩摩藩士には領国を通らせず、美濃郡代は日雇取の日銭さえ薩摩からは倍を要求していた。土地の百姓たちは尾張と寄合衆と美濃郡代と、そのときどきに手を結ぶ先を変え、そのどれもが薩摩をないがしろにしていた。

「わが薩摩は上様の名代として普請に携わっておると、改めて高札でも立てていただければ、ともかくは寄合衆と郡代からの侮りはなくなるであろう。となれば靫負の苦労もいくらかは減る」

「靫負殿はそれほどご苦労をなさっておいでですか」

「事故や病ばかりではなく、もう幾人もが命を落としている」

それがどんな死か、忠光に察することができぬはずはない。

「どうか上様にお伝えを。これ以上切腹が出れば、最後には靫負が責めを負うて死なねばならぬ。どうか靫負を救うてくだされ」

「上様は舌が動かれぬだけで、誰の言葉もしかとお聞きになられます。申し上げたいことは薩摩守様がじかに仰せくださいませ」

「藩主が上様の御手伝に苦言を呈したとなれば、薩摩は無疵では済まぬ」

「…………」

「忠光殿」

「靫負殿もそれがしも、元来、格別の立場ではございませぬ。御役に従うのみにて、御役から逸れたことはできませせぬ」

取り付く島もない冷ややかな声が、万里にもはっきりと聞こえた。

五年前のあのときを、重年はもう幻とでも思っているだろうか。忠光はあれから若年寄になり、表の顔はがらりと変わってしまっている。

忠光が御口にしかならぬこと、決して目と耳の代わりはせぬことを、重年は知りもしない。せめてそれを言い訳にするぐらいの芸当が、忠光には思いつかないのだろうか。

それきりどちらももう口を開かず、そのすぐあと家重がやって来た。将軍の命は、たとえ切腹でも改易でも有難く受けるのが武士というものだ。

家重の供をしていたのは御用取次の意次だった。忠光が若年寄になってからは、ときに意次がこれまでの忠光の場所に留まっていた。

万里は二人の先に立って障子を開き、家重が着座するとそのまま御座之間に座っていた。

頭を上げた重年は、ここへ入ったときよりも青ざめていた。

「島津薩摩守重年にございます。上様には此度の参勤入府に拝謁を賜り、恐悦至極に存じ奉ります」

「大儀だった、重年。早速だが、美濃の川普請は如何か。あれはさぞ、骨が折れるであろう」

家重に代わって、忠光が親身な口ぶりで尋ねた。

しばらく重年は家重を見つめていた。

「何か、困ったことはないか」

家重は身を乗り出すようにして尋ねる。

「上様……」

「ああ」

家重の声は温もりに満ちている。

四十四になった家重は鬢にはわずかに白髪が混じり、穏やかな人柄のせいか、片頰の麻痺が目立たぬようになっていた。足を投げ出して座るのも、片手をだらりと垂らしているのも、見馴れたせいか奇異には思われない。

家重はじっと重年の言葉を待っていた。

重年は手をついた。

「此度はわが藩を木曽三川の御手伝普請にお選びくださり、まことに忝う存じ奉ります。我らにとって、これほどの誉れもございませぬ」

「普請は恙なく進んでおるのか。靭負はどうしている。息災か」

重年は畏れ入ってさらに頭を下げた。

「上様に名を覚えていただいておりますとは、それがしまでが面目を施しましてございます。靭負はここ一年、御手伝普請の総奉行として美濃に張りついております」

「おお――」

家重が力強く肩を揺すった。

「靭負が総奉行とは頼もしい限り。ならば美濃は案ずることもないか」

忠光は家重の声が弾むのもそのままに伝えている。

「竣工の期限など気にせずともよい。思う存分、靭負の得心のゆくようにせよと伝えてくれ」

「勿体のう存じます。上様のお言葉、早速に藩士たちに伝えます」

御座之間を下がるとき、重年は諦めきれぬように忠光に目をやった。

だが忠光は宙を見上げるばかりで、ついに重年のほうを顧みることはなかった。


「これはお珍しい。お一人でございますか」

忠光が縁側に座って坪庭をぼんやりと眺めていると、意次が気づいて声をかけてきた。

咲き終わった桔梗が皆に忘れられたまま、汚く縮かんだ花と葉をさらして立っていた。

「先ほどは随分とお叱りを受けておいでてございましたな」

これから忠光は明日の夕刻まで非番で、家重にはすでに挨拶も済ませていた。その折、家重が忠光に怒鳴り声を上げたので、続きの間にいた意次たちは何ごとかと一斉に手を止めた。

「私は得な身の上だな。何ゆえ叱責されたか、どのような不手際があったかも、誰にも悟られぬ」

「上様のように穏やかな御方が、滅多と見たことがございませんでしたので」

今では誰もがそう言うが、忠光が来る前の家重は始終癇癪を起こしていたものだ。

「当ててみましょうか」

そう言って意次は忠光の傍らに腰を下ろした。

意次は忠光より十歳若い。三十七という歳のせいもあるのだろうが、この意次ばかりは凄まじい冴えをしていた。たとえば誰と誰が何について話していたかを、三年前、五年前と、その日付まではっきりと即座に思い出すことができる。拝謁した諸侯の名や顔はおろか、城の建つ町の名も東西南北の向きも、城主の縁戚も、すべてがこの張り出した額の中に入っている。薬草の類にも、法度先例にも、その道の者のごとくの知識があった。

「薩摩守重年公ご逝去、いや、むしろ平田靭負殿ご生害の件でございましょう」

昨年、参勤出府で家重に拝謁した重年が、この六月に病没していた。また靭負はそれに先立つ五月末、故郷に帰ることなく美濃の地で自刃していた。

「上様はご聡明な御方でございます。靭負殿の死で、薩摩が彼の地でいかに苦しめられていたか、お気づきあそばしたのでございましょう。ならばそれを忠光様が知らなかったはずはない。知っていながら上様にお伝えしなかった、そのことをお怒りになったのでございますね」

意次は人の心を読み取ることにも長けている。だからこそこれだけ頭角を現しても他人に足を掬われずにいるのだが、家重が靭負たちに格別の思いを持っていたことにも気づいていたようだ。

「このところの忠光様は、それがしにも謎でございます。とりわけ島津の御手伝普請の一件は、なにゆえ上様にお話しにならなかったのでしょうか」

「随分と遠慮なく、矢継ぎ早に尋ねるものだ」

「忠光様はそのようなことでお怒りになる方ではございませんので」

忠光は口許に薄く笑みを浮かべた。

「ならば私も当ててやろうか」

「はい。何でございましょう」

「御内証の方様を上様に繋いだのは、そなただろう」

お幸の方の部屋子で、家重に二男を挙げた側室だ。子の万次郎も今や十一歳になる。

「出過ぎたことを致しましたか」

「いいや。あの御方の鳥の歌声はずいぶんと上様をお慰めしたであろう。つくづくそなたは、人の心というものを知っている」

「では、あいこでございましょうか」

「ああ、あいこだな。上様がお叱りになったのは、そなたの申した通り」

忠光は枯れた桔梗から目を逸らさなかった。

「せっかくお褒めいただきましたが、その意次、どうにも忠光様のお心ばかりは測りかねております。靱負殿は真の朋輩にて、あなた様にとっては御口の証しともなる者だったのではございませんか。しかもあなた様は美濃の川普請が苛酷なことも、総奉行の靱負殿が命を削られていることにも気づいておられた。だというのに上様に仰せにならぬとは」

「よもや切腹なさるとは思わなかったのだ」

「ふと頭をよぎることもございませんでしたか」

「……そなたなら、きっと読めたであろうな」

「どうでございましょう。ですがそれがしならば、たとえ気づいても上様には申し上げませんでした」

「そうか。それは何ゆえかの」

「忠光様のお考えと同じでございます。将軍というものは政に関わるべきではないからでございます」

ようやく忠光が意次を振り向いた。

「忠光様。幕閣に加わられて、末は老中を見据えておられますか」

「そのようなこと、意次は思うてもおらぬであろう。無駄は聞かぬものだ」

「無駄ではございませぬ。若年寄になられた頃から、皆が申しております。あの忠光様もさすがに御自身の立身を願うようになられた、音物はお受けにならぬが、ご出世を願うて忖度されておると」

ゆっくりと首を一回しすると、忠光は立ち上がった。

「昔から私ほど出世を望んでおる者もない。皆が思い違いをしている」

「忠光様が御出世を願われるのは、上様の御側が軽輩者との謗りを受けぬため。御自身が失脚して上様から遠ざけられ、ご不便をかけるのを恐れておられるゆえでございます」

忠光はしばらく意次を見下ろしていたが、もう一度座り直した。

「意次めにも御本心は話してくださいませんか。それがしがお聞きしたいのは、なにゆえ未だに、好きになさらぬのかでございます。もう今さら上様の廃立を図る者も、忠光様の足を掬う者もおりませぬ。ならば、大切な情にひびが入らぬように振る舞われるほうが得策でございましょう」

　忠光があまりに己を律しすぎるせいで、家重は怒り、靭負は死んだともいえる。

「廃立を画策する者がおらぬと、どうして言える」

「忠光様は、御自身が老中におなりあそばさねば安心できぬのですか」

「そうではない」

　ゆっくりと忠光は首を振った。

「私はな、上様に一日でも長く将軍を務めていただきたいのだ。あの御方は政に大きな才覚をお持ちゆえ」

「それがしも左様に存じます。将軍の政とは、人の才を引き出し、その者に存分の働きをさせることでございます。全軍を統御なさるがゆえに、眼前の政に関わられてはならぬのでございます」

　しみじみと忠光はうなずいた。

「だからこそ私は、あの御方の耳目は務まらぬと思うてきた」

　家重がありきたりであるならば、目と耳の代わりは容易い。親は子に、皆そうしている。

「意次は、己ならば靭負殿のことは気づいても言わなかったと申したな。だが私は本心、気づかなかったのだ」

　意次が、おやという顔をした。

「私が聞き知ったことを全てお話ししておれば、上様はお気づきになったであろう。だが私は分からなかった……。やはり私は、幕閣などに加わってよい者ではない。上様はまことに将軍に相応しい。意次とて、末は老中首座も務まるであろう。だが私は到底そこまでは昇れぬ。年々、上様が精進なさるにつれ、私では務まらぬことが増えてきた」

「ご本心でございますか」

「ああ。それゆえ私が半端にお伝えしては、かえって事なのだ。以前のように、御目と御耳にならぬと決めてかかっておるゆえではない」

意次はうなずいて、わずかに居ずまいを正した。

「ならばこれからは、それがしを頼りとしてくださいませ」

「そうはいかん」

愉快そうに忠光は笑った。家重と忠光の主従は、ずっと誰からも助けられずに来たのだ。

「では、それがしがこのように申したことだけは覚えておいてくださいませ」

「いいだろう。ただし上様にはお伝えせぬぞ」

「かまいませぬ。それがし、己で申しますゆえ」

意次が屈託のない笑みを浮かべた。御用取次の意次には、それはできることだ。

「上様が血の巡りが悪いゆえ、忠光様が御出世なさったなどと申す輩もおるようでございます。ですが家治様の下でこそ働けるなどと申す者は、はじめから力が足りぬのでございます。くれぐれも、それがしをその程度と見くびられませぬよう」

秀でた額を下げ、意次は忠光を残して立ち去った。

第七章　大手橋

一

江戸城正面、大手門を出ると右手に和田倉門が建っている。そのすぐ脇の堀端に三奉行が集う評定所があり、八代吉宗はその門前に目安箱を置いた。

半畳ほどもある鍵のかかった箱は、月に三度の式日に出され、裃をつけた侍が厳重に守っていた。鍵を開けるのは将軍であり、書付は御用取次がその場で読み上げ、願主の名や所書きのない不埒なものは焼き捨てられることになっていた。

宝暦八年（一七五八）四月、その目安箱に二度にわたって同様の訴状が投じられた。

「畏れながら書付をもって御訴訟申し上げたてまつり候。

金森《かなもり》兵部少輔様ご領地、美濃国郡上郡、惣百姓」

意次が読み上げたのは、郡上にある金森藩の百姓たちが越訴《おつそ》したものだった。

通常、公事を求める訴人は江戸では公事宿と名乗る旅籠に泊まり、その宿主に代筆を頼んで訴状を仕上げてもらう。それゆえ書付は定式通りで流麗な文字が並んでいた。

月番老中の忠寄、正珍がちらと顔を見合わせた。家重の後ろに控えていた忠光もぴくりと顔を上げたが、武元だけはそれを見届けるとむっつりと目を閉じた。

ずいぶん長い訴状だった。評定所では複数の大名家や諸奉行に関わりの跨がる大きな案件だけが評議されるが、目安箱には藩の政の非道を訴える書付の類まで投じられる。将軍直披というからには蓋を開けてみなければ何が出てくるかは分からず、なかには幕政への批判や同座する老中たちへの誹謗もあった。読み上げるのにもさまざまな気遣いがいるが、意次は動じずに読み進んだ。

金森藩はわずか三万八千石である。藩主、金森頼錦《よりかね》は歳は四十半ばで、幕府の奏者番を務めている。百姓たちが年貢増しの勘弁を願ったところ、次々と不可解な仕置が繰り返されているので、政を正してほしいというものだった。

「右の通り、少しも相違申し上げず候。

私ども御大切の田地預かりたてまつり候百姓の儀、ただいま耕作苗代の節に御座候えば、甚だ困窮の百姓、是非なくお願い申し上げ候」

続けてもう一通の訴状を、意次は開いた。

「去る亥年、酒井忠寄様へ御駕籠訴つかまつり候処、御慈悲をもってお取り上げ下しおかれ、依田《よだ》和泉守様御懸りにて御吟味なしくだされ候につき、此度もお願い申し上げ候処に、お取り上げ御座なく候につき、是非なく御箱訴つかまつり候」

意次は丁寧に訴状を畳み直すと、忠光を通じて家重に差し出した。

和泉守とは江戸町奉行だが、家重はこのとき初めて忠寄に駕籠訴があったことや、それからもう三年も過ぎていることを知ったのだった。

「美濃の郡上とは、件の木曽三川の、上の手にあたる土地でございましょうかの」

武元は目を開くや、強い声で問い質した。

「たしか駕籠訴の一件、その翌年に解決したのではございませんでしたかの。つまり、一昨年には終わったはずでござったが」

はっきりとその折のことを武元は思い出していた。

どういうことだと、家重が尋ねた。

「そもそもは一昨々年の師走ごろ、忠寄殿の御駕籠に郡上の百姓どもが越訴したのが登城途上のことにて」

どうも武元は口下手だが、家重は言葉尻をとらえることもなくうなずいた。

「年貢を課すに定免取と、その年々の出来具合で変える検見取《けみどり》がございますが、郡上の百姓どもは検見取となるのを嫌うて訴え出ておりました。たしか依田の役宅で吟味なさったのではございませんでしたかの」

水を向けると、忠寄が後を続けた。

「百姓どもの願い通りに定免取のまま、そのかわり二分五厘を上乗せして年貢に致すと定まった由。それがしも吟味の折の書付を読みましたが、依田はむしろ願主の百姓どもに慈悲を垂れすぎておるやに思うたほどでございました」

　忠寄も武元も、はじめから家重が百姓たちに肩入れすることは分かりきっていた。そうでなくても江戸へまで来て箱訴しているからには、国許では一揆まがいの事態になっているのかもしれない。そもそも百姓たちは徒党を組んだ時点で頭領が獄門と決まっているから、家重が百姓たちを庇わないはずがなかった。

「その折は訴人たる百姓どもにはお咎めもなく、国許へ召し放ちにしております。しかも、どうも庄屋たち村三役と、百姓どもの言い分が食い違うており、まずはそこを均せと申しつけたと聞いておりますが」

「それが箱訴にまで及んだからには、何ぞ、また出来いたしたのであろう」

　家重が口を開き、忠光が伝えた。

「どこであった、意次」

　それだけで意次は書付のことだと察した。

「畏れながら御上様へ召し出され、御吟味の上、何分の御科に仰せつけられ候儀なれば、少しもお恨み御座なく候……」

　意次は訴状も見ずに、諳んじて応えた。正しく吟味されたならば恨みはないと書いてある。

「さては百姓どもの駕籠訴、願い流れにしたか」

　そのまま聞き捨てたのかということだ。家重の鋭い言葉は、忠光を通して忠寄に向けられていた。

「滅相もございませぬ。これほど多くの訴えがあったとは、それがしも初耳にございます」

家重は訴状を膝先に広げ、熱心に読み始めた。驚くような速さで、書付はすぐ武元のほうへ回ってきた。

百姓たちの訴えは優に三十ヶ条を超え、これまでに訴え出た者が大勢、理由も知らされずに打ち首にされたとある。

一枚ずつ次に渡して読み合っていた武元と忠寄、正珍だが、とりわけ忠寄の顔はみるみる青ざめていった。

訴え出た者は、罪状も告げられず夜半にひそかに仕置きされたと書かれている。いったい上様はなぜこんな政をなされるのかと、百姓たちの不審の矛先は家重にも向けられている。

「なにゆえ百姓たちは、仕置をしたのが幕府だなどと申しておるのか」

家重のつぶやきめいた言葉も、忠光は口にした。寝耳に水とはまさに家重のことだろう。

武元も腕組みをした。

「たしかに妙でございますな。藩の悪政を諫めよと書いておる条々はいざ知らず、これでは上様が郡上藩の検見取をお決めあそばしたかのようでございます」

さらに忠光が家重の言葉を伝えた。

「幕府が検見取を命じたというが、彼の地ならば美濃郡代ということになろうか。だが、藩の政にいちいち幕府の郡代は口を挟まぬであろう」

家重があっさり事の核心を突いたので、武元は内心驚いていた。その通り、訴状に幕府、公儀、御上と再三記されているのが不可解である。

「これではまるで幕府が首謀者でございますな」

どうもただの年貢減免を求めた一揆の類とは異なっていた。たしかに各々の藩の領分は幕府が分配し本領安堵したものだが、本来的に幕領でもない他家の土地に幕府が口を出すことはない。

忠寄が素直に頭を垂れた。

「それがし、あの折にはそこまで思い至りませなんだ。しかと美濃郡代を召し出して、問い質しておくべきでございました」

だが家重は首を振り、忠光が伝えた。

「奉行所で吟味を受ける段で、幕府と藩の違いなど百姓たちには分からぬであろう。それに一昨々年といえば木曽三川の治水が終わって日も浅い時分じゃ。郡代にしても忙しゅうしておったに違いない。叱責してやっては酷であろう」

忠寄はしみじみ感じ入って手をついた。家重は百姓にというのではなく、結局誰彼の区別なく労り深い。

「ですがこうとなりました上は、もはや手加減はなりませぬな。まずは郡代に問うといたします」

家重もうなずいた。駕籠訴から足かけ三年、美濃の川普請が終わってすでに丸三年になる。

「郡上藩惣百姓の一件、再吟味じゃな」

忠光が重々しく家重の言葉を伝えた。

早速、美濃郡代をはじめ、関わりのある者らは残らず召し出されることに決まった。それぞれ書状の一式を持参するよう命じられ、写しは意次が取ることになった。


遠雷が響いてすぐ御庭に大きな雨粒が落ち始めた。まだらに濡れた飛び石が見る間に黒く変わり、忠光は障子を閉めに立った。

そのとき廊下を忠寄がやって来て、忠光はその場に控えた。

「おや、一人か。上様はまだか」

座敷を軽く見回した忠寄は、忠光の傍らにかがみ込んだ。

「岩槻二万石とは、大したものだ。もう気が済んだのではないか」

忠寄は親しげな声音で言いつつ、忠光を睨めつけた。

忠光は先年側用人を兼ね、老中でもおいそれとは見下せぬ身になっていた。

「さして才長けてもおらずに、ようもここまで昇りつめたものじゃ。上様とて十三年も務められた。もう十分であろう。あの御方は将軍職など不向きじゃ。家治様に譲られるが頃合いではないか」

「なんということを仰せられます」

「そなたの子。名はたしか、忠喜《ただよし》とか申したか。長年、上様への忠義一途に生きてまいったそなたじゃ、親らしいことの一つもできんかったろう」

最後に、我が子の栄達に布石を打っていってやればどうだ――

「先般、上様に拝謁を賜っておったが、あの程度の器量では、誰ぞの引きがなければ幕閣に食い込むことは望めぬぞ」

忠光は押し黙った。烈しい雨が廊下にまで吹き込んで、忠寄は濡れぬように座敷のほうへ身体をずらせた。

「そなたが裏も表もなく、謀りごとの一つもできぬことは儂もよう分かっておる。所詮、そなたなどを重んじるとは、使う者の器も知れる」

「上様は……、御口が思うに任せられませぬゆえ」

忠光の握りしめている拳が小さくわなないていた。

「左様じゃの。上様はそなたを用いざるを得ぬのがお気の毒じゃ」

老いたのだな、と忠寄が薄い笑みを浮かべた。

「そなたが人前で顔色を変えるようになるとはな。儂は初めて見たわ」

だが歳は忠寄のほうが五つも上なのだ。ただ忠寄は歳よりも若々しく、いっぽうの忠光は、気苦労が絶えないせいか老けて見えた。髪など、忠光のほうがはるかに白かった。

「儂は郡上の一件でも如何様にも働くことができる。いやむしろ家治様が将軍に就かれた暁こそ、真の働き場が来よう。そのような儂を、たとえそなたが上様に何を言上しようと、幕閣から遠ざけることはできぬぞ」

存分に憂さを晴らしたという顔で、忠寄は立ち上がった。そのまま踵を返し、ふと思い出したように足を止めた。

「舶来物かの、このところ鸚鵡《おうむ》とやら申す、赤や緑の鳥が町を賑わしておるのを知っているか。人の言葉をよう真似る。いや、人が鳥の言葉を真似ておるのかもしれぬの」

忠寄が去っても、さすがに忠光はしばらく身動きもしなかった。焦点の合わぬ目で茫然と外を向いていた。

雨は小降りになったが、雷が派手に鳴っている。

家重が座敷に入ったことにも忠光は気づかなかった。かえって家重のほうが小首をかしげて、そのまま忠光の背を見つめていた。

やがて廊下の先に意次が現れると、忠光の目はようやくぼんやりとその姿を捉えた。

「そのようなところで、どうかなさいましたか」

忠光は口を開いたが何も言わなかった。そばまで来た意次が、中に家重がいるのに気づいて驚いて手をついた。

「ご無礼を致しました。おいででございましたか」

その声で忠光も我に返り、あわてて中へ入ってきた。

「――――」

「いえ。江戸の町では鸚鵡とやら申す唐鳥が評判だそうで、それがしは鳥が好きでございますもので、ついそのことを考えておりました。まこと、世は長閑《のどか》でございます」

そうでもない、とでも家重は言ったのだろうか。忠光は額をこすりつけるようにして頭を下げ、再び上げたときには常の顔に戻っていた。

「――――」

「さて、どうであった、意次。書付は後で見る。まずは話して聞かせよ」

いつものように忠光は家重の言葉を伝え始めた。

意次は傍らに帳面を置くと、まっすぐに家重を見据えた。

「これは真に大ごとと存じました。美濃郡代、青木次郎九郎《じろうくろう》の吟味により、郡上藩主はもちろん、老中、西之丸若年寄、勘定奉行の名が挙がりました。次郎九郎は検見取にせよと命じたのは幕府だと思い込んでおりましたゆえ、むしろ己の達が不十分につき、お叱りを受けておるやに考えていたようでございます」

元はといえば、定免取で課されていた年貢を、藩主金森頼錦が検見取にすると言い出したことで騒動が始まった。金森藩は貧窮のあまりに火事で焼けた江戸藩邸を建て直すことができぬほどだったが、頼錦が奏者番に任じられたことで持ち出しが増え、それを年貢で補おうとしていた。

だが百姓たちは当然ながら納得せず、あわや一揆というところで、頼錦は検見取が幕府からの命だと告げた。それで百姓たちは幕府に定免取に戻してくれるよう願い出たという顚末だった。

「だが幕府の命ならば、達が来てしかるべきであろう。それもなしに、美濃郡代は早計ではないか」

家重が忠光を介して尋ねた。

「左様にございます。ただ次郎九郎が申しますに、上役の勘定奉行、大橋《おおはし》近江守を通して本多忠央《ただなか》様より命じられた由にございます。その裏付けとして、金森藩は近江守の遣わした検見改め人を用人格で召し抱えておりますとか。次郎九郎は近江守からの飛札（急ぎの文）を十通余も携えてまいりました」

家重は忠光と顔を見合わせた。本多忠央とは西之丸若年寄である。

「金森頼錦殿は老中、本多正珍様の婿にあたられる。ゆえに、何はさておいても検見取にいたさねば御老中様の御不興を買う、と。脅しとも取れる文言が飛札に書いてございました」

意次は傍らの書付にちらりと目を落とした。

金森頼錦は実際には祝言を挙げる前に正珍の姫が亡くなったため、正式の婿ではない。だが頼錦はその後も正室を迎えず、正珍だけを舅としてきたので、両者にはいっそう濃い繋がりができた。

さらにまた頼錦は焼けた江戸屋敷を建て直し、二階に物見を拵えて幕閣たちを度々招いていた。そうして心安くなったのが本多忠央と、大目付の曲淵英元《まがりぶちひでちか》だった。

この曲淵というのが、駕籠訴吟味のときに百姓たちの訴えを聞き捨てにしたのである。

「駕籠訴の折の吟味では、村方三役を務める名主らと下百姓が相争うたと申します。それゆえ、その折の帳面も詳しゅう調べてみなければなりませぬ。当時、曲淵は近江守を問い質すよう命じられておりましたが、行うた形跡がございませぬ。百姓の中に、合間にひそかに打ち首にされた者がおるというのも、どうやら確かなようでございます」

意次はしきりと首をひねっている。

「そうとなれば此度の箱訴、三十三ヶ条の非道の訴えは、細部まで辻褄が合うてまいります」

目安箱に投じられた訴状には、甚助《じんすけ》という百姓頭領が夜中に打ち首にされたと書かれてあった。

前々御仕置き等これある節に、その科の次第、御高札に建てさせられ、明白の事に御座候処、このたび甚助儀は、何の咎と申す事も相知れず、ことに夜中御仕置きに相成り候儀、是迄承り伝えず候

仕置には罪状を記した高札を掲げるきまりだが、それがなかったのは何故なのか——

ここまで入り組んだ、齟齬のない嘘が百姓に吐けるものだろうか。そもそも美濃から江戸へまで、貧しい百姓たちが越訴して来るというのはよほどのことだ。

家重が長い息を吐き、忠光がその言葉を伝えた。

「勘定奉行に大目付、若年寄に老中までもが関わっておるというのか」

「今日はまだ次郎九郎に聞き合わせたにすぎませぬ。ですが、あの者の狼狽《うろた》えぶりは尋常ではございませんでした。吟味の筋が分かったからには、自らの日記も持参いたすとやら申してお

りました」

美濃で木曽三川の御手伝普請があったとき、次郎九郎は美濃郡代として薩摩藩士たちと関わった。

親藩に交代寄合、天領の百姓たちが肩をそびやかす土地に外様が加わり、困難な普請が二年にわたって続く中で、大勢の侍がそれぞれの事情を抱え、申し開きもせずに自ら死を選んだ。そのうちの一人、次郎九郎の配下の侍も夜半ひそかに腹を切ったという。明け方、見つかったときは虫の息で、やはり書き置きの類はなかった。

だが諍いが許されない御手伝普請では、どんな遺恨があったのか明らかにならなければ主家に疵がつきかねない。それゆえその者の上役は、割腹して刃先が背にまで届いていたその者に介錯を与えず、それから丸一昼夜、ついに息絶えるまで理由を語らせ続けた。

「よろず、吟味とは苛烈なものでございます。にもかかわらず当の藩主が、胃の腑が痺れるの、疝癪《せんしやく》のと。もはや頼錦は憐れとも不運とも思わぬと、次郎九郎は声を震わせておりました。どのような細かな控え帳まで出してまいるか、少々頭が痛うございます」

家重が何か尋ねて、忠光がすぐ伝えた。

「からくりは、他にはなさそうだな」

なにせ意次が読み解いたものは、訴状と食い違うことがない。

「あとはどこまで確たる証が出るかでございます。ですが順繰りに吟味にかけ、吐かせるだけでございます」

家重が身を乗り出し、忠光もそのようにした。

「先の者が吐いたゆえ、調べはついておると謀ってやれ。隠しだてすれば、閉門蟄居では済まぬとな」

「はい。それがしも、そのようにするつもりでございました」

意次は嬉しそうに笑って手をついた。人を謀るのにこれほど適役の者もない。

忠光はなにか眩しいものでも見るようにして二人の話を繋いでいた。

「頼錦の吟味が遅れれば、そのぶん百姓どもへの裁許も遅うなる」

「左様にございます。今年もまた冬を跨ぐようなことになれば、明年の作付にも響きましょう。なんとか刈り入れには間に合わせてやりとう存じます」

「このことが真実ならば、老中だろうと手加減は無用じゃ。百姓にばかり酷い目を見せてはならぬ」

「心得ましてございます。それがしの働きで、見出してくだされた上様の御名まで高まるように努めとう存じます」

家重が笑ってうなずいた。

「上様の小姓あがりがどこまでできるか、目に物見せてまいります」

意次は誇らしげに忠光を顧みた。忠光こそ、ずっと家重の小姓あがりと貶められてきた者だった。

意次が下がっても二人はしばらく黙ったままでいた。

忠光が意次の置いていった書付を渡そうとしたが、家重は首を振った。それよりも何か書くように言ったらしく、忠光は懐から矢立を取り出した。

紙は座敷の隅の文机に積まれてあり、家重が口を開くたびに忠光は筆を走らせた。

郡上藩主　金森頼錦
美濃郡代　青木次郎九郎
勘定奉行　大橋近江守
大目付　曲淵英元
西之丸若年寄　本多忠央
老中　本多正珍

そこで家重がさらに言い足して、忠光は本多忠央のそばに〝但、寺社奉行〟と書き加えた。忠央は今年に入って若年寄に就いており、郡上の百姓たちが動きだしたときは寺社奉行を務めていた。

家重はその書き物を前に置き、しばらく何か話していた。

そのたびに忠光はうなずき、家重が言ったらしい名に指をさしていた。

「ですが、意次の言葉を鵜呑みにして良いものでしょうか」

「――――」

「左様でございますね。まだ出揃ってはおらぬと申しておりましたから、この先……」

忠光は意次の置いていった束に手を伸ばしていた。

家重は忠光から目を離し、驚いてまばたきをした。

忠光が首をかしげて、その目線の先へ振り向いた。

「何者だ」

忠光は勢いよく立て膝をつくと、家重を背に隠すように前に出た。

「ご無礼をお許しくださいませ。万里にございます」

何故か、今このときと思ったのだった。

「万里だと?」

さすがに驚かせてしまったらしい。

万里は顔を上げたが、まだ忠光が間にいる。家重の姿は見えない。

そのとき家重が軽く忠光の肩を叩き、ようやく忠光が動いて家重の姿が見えた。

「上様。それがしが万里にございます。当年とって六十五。吉宗公のちょうど十年下で、まだ紀州の部屋住みでいらした時分に、よう遊んでいただきました。藩主となられた折、ひそかに御庭番に取り立てていただきました」

主従はまだ茫然としている。

「さすがは家重……」

万里がそう言ったとき、家重と忠光は同時にあっと声を上げた。合わせ鏡のように、そっくり同じ顔つきになった。

「この場におる者は誰一人欠けてもならぬと吉宗公が仰せあそばしたとき、ともに聞いておった者にございます」

万里は家重が赤子だった時分に抱かせてもらったことがある。まだ長福丸と呼ばれていた幼いとき、吉宗がついぽろりと漏らした一言に家重が陰で泣いていたことも万里だけは知っている。

――一度でよい、そなたと話がしてみたい。父というのに、そなたの言葉が分からぬとは情けない。

万里は誰より、家重の辛抱の歳月を眺めてきた。乗邑が、忠寄が、弟たちが、どれほど家重をないがしろにしてきたか知っている。

吉宗に伝えたことなど、ごく僅かだ。万里は今も昔も、最初からずっと家重をなんとか後押ししたいと思ってきた。

知らぬ間に頰を涙が伝っていた。振り売りの子に生まれ、親の尻について紀州藩邸に青菜を届けていただけの己のような者が、将軍の嫡男をこの手に抱き、ついにはその子が将軍に就く姿を見ることができたのだ。こうして慎みもなく現れたのは、どうしても抑えが利かなくなったからだ。

「では、あなた様が」

忠光が立てた膝をゆっくりと折る。

「忠光殿。老いとは、このような身を申します。老いさらばえた醜い姿をさらそうとも、会いたいとなれば我慢がきかぬ。忠光殿は卑下なさることなどない。まだまだこれからでございますぞ」

まばたきも忘れている家重のほうへ、万里はまっすぐに向き直った。

「上様、さきほど意次殿が来られる前、忠光殿は気が抜けたようにここに座っておいでででございましたな」

とたんに家重が、目が醒めたようにうなずいた。

「忠光殿は忠寄様に侮られておいででございました」

「万里殿」

忠光が制したが、万里はかまわずに続けた。

「忠光などを重んじるとは上様も器が知れる、言葉が聞き取れる者が他におらぬゆえ、用いざるを得ぬ上様もお気の毒じゃ、と」

ふしぎに万里は清々しい気分で、自然と笑みが浮かんでいた。

「さすが老中に昇るほどの御方は、二重にも三重にも意地が悪うて、告げ口さえもできぬ物言いをなさるものでございます。上様にそのままお伝えすればどれだけお悲しみあそばすかと慮り、忠光殿はこれまで幾度も黙ってまいられました。そして上様も、お立場のゆえに侮りを受けてはならぬと、よう御辛抱なされた」

「――――」

忠光が伝えなかったので、万里は軽く首を傾けた。

それで忠光はためらいがちに口にした。

「私には忠光がおってくれたゆえ、と」

万里は笑みが弾けて、何度も何度もうなずいた。

「もはやお二方には、誰のどのような励ましも無用にございますな。それがしも、じきに吉宗公がみまかられたと同じ歳。最後にお目もじが叶い、今は思い残すこともございませぬ」

万里は今日を最後とする。だから顔を見せて話がしたかった。

「それがしは駕籠訴のあった折から郡上藩の一件は探っておりました。さきほど意次殿が仰せになったことに、ほとんど誤りはございませぬ」

「それは真にございますか」

忠光が通詞ということも忘れて尋ねてきた。それほどに近しんでくれたのだと嬉しかった。

万里は名が連ねられた書付を手に取った。

「百姓たちは越訴を企てる前に、郡上藩の国許家老から定免取を許すという証文を受けております」

失くしたと言って今は隠しているが、そのうちに出してくるはずだ。

郡上の百姓たちは、長良川の下手の物成が豊かな百姓たちとは暮らし向きが大きく異なる。

美濃国は百姓といえど一枚岩ではないのだ。

郡上では年貢逃れの隠し田を作っている一方で、三川流域では水に押されて土すら盗まれることがある。どちらも貧しいのは同じだが、三川流域ではほとんど年貢が課されていない上に、薩摩の手伝普請のように幕府がすすんで目をかけている。近在だから噂は流れてくるし、どうしても小藩の支配下にいる憾みが溜まってしまう。

「美濃郡代の次郎九郎は、頼錦からの文で体よく幕府の御用と騙されたものと存じますが、頼錦は正珍を介して、勘定奉行の近江守に直談もしております」

「やはり正珍も嚙んでおるか。郡上はそうまでして検見取を望んだか」

家重のつぶやきを忠光が伝える。

検見取には作柄しだいで年貢が減るという大きな利点はある。だが検見検分が済むまで刈り入れができず、検分を待つあいだに野分に遭うことも多い。その上、どうしても検見役人を懸命に接待することになり、無用な費えが貧しい村々にのしかかる。

「領主が勝手に言い出す検見取などというものは、肝心の不作の年には年貢が減らず、豊作になればなるだけ取られるものでございます」

どうしても家重のような身分では知りようのないことがある。だが家重だけは、他のどんな将軍もついに持つことのない弱者への真の労りを肌で感じ取っている。

「意次殿ならば、おいおい暴いてゆかれると存じます。次郎九郎に問えば近江守の名が浮かび、近江守からは曲淵と忠央の名が出てまいりましょう。その両名が集っておったのが江戸の郡上藩邸。となれば藩主の頼錦が繋がっておらぬはずがない。そして、その目と鼻の先には老中の正珍様がおられます」

「――――」

家重が言うのを聞いて、あっと忠光が笑い声を上げた。

「芋づるだな、と」

忠光はあわてて通詞をした。

常になく忠光が気を抜いているのが万里には嬉しかった。五十年余の務めを終えるのに、万里はもう欠片ほどの心残りもなかった。

宝暦八年（一七五八）夏、箱訴から三月で郡上藩百姓の駕籠訴は再吟味が申し渡された。将軍自らが疑いをもつ格別の一件として専任の僉議《せんぎ》掛が置かれ、掛の五人はこれまでの全ての書付に目を通して吟味にあたった。

むろんその再吟味を統括したのは意次だった。御用取次だから評定所での詮議に加わることに不都合はないが、それが御城に上がっての老中吟味となれば身分が足りない。そのため家重は意次に五千石を加増して大名に取り立て、この一件にかぎり老中格とすることにした。

武元は家重の決断の速さに驚嘆したが、家重の決めた通り、すぐにこの一件には意次が欠かせぬと気がついた。

勘定奉行に続いて美濃郡代が召し出しを受けたが、それぞれたった一度の吟味で、意次はずるずるとそれに連なる者らの名を引き出した。大目付、若年寄、老中と、武元などは思いもしなかった幕閣の名が挙がり、夏の終わりとともに、それらの私曲は疑いようがなくなっていた。

——思い違いをいたすな。誰の差し金かは、先から調べがついておる。次郎九郎が近江守から受け取った文には、郡上藩を検見取に致すは正珍様も存じおりの事と記してあるのでな。ならば近江守の近しい上役といえば、寺社奉行だったそのほうではないか。そのほうとて、縁もゆかりもない郡上藩に独断で便宜を図るはずがなかろう。正珍様が命じられたゆえ、止むにやまれず近江守に申し渡したのであろう。

——近江守よ。忠央が寺社奉行をしておった時分、そのほうに次郎九郎へ文を書けと命じたことはもはや明らかになっている。だがそもそもは大目付の曲淵が、そなたに指図したのではないか。曲淵は大目付になる前は勘定奉行をしておったゆえ、そなたも無下にはできなかったのであろう。

しかもそなたは知らぬだろうが、曲淵と忠央は郡上藩から音物を受けておったのだぞ。いや、これはもはや明白ゆえ、そなた次第ということはない。

たった一日で忠央、近江守、曲淵を籠絡すると、頼錦は言い逃れができなくなった。近江守を通して次郎九郎に検見取申し渡しを頼み、文には正珍の名も、自身が奏者番を務めていることも書かれていた。

そもそも郡上藩の年貢に端を発した一件に、藩主が関わらぬはずがない。

――甚助と申す百姓頭取に至っては、公儀へ届けもせずに打ち首にしているではないか。

郡上藩金森家は改易のうえ、頼錦は永預けと内々に決まった。

残るは老中、本多正珍である。

武元は羽目之間に居並ぶ老中たちの誰の顔も見ることができず、手元の書付の束に目を落としていた。

頼錦の次郎九郎への文には、検見取申し渡しのことは正珍も承知、とある。

正珍は静かに腿に手を置き、目を閉じている。

「さて、正珍様」

老中格にすぎない意次が、誰より臆することなく口を開いた。

正珍は禄高こそ四万石に満たないが、駿河にある領国はかつて酒井雅楽頭《うたのかみ》家も治め、幕閣に入る名門譜代ばかりが藩主を務めてきた土地だ。正珍自身も二十代で奏者番になり、三十から寺社奉行を兼ね、武元とは相前後して老中に任じられた。互いに歳もほとんど変わらず、名門譜代の生まれというのも同じである。

片や意次は、紀州の平侍の子にすぎない。これは世が変わってきたということか、あるいは家重が出色の将軍ということなのか。

意次は眉を曇らせて苦しげなため息を吐いた。

「訴えて出た百姓どもは、なべて獄門にございます。それは、騒動を致し、徒党を禁じている法度に反したからには致し方ございませぬ。ですが百姓どもは元から、命を繋ぐに皮一枚の暮らしを重ねておるのでございます。そのような者たちのために上様が、百姓頭取の命と引き換えに御慈悲を垂れなさるのは、我らとて見習うてしかるべきではございませぬか」

一つずつ丁寧に意次は、今般の家重の裁許が真っ当なことだと言い聞かせていた。股肱の譜代の家臣よりも弱者の肩を持つと家重が批判にさらされぬように、これほど巧みに堀から埋めるやり方を武元は知らなかった。

「ここに、正珍様の御名がございます」

次郎九郎に宛てた近江守の文を、意次は正珍の膝先へ滑らせた。

「ここにも、また、ここにもございます」

頼錦からの文にも、曲淵から近江守への文にも正珍の名はあった。

「正珍様には、これをなんとか覆していただかねばなりませぬ」

意次は穏やかに言った。

「このままでは、我らは正珍様がこの件に関わっていたと断じなければなりませぬ。どうか、それを止めさせてくださいませ。これらの書付に正珍様の御名が記されている理由を、我らにお示しくださいませ」

そう言うと、意次は深々と頭を下げた。

だがついに正珍が口を開くことはなく、その日の評定は終いになった。

正珍が退座すると、意次はこまごまと書付の類を揃え直し、一同に辞儀をした。今日のことはすぐ意次が口書にして家重に見せることになっている。

「まさか正珍殿が真実、関わっておられたとは」

老中どうし、これまで最も懇意にしていたのはこの忠寄だったろう。意次もそのことは分かっているが、他意のない顔つきで帳面や書付を片付けていた。

「正珍殿は罷免であろうな」

忠寄は未練のある様子で、座の誰にともなくつぶやいていた。

忠寄と正珍は、僅かでも幕府の実入りを増やそうとしてきた考え方が似通っていた。

意次が手を動かしながら言った。

「新田を拓くの他は、このさき米を増やす道はございませぬ。我らも、百姓から搾り取って年貢米を増やすとの考えは改めねばなりますまい。これからは商人どもから運上冥加《うんじょうみょうが》をいかに多く納めさせるか、それを考えたほうが近道にございます」

だがそれは年貢増徴をひたすら画策してきた忠寄たちからすれば、大きく道が逸れることでもある。

ちらりと忠寄を見やると、やはり困惑した顔つきをしていた。

だが意次は気にも留めていなかった。

「今の平和な世を作ったのは幕府でございます。御公儀が法度で罪を裁き、山河、道々を整えておるゆえ、安穏と田畠を耕しておられるのです。ならば商人とて同じでございます。江戸にこれだけの人が集まり、上方とでも滞りなく商いができるのは、誰の加護あってのことか」

武元は思わず手を打った。

「そうじゃの。ならば商人、町人からも年貢を取るか」

「これからはその道を探るべきでございます。百姓を絞り上げても、もはや何も出てまいりませぬ」

心底、武元は感心した。だがさすがに意次の忙しさが気になった。

「すまぬことだ、そなたには厄介をかける。このところはほとんど休んでもおらぬではないか」

「なんの、忠光様は三十年より以上、一刻たりと休まずに働いておられます。それがしはあの御方を手本としております」

「ああ、そうであったな」

それにしても才走るばかりの意次が、これほど率直にものを言うとは思わなかった。

「意次。頼んだぞ」

座敷を出るとき、意次にはそう声をかけた。

「畏まりましてございます」

意次はぱっと明るい笑みを浮かべた。四十を過ぎる意次の、少年だった日の顔を垣間見たような気がした。

九月、正珍と次郎九郎はともに御役を免じられて逼塞となった。西之丸若年寄、本多忠央は領地召し上げのうえ永預けに、勘定奉行の大橋近江守も永預け、大目付の曲淵英元は閉門になった。

金森家が改易となり、藩主頼錦が永預けになった郡上には新たな藩主が入った。騒動の明くる宝暦九年（一七五九）六月、丹後国宮津から移封されて来たのは青山幸道だった。

箱訴から一年ばかり、百姓頭取たちが仕置にされてまだほんの半年余で、郡上の人心は荒んでいた。主家を失い、浪人となって郡上に留まった者たちは百姓に拭いがたい恨みを持ち、百姓の間にも立者、寝者と呼び分ける騒動以来の対立が残っていた。郡上など見たこともない武元にも、青山家の苦労のほどが偲ばれた。

百姓にとって無情なことに、結局、定免取の訴えは通らなかった。騒動での死罪、獄門は十四人、拷問で牢死した者は二十人近くにも上ったが、入郡した幸道は毎年の検見取を厳しく申し付けた。

「年貢を免れようと隠し田を作り、百姓同士で相争い、果ては強訴に及んだのでございます。藩主が検見で行くと申したものを、上様が曲げなさるわけにはまいりませぬぞ」

武元も胸は痛んだが、家重にはそう言った。

宝暦の初めに、幕府はわざわざ百姓の強訴は厳禁すると法度を出している。それに将軍自らが手心を加えるなどは絶対に許されぬことだった。

「ですが幸道も騒動のことは肝に銘じておりましょう。二度と百姓どもが騒がぬよう、ときには定免取とすることも考えている由にございます」

幸道は村々に検見役の接待は無用と達を出し、自ら郡上を歩いて百姓たちの声に耳を傾けると言っていた。作柄が良ければ定免取に、悪ければ検見として、本来の検見取の強味を引き出すつもりなのだ。

「検見も、用い方ひとつということでございますからなあ」

武元は、これからは運上冥加だという意次の言葉を思い出していた。

「まこと、世の変わり目かもしれませぬ」

「――――」

「運上冥加のことか」

忠光が伝えた。やはり家重は察しが良い。

「上様の御器量ならば、新しい世を見事に率いて行かれますぞ。それがしは今時分になってようやく、上様ほど将軍に相応しい御方はおられぬと身に染みてまいりました」

どういうわけか、生真面目一辺倒の忠光がくすりと笑った。そして家重の言葉を伝えた。

「そなたは誰からも憎まれぬというのがよう分かる。ならば私はもはや、廃立は恐れずともよいか」

「はい、もはや」

力強くうなずいたが、なぜかまた家重と忠光が笑って肩をすくめる。

ともあれ武元はいつの間にやら、息の合ったこの二人を見ているのが嬉しくてたまらなくなった。

「さても上様は、五年にもわたる騒動を見事に収められました。いやはや、上様はこれからの御方でござる」

家重がそっとつぶやいたのを、からかう気配もそのままに忠光が言った。

「私は三十五のときから、ずっと将軍をしておったのだがな」

「無論存じておりますが、それがしは亡き大御所様より、上様を特別に頼みおくと言われておりましたので感無量にございます」

家重と忠光はまた顔を見合わせた。

「なに、あのときはわざわざ仰せになるまでもないと思うておりましたが、それがしもこの十数年ではっきりと分かったのでございます。大御所様が、上様こそ将軍に相応しいとお考えあそばしたのも宜なるかな。上様は意次といい忠光といい、人を見抜いて用いる御力が段違いにございます。御自身ではおできにならぬことを、代わって為す者をしかとお選びでございます」

郡上の再吟味での意次は、まさに家重の差配を成り代わってやったのだ。脅し、担ぎ、謀り、誘い、泥を吐かせた手管は、全て家重が使えと言ったものだ。

忠光に目をやると、どこか気弱げにあわててうつむいた。

武元はぽん、と思い切りその背をはたいてやった。

「忠光はな、御口ばかりではないぞ。そなたは、到底表しきれぬ上様の御心のかわりじゃ。上様は御心を表すために、そなたを選ばれた」

さて、それならば武元は何だろう。

「いやいや、それがしのことならばお気遣いは無用にござる。それがしは、亡き大御所様に選んでいただいております」

きっと、この主従を支えるために。二人を励まし続けるために。

「さあ上様はこれからでございますぞ。及ばずながらこの武元、大御所様のお心が分かったからには励みますぞ」

武元は四十七歳、まさに己はこれからだと腹の底から力が漲ってきた。

二

宝暦十年（一七六〇）春、城で家重の五十賀の宴があった。在府諸侯の総登城、長々と祝いの言上があり、常と同じように忠光がずっとそばに控えていた。

苦しい煩わしい刻を、よく堪えた。忠光が一度として背を揺らすこともなく身を保っているのは、はっきりと気配で伝わってきた。

もはや夕餉をとる気力もなく、人払いだけを命じて居室へ戻った。今日、忠光に伝えさせた言葉はそれだけだった。

いつかこのときが来ることは幾年も前から覚悟をしてきた。とくに昨年、そして年が明けてからは、今日か明日かと指を折る日々だった。

昔から、本当に昔から、己が先に旅立つことだけを望んできたが、どうやらそれは叶わない。忠光がいなければ将軍など務められるはずはない。だが、誰が将軍であり続けたいなどと願うだろうか。

昨年の秋の終わりがた、庭に初霜が降りた朝に忠光は家重のすぐそばで昏倒した。家重は話はできなくても叫ぶことはできるから、抱き起こして大声で小姓を呼んだ。皆が駆けつけると忠光はすぐ息を吹き返して、急な寒さで目眩がしただけだと言った。

後から家重と二人になると、

――せっかく上様が抱きかかえてくださいましたので、皆が来るまで病のふりで、じっと目を閉じておりました。

忠光はこちらを案じさせぬように冗談めかして言ったが、疲れを翌日にまで溜めるようになったのは、やはり歳のせいだろう。忠光は一足先に五十を過ぎていたから、そろそろ先のことを考えねばならぬのだなと家重は思った。

忠光が四十八のときか、四年前に家重は忠光を側用人にし、岩槻藩二万石を授けた。忠光が禄を望んでおらぬことは分かっているし、家重も禄などで忠光に報いるつもりは毛頭なかった。むしろ禄などを与えれば、そのぶん忠光は生き難くなる。誰からも忠光が妬まれぬようにする、その匙加減を教えてくれる者がおらぬのが辛かった。

ともかくも岩槻藩を治めることになり、忠光は郡上一件の再吟味の頃、幾度か岩槻に足を運んでいた。そして江戸へ戻れば家重の通詞をしたから、再吟味に入ってからの忠光は真実忙しかった。

昏倒するということがあってから、家重と忠光はずいぶん話を重ねた。忠光は厭がったが、こちらの思いはもう固まっていた。

五十賀がこの三月にあるのは半年も前から決まっていた。ならばそのときを己の最後とする。――忠光ならば分かるだろう。言葉を伝える忠光がおらぬようになれば、またどれほどの侮りを受けねばならぬ。それともまだ、私は働きが足りぬか。

忠光は優しく笑っていた。家重はこの忠光の笑みさえあれば、他人に己の心を伝えられると思ってきた。

不思議なものだ。己の心はいつからかずっと静まっている。人と話ができぬという苦は忠光が取り除いてくれた。忠光と存分に話すことができ、己に不足などあるはずがない。

「もう私には思い残すことはない。分かるな」

そばにいる忠光に言った。

中奥の居室にも表の騒々しさはまだ聞こえていた。だが忠光の目の、なんと穏やかなことか。この目は初めて会ったあの日と何も変わらない。

「郡上騒動を終えたではないか。あれで、私は存分に働いたのではないか」

「左様存じます」

力強く忠光がうなずいてくれた。やはり忠光だけは格別だ。

郡上騒動では、百姓たちの言い分など何一つ通らなかったといってもいい。たしかに幕閣に連なる者も裁いたが、拷問に遭って打ち首にされた百姓たちの恨みはどうしてやることもできなかった。それが証に、彼の地では未だに百姓どうし反目していると聞く。

「私は弱い者の苦を除いてやったわけではない」

「…………」

「そうでもないと忠光が言うてくれるのは分かっている。だが私はな」

忠光がにこりとしてこちらを向いた。

「言葉が通じぬ苦しみでございます。百姓たちは誰にも思いを伝えられずにおりました。それがついには、ときの将軍にまで聞いてもらうことができたのです。御定法もあり、願いが叶うかどうかは、それとは別。上様は百姓たちの、言葉の通じぬ苦を取り除いておやりになりました。それゆえ、もう十分かと存じます」

「さすがは、忠光」

かつて吉宗も家重にそう言ってくれた。

たとえ存分に話すことができても、思いが通じぬのが人の常だというではないか。ならば己は、もはや口がきけぬという苦さえもなくなった。

「今が最後になると存じます。畏れながら、それがしも一つ、宜しゅうございますか」

「忠光。最後などと言ってくれるな」

「ですがこの身体ばかりは、いつ床から出られぬようにならぬとも限りませぬ。それが明日かもしれませぬゆえ」

　できればそんな話は聞きたくない。

「それがし、上様が汚いまいまいつぶろと言われて、どれほど悔しゅう思いましたことか」

「城下では小便公方とも言うておるらしいな」

　無礼にもほどがあると、武元が怒髪天を衝く形相で伝えたのだ。

「そなたも莫迦の小姓あがりと愚弄されたそうではないか。私は意次から聞いたが、意次は本心、そなたを慕うておるな」

　五十にもなれば、今さら己が侮られることくらい、家重は何とも思わない。それよりは意次が忠光を敬っていると分かったことのほうがよほど嬉しかった。

「私は幸い、意外な者から愚弄されたことがないゆえな。忠光は人が良いゆえ、乗邑にも忠寄にも狼狽えるのじゃ」

　家重は微笑んだ。年々歳々、将軍が幾人の者と接すると思うのだ。人を見る目の肥えぬはずがないではないか。

「これでも私は、あまりな言葉を吐いて忠光が恨まれてはかなわぬゆえ黙っておったのだ」

　正直それさえ思わなければ、あれもこれも、とうに罷免してやったのだ。

「それがしは、己のせいで上様まで貶められぬようにと務めてまいりました」

　家重はうなずいた。それはずっと分かっていた。

「郡上騒動の一件で、もはやそれがしも思い残すことはなくなりました。あの折、あまりの上様の鮮やかな采配に、皆、どれほど目を白黒させましたことか。それがしは幾度となく、心の内で叫んでおりました。ようやく知ったか、ざまを見ろと」

「ならば叫んでやればよかった」

忠光は噴き出した。

火鉢の中で炭がことりと動いた。炭まで二人の笑い声に驚いたのかもしれなかった。

「上様は訴状から要諦を突き止め、再吟味となさいました。意次に策略を授け、思うまま働けるように老中格などという離れ業をなさいました。上様でなければ、あの一件は願い流れでございました。ようやく皆にも、上様の真のお姿が知れました」

そう言うと、忠光は姿勢を正した。

「不如意なお身体で、まいまいつぶろの如く、のろのろと。ですが大きな殻を見事、背負いきって歩かれました。それゆえ、どうぞもうご退隠なさってくださいませ」

それはもはや忠光が旅立つということなのだ。家重でさえ予感があるのに、当の忠光が思わぬはずがない。

「それがしがおらぬ後、上様がお一人で苦労なさると思うと堪りませぬ。どうか、それがしの願いをお聞き届けくださいませ」

忠光は手をついた。最後まで忠光は、己が我を通すのだという言い方をする。

「意次ならば上様のお言葉を察することができましょう。ご退隠の折は意次にお申し付けなされば首尾良くまいると存じます」

家重はうなずいた。だがもう決めている。

家重の最後を告げるのは忠光だ。

「この四月、朔日に将軍職を辞す。家治をここへ入らせて、私は西之丸へ移る」

忠光がはっと顔を上げ、すぐ手をついてひれ伏した。

真っ先に打ち明けるのは、いつであろうと忠光だ。忠光から皆に伝えさせるのでなければ、家重の言葉ではない。

「そなたがいてくれたゆえ、私は人が思うほど難儀をしておったわけではない」

だが忠光はきっぱりと首を振った。

「上様はそれがしをただの一度も不足と仰せにならず、ずっと御口代わりにしてくださいました」

「そなたはもう少し、己の手柄にしてもよかった」

「初めて拝謁を賜りましたときから、それがしには長福丸様が将軍におなりあそばす御姿しか見えませんでした」

忠光は懐かしい名を口にした。頬を涙が伝っていた。

「将軍におなりあそばす御方ゆえ、命を捨ててもお助けせねばならぬと思うてまいりました」

家重も周りが滲んでよく見えなくなった。

「そなたが倒れたと聞いても、私は会いには行ってやれぬぞ」

「少し先に参り、上様のおいでをお待ちしております。支度が調いましたらお迎えに参ります」

「ああ、そうだな。それを待つ」

家重は意次を呼ばせた。

そして忠光の伝える最後の言葉を言った。

「四月朔日をもって家治に将軍職を譲る。皆に申し伝えよ」

意次が即座に手をついた。

家重は立ち上がった。もう最後だ、誰にも遠慮は要らない。

「大手門を開け。忠光が下城するゆえ、私が大手橋まで送ろう」

「か、畏まりましてございます」

意次が一散に駆けて行く。

江戸城の正面からなど、出入りしたことのない忠光だ。別れのときでさえ、家重にできることはこれくらいのものだ。

家重は長い廊下を先に立って歩いた。

片足を引き摺るのは生涯変わらない。そういえば、これぱかりは治らなかった。跡を濡らす穢いまいまいつぶろだと言われ続けて、まさに五十年だ。

それでも皆が面を伏せて小さくうずくまっている。その中を、後ろからしっかりと忠光がついて来る。

江戸城には九十二の門がある。そのうち大門は六で、むろん大手門が最も堅固に守られている。つねに十万石以上の譜代が詰め、鉄炮三十に長柄槍五十というのは内桜田門や西之丸大手門と比べても倍にもなる。

「どうだ、車寄せまで駕籠を持って来させるか」

「どうか、そればかりはお許しくださいませ」

最後に二人で笑い合った。

玄関を降りるときには忠光の肩につかまって草履に足を入れた。涙が下に落ちたが、どちらのものか分からない。

駕籠に乗ってさえ、いつもあれほど辛く、幾度曲がらせるのかと腹の立った大手橋までの道だ。それが今日は嘘のように短い。

中ノ門も三ノ門もすでに開かれていた。すべて用意が調い、何一つ手間取ることもなく警固の者たちが控えている。

濠を渡ると大手門が正面に聳えていた。

橋の向こうで、大回りしてきた忠光の家士たちが手をついて待っている。

「さらばだ、忠光」

人に言葉が聞かれぬというのはなかなかに具合が好い。

「まいまいつぶろじゃと指をさされ、口がきけずに幸いであった。そのおかげで、私はそなたと会うことができた」

心の底からそう思った。

「もう一度生まれても、私はこの身体でよい。忠光に会えるのならば」

家重は忠光の背を軽く押した。

「さあ、行ってくれ」

忠光は頭を下げたまま、踵を返した。

両手で顔を覆い、足早に大手橋の向こうへ消えた。

第八章　岩槻

大岡忠喜は日光社参に向かう十代将軍、徳川家治を岩槻の居城で出迎えた。忠喜はじきに四十歳である。数年前まで奏者番として家治に近侍していたが、自らの城に将軍を迎えたのはこれが初めてのことだった。

忠喜は十六年前、父が死んだので藩主を継いで奏者番となった。その同じ年に家治も将軍宣下を行い、十代将軍に就いていた。

「四年ぶりかな、忠喜。病で辞したわりには、元気そうで安堵した」

「勿体ない仰せでございます。上様においでいただいたと聞けば、父もあの世でどれほど喜んでおりますことか。その姿が目に浮かぶようでございます」

つい父の話から始めてしまい、口を噤んだときは家治も笑っていた。

「余も父上の話が聞きたかったのだ。それには忠喜のほかにはおらぬではないか」

家治の温かな眼差しが懐かしかった。

「余は父上の言葉も解することのできなかった不孝者ゆえ」

「何を仰せになられます」

「いや。そなたにしか申せぬ。幼い時分には、みっともない御方だと蔑んだこともある。これほどの者もあるまい」

「まさかそのような」

それが真実だとすれば、忠喜も家治に似ている。

忠喜の父は御側の中でただ一人、家重の言葉を聞き取ることができたといわれている。

だが忠喜は終生、それを疑っていた。父が巧みに嘘を吐いているだけではないかと思い続けてきたのである。

「大御所様が旅立たれて十五年。それがしは未だに、我が父が真実、大御所様のお言葉を解していたのか、疑念が湧いてまいります」

「まこと、忠光はよう仕えてくれた。余も幾度、忠光のように父上のお言葉を聞きたいと願うたか知れぬ」

忠喜は畳に額を擦りつけた。

忠喜の父忠光の生涯は、ただ家重あってのものだった。家重が最後まで引き立ててくれたゆえに、この世に生まれた甲斐もあった人だった。

「忠光が死んで後、一年であったな。晩年の大御所様は無口になられた。あの一年こそ、余は忠光の有難みを思い知った」

九代家重は宝暦十年（一七六〇）四月朔日に将軍退隠を宣下し、同じ月の二十六日に忠光はみまかった。そして明くる年の六月、家重も旅立った。

「このところの余はしきりと、どれほど忠光が大御所様をお慰めしたかを思う。余も少しは歳が行き、同じ将軍に就いてみて、そのご苦労が偲ばれるようになった」

それもまた己に似ていた。忠喜も少しずつ父の苦労を思うようになった。

「我が父も、どこまで大御所様のお言葉を解しておりましたことか。及ばぬことのほうが多いと、よく申しておりました」

「いいや、忠光に限ってそのようなことは決してない。とはいえ余も、生意気盛りの時分は疑いもしたがな」

と家治は何か思い出したのか、愉しそうに笑った。

「何を申しておるのか分からぬと、御祖父様も仰せになったことがあると言うておられたな」

「吉宗公が、でございますか」

家治は幼いときから聡明さが際立ち、大いに期待した吉宗が自ら膝元で養い育てた。それは家重が虚弱な上、将軍には相応しくないと近臣たちさえ囁いたので、吉宗自身が家重を廃立させようとしたからだともいわれていた。

「だがな、余はそれは誰か他の者が申したのだと思っている。たぶん田安卿か、一橋卿あたりではないかな」

江戸を離れているから、こんなことも言えるのだと家治は笑った。両卿は家治にとっては叔父にあたり、御控えとして同じ御城に暮らしている。

「御祖父様が己の咎として仰せになるからには、そのどちらかとしか思えぬのでな。どうだ、余も智恵がついてきたであろう」

忠喜は嬉しくなって親しげにうなずいてしまった。父にまつわることとなれば、忠喜と家治はつい笑い合うことも多かった。

「忠光が現れるまでの大御所様と御祖父様は、どれほど悩んでおられたであろうかの」

「勿体のうございます。我が父はそれほどの者ではございませぬ」

「忠光は生涯、かたときも大御所様のおそばを離れなかった。いくら相手が将軍とはいえ、できることではない。そなたの母御にも、どれほど寂しい思いをさせたことであろう」

忠喜は涙が湧いてきた。実際、忠喜にはあまり父の記憶がなかった。

いつも屋敷にはおらぬ父。生涯一度として寛《くつろ》いだ姿を見なかった、叱られも褒められも、何かを教わったことさえない後ろ姿ばかりの人。

物心ついたときからそうだった忠喜は、父とはそんなものだと思ってきたが、母は果たしてどうだったのか。

――父上はあなたが家治様と同じ年に生まれたことを、生涯、この母の何よりの手柄だと仰せでした。男子を挙げたことよりも、ただ上様の御子と同じ折に誕生したことを。

「忠光は内ではどのような侍だった」

「それが、ほとんど思い出せることがないのでございます。たまに屋敷におりましても、生来の無口が災いしてか、それがしは父の声をあまり聞いたことがございませぬ」

この岩槻にも、合わせて三月もいただろうか。藩主として四年、民が拝むばかりの憐み深い政を敷いていったが、いつも戻って半日もするとそわそわし始め、飛ぶように御城へ帰って行った。

「ならばひょっとして、余のほうが忠光の声は聞いておるのかもしれぬな。なにせ大御所様の言葉はすべて忠光から伝えられたものであったゆえ」

忠喜も目を細めた。

「忠光は皆に矛先を向けられておったのに、ようも一生涯、見事に泳ぎ切ったものだ。口のきけぬ将軍に、ただ一人、その言葉を解す者。どれほど多くが忠光を妬み、陥れようとしたであろうかの」

「なにもかも、大御所様がお守りくださいましたゆえでございました」

「そうもゆかぬであったろう。口がきけぬ、筆談もできぬ、そのような者がたとえ将軍だといったところで、どれほど庇ってやれただろう。まこと、忠光はようやってくれた」

家治は黙って外の景色に目をやった。

この城の庭先には、隅に甘藷が植えてある。忠光が家重とともに江戸城で育て、岩槻藩主に任じられた折、ここでも育てるように家士たちに勧めたものだ。

家治は静かに立ち上がった。忠喜があわてて後ろに従うと、家治は広間を出て畳廊下に立った。

「あの葉は甘藷であろう」

庭の片隅に指をさした。

「いかにも左様でございます」

「大御所様が御庭で育てておられたのを、そなたは知らぬであろうな」

「はい。ですが母が、父からそのように聞いたと申しておりました」

忠喜と母にとって、父に繋がるものといえばそのくらいしかなかった。それほど忠光は、妻も子も顧みぬ人だった。

「母御は、さぞ辛い思いもなされたであろうな」

「いえ。ただ、少禄の旗本の家に生まれて、よもや大名の奥になるとは夢にも思いませず。なかなかその暮らしには慣れぬようでございました」

母が父を恨んで泣いていたのは、いつのことだっただろう。

――そなたの父上は、このような紙人形を、返してこいと仰せになったのですよ。

あのとき母が握りしめていたのは、千代紙でできた姫人形だった。母の可愛がっていた近所の幼子が、折って贈ってくれたのだ。

こんないじらしいことをと言って、母は喜んで見せたという。だが父は、返してこいと冷たく命じた。

――これの一体、どこが音物でしょう。幼子の折り紙一つも受け取られぬ出世など、わたくしは望みませぬ。

「まことに父は、稀有な一生を送りました。ついに家族の誰一人、真に父を分かっていたとは申せませんでした。大御所様がどのような御方であったか、父からは一度も聞いたことがございませぬ。それゆえ父が真実そのお言葉を解していたのか、知る術もございませぬ」

なぜ父は、母や忠喜にも話してくれなかったのだろう。真実ならば一度くらい、己だけは家重の言葉を聞き取ることができると誇ってもよかったではないか。

「忠喜は疑うておるのか」

「……あまりにも信じられぬことでございました」

忠喜も家重に拝謁を賜ったことがあり、その折には言葉もかけてもらっている。だがまるで鴉や鴨の鳴き声のようで、とても人の言葉とは思えなかった。異人の言葉とも異なる、ただの物音のようだった。

「結局、誰も証しできぬことでございます」

「そうだな。だが余は長年、二人を間近で見てまいったゆえな。爺も未だに、忠光の人柄は忘れられぬようじゃ」

家治が爺と呼ぶのは、老中首座の松平武元だ。忠喜が御城を去るときすでに六十近かったが、朴訥で飾らない人柄は城の皆から慕われていた。

それに、と家治は言い足した。

「意次が、忠光だけは偽りがなかったと申しおるのでな」

「なんと。田沼意次様でございますか」

思わず忠喜は声が裏返った。さまざまに名の高い、いや悪名も高い老中だ。

「彼奴が今や大層な権勢であることは、そなたも聞き及んでおるであろう。賄を始終受けておるゆえ、落書にまいないいつぶろと書かれたそうな」

将軍までもが知る、と言って家治は大笑いした。

意次は忠光が死んだ後、その代わりの申次役を務めていた。だがそれも家重の死によって一年で終わり、その後は家治に重用されていた。

噂では家重が家治を頼むと言い遺したというのだが、もちろん忠喜は真実かどうかは知らない。真実とすれば、誰か忠光の他にも聞き取った者がいるということになる。

「余の母上も、ついに父上のお言葉は分からずじまいだったらしいがな。しかし忠光ばかりは父上のお言葉を解していると仰せであったぞ」

家治の母とは、お幸の方と呼ばれた京の公家の姫だ。

互いに母を思い出して笑顔になった。思えばどちらの父も、それぞれ妻との仲では人に言えぬ気苦労をしただろう。

「そのほうは三十六で奏者番を辞した」

忠喜はうなずいた。父のおかげで二十四という若さで任じられ、十二年務めた。

「あのまま留まっておれば、さらに立身も成ったであろうに」

「それがしのような者が奏者番とは、空恐ろしい限りでございました」

「もう大御所様もおられぬ。誰にも気兼ねせず、好きに腕試しをすればよかったのだ」

「何を仰せになられます。ただそれがしは、どうしても奏者番だけは極めてみとうございました」

それができたので、忠喜は御城でやり残したことはない。

「奏者番か。それはまた、何ゆえだ」

「将軍の言葉を伝える身とはどのようなものか、少しは知りたかったのでございます」

だが父のそれとは違うと分かって御城を去った。忠喜は十二年がかりで己に折り合いをつけたのだ。

「それがしは結局、父を疑うことができなかったのでございます。なんとかして証を見つけたいと願い続けておりました」

家治が微笑んだ。

「さすがは忠光の子だ」

忠喜はあわてて瞼を閉じた。間に合わずに涙が落ちた。

本書は書き下ろしです。

装画　村田涼平
装丁　フィールドワーク
（田中和枝）

村木嵐（むらき らん）
一九六七年、京都市生まれ。京都大学法学部卒業。会社勤務を経て、九五年より司馬遼太郎家の家事手伝いとなり、後に司馬夫人である福田みどり氏の個人秘書を務める。二〇一〇年、『マルガリータ』で第十七回松本清張賞受賞。近著に『せきれいの詩』『にべ屋往来記』『阿茶』などがある。

まいまいつぶろ

2023年5月25日 第1刷発行
2024年6月20日 第21刷発行

著者——村木 嵐
発行人——見城 徹
編集人——森下康樹
編集者——壷井 円
発行所——株式会社 幻冬舎
〒151-0051 東京都渋谷区千駄ヶ谷4-9-7
電話 03（5411）6211（編集）
03（5411）6222（営業）
公式HP https://www.gentosha.co.jp/
印刷・製本所——中央精版印刷株式会社

検印廃止

ISBN978-4-344-04116-5 C0093